尘风吹过我心

清风夜寐　著

SPM
南方传媒 花城出版社

中国·广州

图书在版编目（ＣＩＰ）数据

尘风吹过我心 / 清风夜寐著. -- 广州：花城出版
社，2024.3
ISBN 978-7-5749-0065-3

Ⅰ．①尘… Ⅱ．①清… Ⅲ．①长篇小说－中国－当代
Ⅳ．①I247.5

中国国家版本馆CIP数据核字(2023)第229791号

出 版 人：张　懿
责任编辑：李珊珊
特约编辑：赵　月
责任校对：李道学
技术编辑：林佳莹
封面设计：四开线视觉传达

书　　名	尘风吹过我心
	CHENFENG CHUIGUO WO XIN
出版发行	花城出版社
	（广州市环市东路水荫路11号）
经　　销	全国新华书店
印　　刷	广东虎彩云印刷有限公司
	（东莞市虎门镇黄村社区厚虎路20号C幢一楼）
开　　本	880毫米×1230毫米　32开
印　　张	10
字　　数	250,000字
版　　次	2024年3月第1版　2024年3月第1次印刷
定　　价	49.00元

如发现印装质量问题，请直接与印刷厂联系调换。
购书热线：020-37604658　37602954
花城出版社网站：http://www.fcph.com.cn

目 录

1

第1章　你好W市

　　一辆某B牌照的七座黑色商务车，从高速路口缓缓驶入W市，远处山里高耸的大烟筒，把城市包拢在雾团里，过了一片沙漠，才看见零零星星的民宅。

　　戴着墨镜的中年男子，握了握手中的方向盘，扫视着前方。副驾上的小年轻瞪着眼睛，激动地喊着："奶奶，姐，姐，快看，到了哎，大爹（大伯）你慢点开，姐！"

　　堂弟这么一喊，后座上的枕着奶奶腿睡觉的罗伊，挣扎着坐起，也不晕车了，也不吐了，跟着奶奶望着窗外。

　　这个临时搭班的送行队伍，特意提前一天，把考上志愿者的罗伊送到服务地W市。

　　知道孩子被分配到农牧局，家人们组团围着B市农牧局大楼看了又看，眼前这座独立而宏伟大气的大楼，楼顶上赫然在目的三个大字"农牧局"，楼门口挂着金灿灿的长条牌匾"B市农牧局"，让罗家人确定了罗伊选的这条路是万般辉煌的！

　　带着无限美好的憧憬，罗伊来到分配地，W市的行政区东市区，也不用怎么打问，就到了东市区政府大楼。看着如同危房一样的大楼，罗父都怀疑自己是不是走错了，拦着路人问了好几遍，众人叹气之余还抱有一丝希望，好歹也是政府大楼，在这里上班也是不错的。

众人看到政府对面的W市宾馆，决定先住这里，对于宾馆环境一向要求严格的罗家人也失去了看看住宿条件的信心，虽说挂着市级名称，也掩饰不住它的破旧。

服务员听说是志愿者来这里报到的，很热情地帮他们订了正对大楼的房间。

安顿下来，时间也才刚过晚上七点，罗家人打算去街边的饭馆尝尝这个城市的味道，因为他们坚信，一个地方的饮食习惯代表着一个地方的风土人情。

看着街边都打烊了的餐馆，感觉整个街景都是灰突突的，路边零零星星边走边不停地挥手打蚊子的行人，提醒他们赶紧去还没关门的药店买花露水、风油精等可以在夏天免受蚊虫叮咬之苦的用品。

回到房间里，堂弟嘲笑着："这是啥破地方啊？"

罗伊心里七上八下的，奶奶朝弟弟打了一下，使了个小眼神："你知道啥，这里本来就落后，以前啊，买点好东西都得托人从咱们B市买，再说了，这里要是和咱们B市一样，还要什么志愿者，这和过去的那个知青一样，那过去那些人，最后都不错的啊！"说罢，回过身子悄悄和罗伊说："咱们就来看看，不行就回去！"

罗父接着说："吃得苦中苦方为人上人，要连这点苦都吃不了，将来还能干什么呀！"

罗伊边泡面边点点头："是啊，吃得苦中苦，方为人上人嘛，就服务两年，一到期我就回B市了，我们这个志愿者身份都是入档案的，将来考公务员也会加分的！"

罗伊家是经商的，对公务员都有着莫名的好感与向往，堂弟一下子从床上跳到地上："公务员！好啊，我姐以后也一定是公务员，哎呀，我就是公务员的小弟啦！"

罗伊坏笑着，一把搂过弟弟，指着对面的政府大楼说："那可不，你看，你姐我就要在这里，羡慕吧！"

众人满怀信心地谈论着，一时间仿佛罗伊已经进政府机关工作，人们对未来种种的幻想都是激动人心的。罗伊一回头，看见纱窗上爬着虫子，奶奶也发现了，正要打，才发现不是一只，而是一片，不是虫子，而是蚊子，硕大的蚊子，在远处看不觉得大，离近一看，连见多识广的奶奶也吓一跳。

第二天，父亲陪着罗伊去报到，看着罗伊走进这个破旧的政府大楼，他拿出抹布抖了抖，开始一边望向大楼大门一边清理车上污迹。

罗伊礼貌地询问着农牧局在几楼，又把昨天预想见到领导要说的话在心里温习了一遍。

"您好，请问这里是农牧局吗？"

"是，您是？"一个戴眼镜的文文弱弱的男生疑惑地看着她。

"我是大学生志愿者，省里让我们8日到服务地报到！"

"哎呀，这边请！"

他把罗伊带到了局长办公室，便挥手离开了。

罗依在学校是学联干部，见了领导怎么说话还是会一点的。

敲门进去，一个四五十岁、目光炯炯、和蔼可亲、白了头发的中年男子坐在办公桌前，与罗伊想象中正襟危坐、不苟言笑的局长样子出入很大。

一阵嘘寒问暖后，局长讲起自己刚入职时的事："年轻人，好好干，在哪里都要当给自己家干，我年轻的时候还拉过大粪呢……"

罗伊最想知道自己分配到哪个岗位，什么时候上班，自己具体要干什么，哪有心思听着老革命讲传奇，但是依然保持微笑，点头，开口称赞，适当还要表表决心。

陈局长微微点头一笑，拿起座机，拨了个内部号码，说道："正生，你去看看张副局在不在，请她过来！"

不一会儿，一个四十多岁的女人走进来："陈局，您找我？"

"嗯，这是新分来的大学生志愿者，你看分到哪个口子啊！"

罗伊心里一紧，张副局长微笑着说："局里肯定是没地方了，二级单位又偏远，她是个女孩子，多有不便！"

看着陈局的脸色马上又补充道："哎，这样吧，前几天有个西部计划的志愿者，去了波尔多酒庄办公室，要不……"

陈局点点头，感觉很满意似的说："罗伊啊，我们是有二级单位，按规定你们是应该留在机关的，但是，你看这个条件，哎呀，这个波尔多酒庄是我们这里的龙头企业，你们去那里，我给他们老总打电话，管吃管住，再另外给你们点补贴，你看行不行？"

话都说到这份上了，罗伊心想："我不同意是不是也不行啊，走一步看一步吧，要是去一个企业，我还当什么志愿者！"但还是一顿感谢各位领导。

然后，陈局用手机拨通了一个号，几句话就让罗伊感觉到他们之间很熟悉，而且关系还很好，最后很轻松地说了一句："我把人给你送过去！"

挂了电话，又和罗伊寒暄几句，给了她一张名片，留了罗伊的电话，简单交代了张副局几句话，随后就离开了。

张副局正要叫司机带罗伊去企业报到，罗伊乖巧地说："我爸爸在楼下，他开着车呢！"张副局有些惊讶："开车来的啊，不用了，坐我们的车吧！"

"那让我爸爸跟着咱们可以吗？"

"嗯，好的，可以啊，正好熟悉熟悉路线！"

罗爸爸礼貌地和领导打招呼，恳切地拜托他们好好照顾孩子。

本来就没有多大的城市，从政府到波尔多酒庄办公楼，走过去也就十五分钟。

罗伊跟在张副局后面，穿过一个长长的走廊，来到波尔多酒庄老总的办公室，这可比陈局长的办公室阔气多了，可看面相这个丁总不是个好脾气。

张副局长和他简单介绍了情况后，就和罗伊打了声招呼，借故离开了。

丁总没说几句话就叫来办公室秦主任，让这个胖胖的操着一口方言的老头带她去苗圃。

罗伊心里咯噔一下，心想："不留我在这里办公啊，我看这里条件也挺好！"

秦主任看出罗伊的疑惑，打着马虎眼说："苗圃可好了，那里还有一个小东西，你俩正好是个伴，不对，是四个小猴子，哈哈哈，走走走！"说得罗伊是一头雾水，只能稀里糊涂地笑着。

秦主任不客气地坐上了罗父的车，这一路秦主任热情地介绍着W市和东市区，夸赞罗伊有志气，还不忘问问罗伊家里的情况，得知罗爸爸是做生意的，更是滔滔不绝地讲着自己企业曾经的辉煌和未来的远景，把波尔多酒庄夸得那叫一个天上没有，地下全无的。

罗父哼哈点头应和间把车开得很慢，这一路是越走越荒凉，这不就是来时路过的那段路吗，如同沙漠腹地一样，罗伊的心一截一截地往下坠！

终于到了苗圃，一栋栋大棚，整齐列队欢迎她，而她心里正在宽慰自己："我是来扶贫的，我是志愿者，我要到祖国最需要的地方……"

到了大棚，才知道要住的地方竟然是与大棚相连的房子，一进去是个大厅子，大厅子旁边就是前后两间卧室，一间住人，一间放着劳动工具，门口墙角堆满了用过的包装袋，上面画着翻了肚皮的蚊子、苍蝇和其他虫子。

一个皮肤黝黑的小姑娘兴冲冲地迎了上来，秦主任介绍道："来来来，这是李梅，我们高薪招聘回来的农大大学生，这个是政府给我们派来的大学生，以后你们就是一对好朋友啦，好好干啊，哎，陈宇他们呢？"

李梅回答："在基地呢，今天放水灌溉！"

听到"灌溉"罗伊还没反应过来，她爸就提醒罗伊，后备厢里是她的行李，长叹一口气后，在众人的帮助下，她的行李被堆了一地，还没顾上整理就被催着上车，因为到饭点了。

带上李梅他们回了城里，接上奶奶和弟弟，退了宾馆的房间，由秦主任做东，在当地很有名的饺子楼吃了顿饭，爸爸抢着付了钱，吃完饭，先送秦主任回单位，然后把她和李梅送回苗圃，奶奶想帮着收拾一下，爸爸却催着要走，说："再不走，回去就得半夜了！"

罗伊知道，他们也是不忍看自己受这样的待遇，想着赶紧离开！弟弟也低着头，递给她几瓶风油精，一张本地的电话卡："姐，这是我上午出去给你办的卡，尾号就是你的生日！"奶奶哭着抓着她的手，喃喃着："不行就回来！"望着爸爸的车渐渐远去，她哭着追了几步，李梅看着也湿了眼睛！

罗伊把行李摞在墙角，因为根本就没有柜子。

天渐渐黑了，她躺在硬板一样的床上，感觉像做梦一样，恍恍惚惚！

来时的豪情壮志，都被这一天折腾没了，她不知道未来等待她的是什么，可是李梅知道，她坚持不了多久就会走。

前面那个志愿者就是因为这里条件不好，怎么也不肯来，被总公司项目经理要去了，而那个小姑娘是自己坐火车来的，这个可是坐自己家车来的。李梅真的不想一个人在这里了，白天这里出奇地静，晚上就是瘆人地静。

李梅静静地盯着罗伊，只能叹气了，她想给罗伊介绍一下这里的情况，可罗伊好像也不怎么想听！

天渐渐黑了，罗伊想上厕所，李梅带她到院里，罗伊一见旱厕，连忙摇头："会掉进去的！"李梅赶紧说："小解可以去大棚里，我就这样！"

罗伊扁着嘴，钻进了大棚的小窄门。

大棚里都是整齐的葡萄苗子，顺藤吊了起来，但是眼前的黑暗让她多一眼都不敢往前看，匆匆结束小解，连蹦带跳地又从大棚的小窄门挤了出去。

李梅赶紧扶着她："里面的这些苗子可娇贵得很，都是法国进口来的，公司还特意从北京请来专家，远程指导种植，哦，据说提供苗子的法国庄园也会一年来一次检查苗子的生长状况。"

罗伊心想这破地方还这么玄乎，不禁笑了。

李梅心想，妈呀，她终于笑了。

罗伊说道："那么我们是不是可以见到法国人了？"

李梅赶紧回应："那是当然！"

咚咚咚，一阵敲门声，李梅问道："谁呀？"

"我，陈宇！"

"是陈宇，陈宇来了！"李梅出了屋，打开大门，"我还以为李师傅呢！"

陈宇和罗志兵并排走进来，陈宇瘦高个子，眼睛明亮，罗志兵也是大高个，戴个眼镜也挡不住他清秀的五官，可两个人都是黝黑黝黑的，穿着迷彩服！

看到罗伊，罗志兵一口地道的南方话："你好，我是罗志兵！志愿者啊，不要工资的吗？"陈宇推了他一把，随即笑着说："你好，我是陈宇！"

"你们好，我是罗伊，我这个志愿者是要收费的！"

几个人笑了起来，罗伊羞涩地说："中午吃饭没有招呼你们，不好意思啊！"

李梅笑着说："别不好意思，他们基地管饭，吃得比咱们好！秦主任让我给你们带点补给，一会儿记得拿啊！"

"吃得好怎么还有补给啊？"罗伊不解地问道。

罗志兵解释着："没什么，没什么！基地只管午饭，晚上当然得自给自足了！"

罗志兵继续说："这里人烟稀少，领导怕我们缺衣少食，定期会给我们投喂点好吃的！"

一个"投喂"瞬间把罗伊的情绪又提上来了，年轻的朋友一相聚，什么条件艰苦，什么失落都暂时退去了，罗伊开心地和他们聊着天。

"哎呀，说什么这么开心？"一个中年男人操着地方口音，拿着两袋子吃的走进来。

"李师傅。"李梅激动地喊道。陈宇、罗志兵也高兴地喊"李师傅"，罗伊也赶紧喊了一声。

李师傅哈哈笑着，看着罗伊对李梅说："这个娃娃好白净啊！"罗伊心里冷笑一声，和他们比当然显白了，嘴上回复着："哪里哪里！"

李梅心想，真的感谢罗伊，这里好久没有来这么多人了！

大家坐在客厅的行军床上，罗伊和李梅坐在用砖垒起的自制凳子上，桌子是搭个木板，用两堆砖做腿临时凑出来的。

李师傅带着自己做的菜，也没有盘就用塑料袋兜着，大家就在袋子里夹菜吃，李师傅还带着啤酒，和陈宇他们喝了起来，饭后把他们坏的门、窗一顿修理！

罗伊好像知道了为什么大家见到李师傅这般亲切了！

从大家的言谈中，罗伊得知，她现在这个地方是 W 市的行政区东市区的奇木镇，镇子与邻市交界，打电话很容易有长途漫游费。

这里算上她，一共有四个年轻人，她和李梅的任务就是在大棚育苗，男生的任务是在苗圃南边三公里外的基地种植葡萄，而那个基地就在她来时路过的那片沙漠里。

李师傅是特聘的技术员，自己家在 W 市的南区有一大片葡萄园。这里的大棚横为排，共 10 排，竖为栋，每排 40 栋。她和李梅住 4 号棚，陈宇他们住 34 号棚，都是波尔多酒庄租用的大棚。

这一顿饭下来，开心是真开心，闹心也是真闹心。

刚送走这一批客人，罗伊手机响了，突然的铃声把她俩都吓了一跳。

"喂，奶奶啊……"

罗伊接电话的时候还挺高兴，讲着这一晚上认识的新朋友，讲这苗圃其实是国际公司等，可挂了电话，就窝进被子里，小声抽泣。

李梅急忙问："这是怎么啦，刚才不是还好好的吗？"

"我没事，就是有点难过！"

"是不是想家了，你就当还上大学，住宿舍，不一样吗？"

"不一样！"罗伊猛地坐了起来，正要说什么的时候突然看见一只虫子，大叫起来，"有虫子！"

很快罗伊所有的委屈就被眼前的虫子击退了，看着前有钳子后带钩的小虫飞快地从墙角冲出，吓得罗伊哇哇大叫，李梅拿起拖鞋打死了一只，可是没等她反应过来，成群的小虫又出来了，罗伊在床上大喊："这里，那里，啊，还有蚊子……啊……"

李梅真是要崩溃了，为了掩盖这里的"恶劣"条件，她已经把所有的杀虫药、驱蚊药都用了，也就换来一下午的宁静："不要打了，打不完的，我都习惯了！"

"啊，不行，快打，快点打啊，蚊子要咬人的，小虫子会钻到耳朵里的！"

李梅也是怕她走了，就这样一夜鏖战，不知打了多久，反正"尸体"已经扫满了墙角！

盛夏的清晨，这里的早晨有点清冷，天蓝得没有一片云，微微呼吸还有一些哈气！这里的气候，昼夜温差大，到中午的时候就会酷热难耐了！

谁能想到，这恶劣的条件竟然是种植葡萄的沃土，这里的葡萄也是极负盛名的。

本来是一个小型的工业城市，不知道从哪一任高瞻远瞩的市长开始，决定转型，发展农业和旅游业，这轻工业怎么能比得上重工业啊！可是人家就是摘掉了黑煤场、黑煤城的黑帽子。

"开门，开门，几点了还睡！"一阵急促的敲门声，李梅顶着两个黑眼圈，喊着："来了，来了！"

李梅没有被种葡萄折腾得骨头散架，却被罗伊折腾得暗自叫苦，打了一晚上的蚊子、虫子，她的胳膊巨痛，她是真的怕罗伊吃不了苦走了，又留下她一个人，真的不想自己每晚都藏在被子里了，拨好陈宇的号，把手机攥得紧紧的，多少次想走，又想想这份还说得过去的工资，也就忍了。

李梅强忍疼痛，睡眼惺忪地爬起来开门，左岩站在门口想进屋，李梅赶紧拦住！

"哎，干吗？"

"哎，干吗？哪有客人来了挡在外边的！"

李梅边说边打开大门："你不能硬闯啊，里面那个公主、小姐还没起呢！"

"哎，不是，我说都几点了？"

"先别说几点，她折腾一晚上，一会儿哭，一会儿笑，一会儿不敢上厕所，一会儿怕虫子，我给她打了一晚上的虫子和蚊子，我都快散架了！"

左岩大笑，递上去一袋子早点和一袋子蔬菜食品之类的东西。

"哇，爱心早餐，哎呀，我来的时候也不见你这么贴心！"

"秦主任让我来的，说你们苗圃那位，那位大小姐，是政府派来的，我们要好好对待！精心伺候！可不能让她跑了！"

在罗伊进公司办公楼的时候，坐在第一间办公室的左岩就注意到罗伊了，听说大城市来的，不禁冷笑一声，探头去看。

左岩的电话一直在振动，他赶紧接了电话，和李梅打了个手势，就开车走了。

李梅心想：神经病，没事跑这么老远就为送一个早点和生活补给，我们想回城都没车，真是浪费资源！

第2章 误会误会

　　李梅把左岩带的吃的放到床头，轻声喊着"罗伊，罗伊"，然后把包子拿出来在罗伊鼻子上晃晃，一阵香味把罗伊从梦中拉了起来。

　　罗伊本来想睡到十二点的，现在闻到香味，起身就问："昨天没有包子啊？"

　　李梅笑了："昨天是没有包子，这是今天的！"

　　"今天的？你去买的？"罗伊似醒非醒，迷迷糊糊，可把李梅笑坏了。

　　"这里哪有卖包子的，是左岩今早送来的。"

　　"左岩是谁？"

　　"是丁总的司机！"

　　"哦。"罗伊无精打采地回应着。

　　"哎，你怎么不问他为什么来给你送早点？"

　　"给我送的吗？"

　　"是啊！"

　　"那你替我谢谢他！"

　　"你不好奇他为什么给你送？"

　　"哎，我现在就想知道，我怎么刷牙、洗脸，有没有热水！"罗伊迷瞪着眼，哀叹着。

罗伊蹲在院子里刷着牙，冷水激得她牙疼，只能把水放到嘴里温一下，再漱口！

洗脸的时候她顺便数了一下身上的包，从踏入这个城市以来，她一共被蚊子叮了三四十个包，快把风油精涂遍全身了！这些蚊子真的很厉害，像是有毒一样，被它们叮过的地方都肿了。罗伊回来整理床铺，看到枕头下都是蚊子，再想想这样的日子还有两年，泪水涨红了眼睛。

她问李梅上班的时间，李梅笑着告诉她，开门就上班，进屋就下班。她问李梅她们的工作是什么，李梅告诉她，把这些可爱（该死）的葡萄苗子都吊起，顺带手把葡萄的卷须都掐了、旁枝都剪了。

罗伊是学音乐的，感觉自己一双弹琴的手就要报废了，低头系苗子，抬头揪绳子，顺带手的工作更是麻烦，掐不完的葡萄须子，剪不准的旁枝，一剪刀下去，这株葡萄就谢顶了。

李梅耐心地指导着她，她也认真地学着，可是大棚里，潮湿闷热，人和植物在争夺氧气，罗伊一口气没上来，蹲坐在地上，李梅吓得赶紧扶她坐在水渠上。

罗伊却直接坐在地上，不管屁股底下的苗子是死是活，放声大哭，反正也没人听得到，就这样在哭声中结束了一上午的工作。

中午，罗伊呆呆地看着地上的调料，一瓶老抽、十三香、盐，李梅熟练地用地上的电磁炉和一个锈迹斑斑的薄薄的铁锅，炝锅，添水，煮面。

这样的一碗没有鸡蛋的铁锈味西红柿面，罗伊吃了一口差点吐了，李梅却吃得甚香，哭了一上午，确实也饿了，忍着把面塞进嘴里，越吃越心酸，眼泪又吧嗒吧嗒地溢出了。

李梅受不了，想说"大小姐，你是水母娘娘吗？"，又怕伤着她，改口继续说："可怜的孩子，我是农村家庭出来的，这些都习惯了，你要坚持不住，就，就回去吧！"

说完，李梅真有些后悔，她要走了，谁陪自己。

"我不走，我是志愿者，我是志愿来的，我要坚持，呜……"

这句话把正在喝面汤的李梅呛了一下，鼻涕眼泪都跟着出来了。

因为罗伊的哭哭啼啼，耽误了育苗的进度，李梅下午也顾不得午睡不起的她，给她洗了一个西红柿，放在她床头，把屋里的苍蝇往外赶了赶，就急匆匆地钻进大棚。

可罗伊还是被苍蝇折腾醒了，她狠狠地拿起苍蝇拍，朝着苍蝇一顿乱打，墙上都是小点的血迹，她发现这个居然很解气，拿起剪刀，也进了大棚，朝着苗子一顿发泄。

看着罗伊不分旁枝、主枝地乱剪着，李梅赶紧按住她的手："你再多睡一会儿吧！"李梅嘴上这样说，心里默默念叨着："你再这样苗子就都成秃子了！"

李梅叹口气继续说："对了，有个事我没和你说，咱们是有任务的！"

"还有任务！"罗伊瞪起了眼睛。

"李师傅是指导育苗的总技术员，还有一个农牧局退休的老太太，她隔三岔五就坐丁二总的车下来检查。"

"啥，还有检查的？"

"嗯，她可不是个好脾气，干不完，干不好可是要被批评的，不过她不会说你，你是政府的，我可就不一样啦！"

被李梅一吓唬，罗伊长叹一口气，也赶紧拿起剪刀忙乱起来，反正干好干坏，都在努力干，忍着头晕眼花，忍着蚊子的侵扰，忍着这稀薄的空气和满嘴的铁锈味！

第二天早上，天蒙蒙亮，两个人睡意正浓，咣咣咣的敲门声，很剧烈，把李梅吓得一个激灵，噌一下就跳到地上！

"几点了还睡，懒兔子赶紧起床了！"

李梅慌慌张张地去开门："周姨您来了，我们这里新来了个大学生志愿者，农牧局派下来的，您先进屋吧！"

罗伊也赶紧起来了，穿着粉嫩的睡衣，更衬那白皙的皮肤，拘谨地站在地上，眨着闪着泪光的眼睛，可怜的小模样让这个从政多年的老革命心里咯噔一下！

"哎呀，这漂亮的小姑娘受得了这份苦吗？"

"周阿姨，您好，我，我，我受得了！受得了！"

"呵呵，行了，收拾收拾，我在2号棚煮了粥，一会儿过来喝啊，今天基地的孙二总要来！"

罗伊皱眉噘嘴朝李梅抱怨着："这里不是没有人吗，怎么那么多领导啊！"

李梅苦笑一声："确实，领导比干活的都多！"

一声汽车鸣笛，一辆黑色的小轿车里下来一个与农民模样无异的大汉，长得很凶，很像集团办公室的丁总，周姨笑脸盈盈地上去迎接他，罗伊偷偷地顺着大棚缝看着。

进大棚的门很小，丁二总那么高大，横竖是不好进，他扒开大棚的腰缝往里看："过段时间老毛子要来……"浓厚的口音，让罗伊有些想笑。

"二叔啊，这新来一个大学生，是个志愿者。"周姨殷勤地介绍着，"罗伊，罗伊过来，来！"

罗伊小跑着出了大棚："二叔，您好，我是罗伊。"

丁二总看见她眼睛都亮了，尤其一个二叔喊得他心里暖暖的，中午丁二总带着罗伊和李梅从基地接上陈宇他们，去城里的大饭店，说是给罗伊的欢迎仪式。

席间罗伊一口一个二叔，亲切地称呼着，丁二总听得真是陶醉，李梅心想："没看出来啊，还有这手啊！"

他们不知道罗伊确实有个二叔，从小父母忙生意，她就长在爷爷奶奶身边，和二叔住在一个楼里，二叔、二婶对她比对自己的儿子还要好，她这声二叔叫得自然，叫得情真意切。

临走时，罗伊和李梅打包了所有的剩菜、剩饭，分了一包给陈宇，把大骨头留给了自己。

晚上，罗伊啃着大骨头，剩下的一根大骨头，能有多少肉，罗伊怎么也啃不动，李梅看着她，咽咽口水："来来来，给我试试！"

罗伊皱眉："你不嫌我？"

李梅边说边拿过骨头："嫌什么嫌！吃骨头你得这样！"李梅的好牙口让罗伊震惊不已，骨头上的滑膜都被撕下来了，罗伊真想说："你这样，狗会恨你的！"

突然电话响了，罗伊以为是家里打来的，她每天都要和家里通半个小时的电话。

"喂，奶奶，哦，对不起啊，陈局长您好，您好，我以为是我家给我来电话了！"

"没有关系，给家里报平安是对的，和他们说说这里的情况，让他们放心，也是好的！"

"谢谢领导关心，我没想到您还记得我。"

"这是什么话啊，你们是国家派下来的，代表的可是党和政府，一定要好好表现，现在住在哪里啊？吃得怎么样啊？"

"住得好，吃得好，我现在大棚里住，吃的也有人给送！"

"什么，住大棚!? 你现在在哪里啊？"

"在，在，在大棚，我和一个同事住在大棚！"

罗伊慌了，感觉自己说错话了，可不明白哪里说错了，接下来该怎么说！

"这个丁国庆，真他娘的浑蛋，我现在就派人去接你！"

"陈局长不用的，真的不用，他们对我都很好的，丁二总还……"

"还什么还，你是志愿者，不是他们家长工，你是代表谁去的他们公司的，这样，你再坚持一天，我和他们说，这么对待我们的志愿者，是不是他妈不想干了！"

李梅听出了电话那头的火药味，赶紧扔了大骨头，在毛巾上擦了擦手，看到罗伊慌乱的神情，也急了。

等那边挂了电话，罗伊已经吓得不知所措，这个陈局长怎么会突然给她打电话，怎么和第一次接触时不一样了？罗伊闭眼让自己冷静，李梅问她话，她也自动屏蔽掉了，就在想现在该怎么办，要怎么办，对，给秦主任打电话。

她哆哆嗦嗦地拨通秦主任的号："秦主任，秦主任，秦主任对不起啊！"

"这是怎么了，不着急你慢慢说。"秦主任的方言口音更浓了。

"农牧局的陈局长打电话问我在哪里住，我说在大棚，他好像很生气，还要派人来接我回去，还要，还要找丁总，找丁总……"罗伊慌乱地解释着。

"哎呀，这可不好办了，你不要着急，我想想，你先等等！"

李梅也不知道具体什么情况，只能继续小心地问："这是怎么了？"

罗伊回过神，叹着气说："是农牧局陈局长的电话，我就说住在大棚，他好像很生气，还要派人接我回去，怎么办啊？"

"回去？"李梅听到这个词也慌了，赶紧问，"那怎么办啊？"

"我也不知道！哎呀，我怎么这么倒霉！"说罢就又哭了起来。

也就过了半个小时，就听到汽车的刹车声，以为是陈局长来了，罗伊急着去开门。那一刹那，一个修长的身影矗立在罗伊面前，一个低头，一个抬头，四目相对，一个惊诧，一个错愕。

"你谁？"罗伊率先发问。

"你谁？"那人失笑，疑惑地重复着罗伊的话。

李梅一把揪回罗伊："左岩你怎么来了！"

"我怎么来了!? 我还要问你们怎么回事呢！"

罗伊噘嘴，一屁股坐在床上，眼泪又在眼中翻滚，一不小心流出几滴，用手抹一抹，气哄哄地说："谁知道怎么回事！明明好好的，给我打什么电话，知道住得不好就发脾气，那就不要把我送到这里！"

李梅一捶他："谁弄哭，谁哄！"

左岩愣头愣脑赶紧上前安慰道："你嫌这里不好啊，你可以申请回去，那陈小溪不就在集团里吗？自己住一个宿舍，还天天去丁总家吃饭，她……"

罗伊听到陈小溪就立刻明白是李梅说的那个志愿者，她知道那是西部计划的，和她都是属于志愿者，罗伊隶属于人事部门管理的"三支一扶"，陈小溪归团委管理，都分配到农牧系统，但是自己比她晚到几天，没有她命好，分到了这里。

罗伊瞪着眼睛看着左岩："我们是什么，我们是志愿者，我们是党和政府派下来的，就是来最艰苦的地方淬炼自己的，哪能挑三拣四！"

左岩咽了一下口水，想说什么又不知道说什么。

李梅一笑，替罗伊说清了事情的经过，左岩听完，眉头一皱：

"哎，我说，我组织一下语言啊！"

罗伊破涕为笑，左岩继续说着："前两天，你们陈局长和丁总说扶贫的事，好像是要让丁总参加什么扶贫计划还是项目来着，丁总没答应，你说他是不是……"

"是不是什么也不应该拿我当棋子啊！我成什么了，卸磨杀驴的磨，过河拆桥的河！"

"哎，你这个比喻很，很……"左岩歪头想着词，李梅笑得肚子疼，说着："罗伊，你，你太逗了！"

左岩戏谑着说："那你这个卸磨杀驴的磨，过河拆桥的河还回不回去，现在这个事情处理不好可是要两头得罪的哦！"

"那我能怎么办。"罗伊小声嘀咕。

"要不回去!? 还能买点储备粮！"李梅朝罗伊挤眉弄眼！

"你们自己看着办？"左岩两手一摊。

罗伊的电话再次响起，她长叹一口气，面带微笑地接起电话。

"陈局您好，嗯，没有，没有，谢谢您啊，我爸爸妈妈也没有这样关心过我，好的，我明白，给您添麻烦了，嗯，嗯，和企业没有关系，是我自己要求到一线的，是的，对不起啊，嗯，他们派丁总的秘书过来了，嗯，好的，好的，感谢您给我莫大的鼓励，我一定好好干，绝不丢了志愿者的脸，嗯，嗯，谢谢您，谢谢丁总，嗯嗯，好的，我一定！！好的，再见，再见！"

罗伊这个电话接的，李梅和左岩大气不敢出，直到对方挂了电话，好几秒后，罗伊才高兴地跳起来喊着："危机解除！"

"啥情况，快说说！"李梅着急地问。

"看把你乐的！"左岩斜眼一笑。

罗伊仰头得意地说："陈局长和我说，刚才他有点凶，他是着急我们，我们可是党和政府派下来的，一定不能出意外，还有什么明天派人来公司，让我明天回公司！"

左岩哼一声，拿过她的手机把自己号输进去又拨了一下：

"不用问，明早我来接你！"

"谢谢你啊！"

"客气啥，早点睡吧！"

经过这个事，蚊子、苍蝇都不是个事了，罗伊躺在床上，她冷静下来，把明天可能发生的事都预想了一遍，翻开手机是左岩给她发的短信："早点睡，哭肿眼，怎么见领导呢，有事找我！"

果不其然，第二天一早，左岩带秦主任就来了！

秦主任面色略带不悦，左岩低头笑笑。

罗伊笑着说："主任啊，真是对不起啊，我也不知道陈局长这么关心我们志愿者！"

秦主任是谁，那是一只职场老狐狸，一听到陈局长，哼哼一笑说："你个小机灵鬼，也是，把你放到这里确实是委屈你了，这不，丁总特意让我来接你回去，李梅也跟上！"

回到公司，直接被带到丁总办公室，张副局长正坐在那里和丁总谈笑着。

丁总先发话："你农牧局的亲人来看你了，哎，你这孩子咋……"话锋转向罗伊，心想说"这么讨吃了"，可看着张副局长也只能说"这么小胆胆"。

罗伊立刻收起了微笑，信誓旦旦地说："丁总，昨晚真的很抱歉，我想了一晚上，陈局长这么关心我们志愿者也肯定是因为您，他是爱屋及乌，他关心企业，所以对我们格外关注！"

张副局长一笑，轻声慢语地说："陈局长和您是战友，是多年的老朋友了才不和你取心，言语可能过了。"

丁总赶紧说道："没有，没有，这个陈大嘴，就是这个德行！"

张副局长继续说道："您也知道，这志愿者是没有分到企业的，这万一出一点点事，这责任谁也担不起啊！"

"是是是，我知道了，让她们白天去苗圃，晚上回来住宿舍，回来就和那谁一起到我家吃饭！"

"具体怎么办，您安排，陈局长托我和你们说几句话！"

罗伊这才敢放眼看一看丁总阔气的办公室，陈小溪也挨在张副局长身边，一张清秀的脸上，两只大眼睛闪烁着伶俐，笑开嘴就歪到一边。

张副局长握着陈小溪的手，看着罗伊说："公司+农户+N的经营模式，是未来的趋势，所以让你们留在企业也是方便以后的工作开展，但局里有事还是会把你们抽调回去的，也请丁总这里多行方便！"

张副局长是话到哪里眼睛就跟到哪里，丁总礼貌地微笑回应，罗伊看着丁总，也猜不准他心里到底是怎么想自己的！

只听得他如洪钟的声音发着地方口音说着："行，随时都可以抽回去，反正他说啥就是啥呗，公司＋农户，还加啥来着，哼，好政策，还和我是战友，他有我岁数大吗，他就好好扎里带吧，让我给每个农户多2毛钱，哼！我不答应还和我爹毛了！"

陈局长用方言回应着："丁总，波尔多是扶贫的龙头企业，帮扶农户也是积德行善的事，这届的道德模范奖横竖是有你的！"

罗伊暗自思忖，难道这就是那天陈局长发脾气的原因？这领导的心思如海深，可不管怎么样，这个陈局长为地方建设绞尽脑汁也好过那些太平官和拍脑袋做决定的领导！

丁总热情地送走张局长，示意秦主任和李梅带罗伊走了一圈集团办公室，秦主任把每一个办公室都介绍了一遍，走到项目部的时候，秦主任重点介绍道："这就是小溪，陈小溪的办公室！"

陈小溪含笑点头，罗伊看着这L形的六个独立办公区，都有电脑，陈小溪办公室靠着窗，阳光温热地铺在她的桌面上，旁边还有打印机、电话，罗伊眼里都是羡慕，这才是白领的生活，她曾经在大学毕业时无限憧憬的地方。

在最里面有一个戴着圆眼镜，有一副暖心笑容，与她年纪相仿的小姑娘，柔声说着："你好！"

秦主任介绍道："这是咱们设计部的小杨，杨乐乐！"

"你好，乐乐！我叫罗伊！"

"嗯，罗伊！"杨乐乐笑着看着她，秦主任挨个给她介绍，每个人都向她投来热情而友好的目光，她感觉这里的氛围很好，这是她来到这里，第一次感受到公司朝气蓬勃的氛围。

最后回到秦主任的办公室，一个戴纤细金属架眼镜，瘦弱精干的小姑娘正在电脑旁忙碌着："主任，这份材料下午要项目部报到市财政局的贾科长那里！"

一抬头见到罗伊和李梅，先和李梅打招呼："哎呀，稀客，稀客，我说楼里这么热闹，原来是苗圃的两大美女来了！"

秦主任笑道："王琪琪，别忙了，带她俩去远大市场，买两套行李，然后安排她们去小溪的宿舍，快去吧！"

王琪琪喊道："左岩，走了！"

左岩哎的一声跑着过来了！

左岩拎着新买的行李，随着王琪琪，带着罗伊和李梅，走进陈小溪的宿舍，一个40多平方米的房间挤了三张床，但只有一张床上有行李，罗伊明白那是陈小溪的床铺，床头柜上都是公考的书籍。

王琪琪问她们今晚是不是要住这里，她俩摇头，王琪琪说：

"那让左岩送你们回去吧！"

左岩看着她不屑地说："哎呀，你倒替她们做主了！"

王琪琪没有理他，罗伊和李梅也不好意思地笑笑，连忙道谢！

回去的路上，李梅特意多买了点挂面和馒头，罗伊和李梅盘算着，这是什么事啊！

李梅感叹着："说是让晚上回来住，根本就不现实嘛！这么远怎么回来呢！"

左岩："我接送你们啊！"

李梅："拉倒吧，你是领导的御用司机，我们可用不起！"

左岩："丁二总的车、基地拉苗子的车哪个不能坐？"

罗伊："哪个都能坐，可哪个也不能天天坐，这里我观察了，连个公交站牌都没有！"

左岩："哎呀，想得倒挺周全，还坐公交，这明摆的就是做给你们陈局长看的嘛。"

李梅："左岩，你好眼力啊！"

左岩："那是，走吧，我带你们去 W 市最好吃的馅饼店，先喂喂脑袋吧！"

罗伊："馅饼啊，我最喜欢吃了！"

李梅："我也喜欢吃！"

左岩斜嘴笑着。

回到苗圃已经快下午四点了，周阿姨带着陈宇他们干了一天的活，知道左岩要来，都等在那里搭他的车回去！

晚上，苗圃又恢复了冷清，躺在床上的罗伊，辗转反侧，就感觉这是一场梦，从进入 W 市的时候就开始了。

第3章　nice的采访

　　无论昨天是喜是悲，今天的日子还得过啊，"因为生活就像一盒巧克力，你永远不知道会得到怎样的惊喜。"

　　就这样，罗伊还是每天一干活就哭，哭得营养钵里的苗子都垂头丧气的，就连周阿姨都服了，大家都偷偷管她叫"哭鼻子"。

　　这里地处偏僻，停水停电那是经常的事，现在已经停水好几天了，罗伊他们只能喝水渠里的水，苗子也干渴得耷拉着每一片叶子，看着此情此景正要起调哭的罗伊被李梅一把拉住："你再这样哭下去，我也要哭了！"

　　"我也不想哭，可是莫名地难受，昨天我给其他志愿者发短信，你知道他们有幸运吗，都在机关，你知道这意味着什么吗？"

　　李梅心想，这意味着你又要哭了："他们待遇好，条件好吧！"

　　"才不是呢，这意味着我就是死在这里也不会有人知道的，他们将来都会有编制，都会留在机关，我呢，白白受了这份苦，什么都没有！"

　　"哎呀，这可说不定！你们好歹也是志愿者，啥事还都有个盼，我就比较傻，都不想也考一个志愿者。"

　　李梅狠狠地剪断一个旁枝，继续说着："你们再不济也有政府给你们撑腰，我们就不同了，这要是哪天丁总心情不好，我们就得卷铺盖走人，你们呢？要是赶上好政策，都能进机关，都能有办公桌。"

　　罗伊停下手里的活，转身看向李梅："哪有那么多好政策等着我，对，我是志愿者，我要服从组织安排，到祖国最需要的地方，可为什么只有我到了这个最艰苦的地方！天天弄这些破苗子！哼！"

　　说罢便打了几下比她还高的苗子，便又哭了起来。

　　李梅真的是无奈至极了，轻轻把罗伊搂进自己的臂弯，指着这些苗子说："罗伊，你知道吗？就算现在来水也不能给它们浇水！"

　　罗伊抹抹泪："是不是和人渴极了不能猛地喝水一样？"

　　"不是，别看这些苗子长在温室里，也得让它们缺水、缺肥，不能让它们活得太舒服，这叫炼苗，最后活下来的苗子才能移植到大田里，就是陈宇他们那边的基地。三年以后还活着的，才能算成活，五年后，才能收它们的果，这样的果品才能酿出最好的酒！哎，我是农村家庭出生的，还有一个比自己小好几岁的妹妹，小时候，条件不好，冬天，我们在被子里还被冻得哇哇哭，所以我受不了你哭，你一哭，我就想我妹妹！"李梅嘴角微微抖着，明明眼泪就在眼角，却笑着咽下这生活的苦涩。

　　曾经的罗伊是那么无惧苦难，渴望磨砺，还在日记里写下"平坦的道路留不下足迹，泥泞的路上才会留下奋斗的脚印"，一毕业就报考了"三支一扶"志愿者，她就是要到最艰苦的地方去，她觉得这是人生另类的浪漫，而此时，这份浪漫被现实暴击得粉身碎骨。

　　她很感谢上天，让她遇到李梅，如果没有她，自己在这里恐怕一分钟都生存不了，可李梅接下来的话，着实让她心里一惊。

"其实你留在这里也怨我，我跟公司说了，如果让我一个人留在这里，我就辞职，当时是要小溪来这里的，可她没有来，我就闹着辞职，然后，对不起啊！"

罗伊已经练出了睁着眼睛就能流泪的本事，她笑着一抹眼泪："怎么能怨你，我是志愿者，我是自愿的！"

确实如此，心里一千一万个不愿意，只要不反抗就都算自愿的！

中午还是铁锈味的西红柿面，李梅把所有的馒头都掰成了小块儿，说晾干了，才能保存得久一点，吃面的时候蘸面汤吃。

今天是星期天，周阿姨他们也不来，不知是说出了心里话放松了，还是被罗伊折磨得确实累了，午睡正酣的李梅，怎么也不想起床，可罗伊早早就被苍蝇咬起来，愤怒地打着苍蝇。

"李梅，苍蝇咬我，起来打苍蝇了。"

李梅一翻身，用手赶去飞到额头的苍蝇："打不完的，咬就咬吧。"

"哎呀，苍蝇咬我们的馒头啦！"罗伊哀号着，李梅腾一下起来，抄起自制的苍蝇拍，一顿好打。

"让你咬我们的馒头，让你咬我们的馒头，连你也欺负我们！"

打到两人都累了，再躺在床上，罗伊喃喃着："我好想，好想洗个澡。"

李梅也喃喃道："我也好想好想洗个澡。"

这时水龙头呼隆呼隆地响，罗伊赶紧拿着脸盆接水，李梅跳出去把水渠里放满了水，因为不给苗子喝也得给自己留着喝！一边接水一边商量，怎么也得回趟城，好好地洗一澡，再买个大水桶之类的储水工具。

人生的改变也许就源于一件小事，而不是什么惊天动地的大事。

罗伊可能就是从买水桶那一刻认命了，想着这两年就要与这些不一定能活过今年的苗子做伴，决定现在还是想想冬天怎么办，要自己烧火生炉子吗？

在没有智能手机，网络也不普及的年代，最好的消遣方式就是看电视，可惜苗圃这么僻静幽远的地方，怎会有电视呢？夜晚时分，陈宇和罗志兵敲响了她们的大门。

真印证了那首歌，"你不用介绍你，我不用介绍我，年轻的朋友在一起呀，比什么都快乐"，都说老人迷信，可不知道为什么，年轻人聚在一起更喜欢讲奇闻逸事，尤其是平时少言寡语的陈宇讲起来传神得很，众人都紧张地瞪眼听着。

刚讲到一惊奇处，罗伊的诺基亚手机叮叮当当地响起了，惊得众人心怦怦跳。

"什么，啊！"罗伊大叫起来，"好的……"

挂了电话，罗伊急得满地乱转："怎么办，怎么办，怎么办？张局长，张局长说省电视台，省电视台要来采访我！啊，让我准备，准备啊！"

"省电视台啊，首府电视台，要来 W 市，波尔多酒庄，苗圃，采访一个你！"李梅顿挫地重复着信息。

"对，对，对，我是志愿者代表！我代表志愿者！"罗伊激动地点着头。

陈宇笑着摇头："不要这么紧张吧！"

罗志兵皱着眉："按惯例是不是要准备演讲稿？"

李梅赶紧补充："对，一定要，好好准备！"

罗伊学起了宋丹丹："大家好，我叫，不，不紧张！"

哈哈哈，众人笑作一团。

陈局长、张副局长、秦主任陆陆续续打来电话，好一阵安顿，幸亏苗圃离市区足够远，不然他们一定会当面给罗伊，好好讲讲W市的惠农政策以及未来的发展规划，当然还有在政府帮扶下波尔多的似锦前程。

罗伊拿出了全部的衣服，比画来，比画去，把李梅看得目瞪口呆，没想到她堆在墙角的三个大皮箱还挺能装东西的，只见罗伊选了半天都没有合适的，只能作罢，先得洗个澡，毕竟上电视是个形象工程。

李梅用热水壶，不停地帮她烧水，可再怎么赶着烧，水温还是上不去。夏末的夜晚还是很凉爽的，躲在最里面的储物间，罗伊强忍着冷，简单地擦洗着身子，一边洗一边叨念着："冷冷冷，W市在农会助农中，加大马力，下足功夫，给农户，啊，冷冷冷……"

第二天，罗伊破天荒地起了个大早，昨晚太冷，水也不够，就没有洗头，今早就认认真真地洗了头，拿出了培训时穿的文化衫，看着背后醒目的红色印刷字"到农村去、到基层去、到祖国最需要的地方去！"，还是穿它最得体。

大门呼啦呼啦地响，李梅跑着去开门，李师傅带着陈宇他们一顿操作把院子扫得干干净净，苗子归置得老老实实。

罗伊感叹道："真是清水泼街，黄土垫道啊！"

李梅拿书给罗伊扇风，整理头发："这也没个吹风机，就先这样扇着，哎，能让李师傅这么紧张，今天一定来个大领导。"

罗伊用毛巾反复搓着头发："兵来将挡水来土掩，船到桥头自然直！管他什么大领导，来了苗圃都得听咱们的。"

李梅被她逗笑了："对，都得听咱们的！听我们罗伊的！不然就哭给他们看！"

罗伊撇嘴，揉揉眼睛，她昨晚都没怎么睡，把所有可能提出的问题都在心里模拟了一遍，怎样措辞，要说什么，不说什么，重点说什么都想了一遍。

没一会儿，平时门可罗雀的苗圃4号棚门口就停满了车。

清早没什么蚊子，可日头出来，这苍蝇、蚊子也像收到信号似的都出来了，咬得张副局长也叫苦连天，罗伊拿出了仅剩的一瓶风油精内心极其不舍地送给了她。罗伊给张副局长说这里的卫生间就是"文迎阁"，是苍蝇、蚊子的谐音，她心酸地看着罗伊。

陈局长在丁总的陪同下，先去了基地，门口的W市记者们都默默地等待着，其中有个个子特别特别高的女孩，找到罗伊，给了她一个问答版的稿子："我大概先给你讲讲这个采访的流程，你不要紧张，我们就是演习一下，真正采访你们的是省台记者，我也是志愿者，我叫黄蓉！"

罗伊调皮地一抱拳："不知黄女侠到访，有失远迎，不知女侠是哪一届的？"

"失敬失敬，我比你大两届，我已经分配了！"

"那我能分配吗？"

"一年和一年政策不一样，这个真不知道啊！"

罗伊还想问什么的时候，陈局长和丁总已回到苗圃，黄蓉和她的同事们一下子拥了上去。

罗伊和李梅站在一边，乖乖看着。

"丁总我们的演习正式开始，那请问丁总，您对您的企业未来有怎样的规划呢？"黄蓉认真地问着。

"我们这个企业的前景广阔，将来就在这片沙漠里，我们要种上万亩葡萄，还要盖酒店，建酒厂，再闹一个地下酒窖！"丁总严肃地答着！

听到这"闹"字，黄蓉一脸黑线，罗伊和李梅不禁失笑，窃窃私语着。

"我觉得他在吹牛!"罗伊侧头小声说着。

"我也觉得他在吹牛!"李梅侧头小声回应。

"这鸟不拉屎的无人区,谁会来?"罗伊继续小声说着。

"领导的脑袋估计都被驴踢过!"李梅同样小声接着。

"领导的脑袋就是不一样,走到哪里都锃明瓦亮!"罗伊看到丁总那光秃秃的脑袋在阳光下闪闪发亮。

"哈哈哈,锃明瓦亮?!"李梅真是忍不住地笑了。

虽是演习采访,但是丁总无比认真,信誓旦旦地说着:

"我们希望政府能下派更多的志愿者,也欢迎更多的志愿者来我们企业!"

"废话,志愿者也不用你们企业开工资,你恨不得全都给公司白干活不拿工资吧!哼,资本家!"罗伊瞪着眼睛,极其不满地表达着,像极了念念碎,可那时她还不懂这浓重的方言里透露着丁国庆的坚韧与智慧。

陈宇一拍罗伊肩膀,吓得罗伊和李梅小魂差点没了,罗伊捂着心口:"真是白天不能说人晚上不能说鬼啊!"

陈宇哼笑着说:"背后说人就不要怕人家知道,背后夸人也别怕人家不知道,省里的记者已经到了,你好好表现啊!"

面对镜头和话筒,罗伊把服务基层的志愿精神表达得准准确确,把改造荒漠的决心表得妥妥帖帖,把政府和企业夸赞得完美无缺,省台的记者都惊呆了,连丁总都录了好几遍,她一遍就过了,后期剪辑的时候,工作人员都不知道该怎么剪,说得太连贯了,删哪句都不合适!

采访结束后,一行人等到城里最好的饭店,罗伊被安排到领导身边,推杯换盏中,李梅才算是见识到罗伊的实力,原来罗伊口才这么好,罗伊席间才问询到,这个黄蓉能留在这里是因为无论何时、何地，只要有新闻，她第一个出现场，无论多晚都要把稿子写得漂漂亮亮的，编制是用没日没夜的加班，跑前跑后的忙碌换来的。

最重要的一点是，编制是逢进必考，以前还可能子承父业，父母退下来得的一个编制，然后借助时代背景，没有什么文化也能混个领导，现在这个年代，体制里要的是有思想和能力的人，没有这些，至少得有学历和文化吧，不是什么阿猫阿狗靠关系就能进的。

志愿者的未来在哪里，罗伊好像看见点光明了。宴会结束后，罗伊和李梅悄悄对服务员说："一点不剩，全部打包！"然后罗伊一脸假春风地欢送着各位，李梅在服务员鄙视的眼神下，大大方方地把菜汤都小心打包。

电视台哪天播，省里的记者、张副局长、秦主任、黄蓉都给她发了短信，罗伊仰天长叹："我哪有电视啊！"

李梅说："你要不联系联系丁二总，他不是答应给配电视吗？"

罗伊拨通了丁二总的电话："二叔，您好！"

丁二总想也没想是谁就说："小机灵，这么客气作甚！"

"二叔，电视！"

"明天就到位！"

电视第二天就出现在她们面前，陈宇和罗志兵羡慕不已："为什么我们没有？"

罗伊和李梅骄傲地说："你们——不配！"

刚说完就后悔了，没有有线信号，根本看不成，看电视真成了"看电视"，罗伊继续磨着丁二总买个"锅子"，丁二总不知什么原因总忘，眼看着就要到播出的日期了，罗伊哀号着："二叔啊，电视锅子呢，您拿去煮面了吗？"

　　终于，错过了播出的日子。

　　家里的电话却打爆了，都说在电视里看见罗伊，都不确定是不是她。省电视台主要是采访波尔多酒庄如何改造大漠，种植葡萄，助农惠农的，3分钟的专访，而她就占了30秒，奶奶说她的秒数比省电视台的广告还要长，罗伊吹着牛："总有一天是我个人的专访。"

　　看着电视里的罗伊，小溪关掉电视，心里很不舒服，凭什么一样样的志愿者，一样样分到波尔多酒庄，偏偏要采访她，自己还是一本大学毕业的，而罗伊就是个学音乐的师范生！

第4章 搬家

罗伊最近慷慨大方，把仅剩的一把挂面给了陈宇，因为左岩给她带了很多好吃的，有蔬菜、水果、方便面，她真的不想再吃挂面了。

有些人如阳光一般，总能给你希望，驱散你内心的阴霾，也许此时身边的这些朋友就是罗伊内心的太阳，只要有他们在，自己就信心满满、无所畏惧！

早晨上厕所，她有些不痛快，为了不让苍蝇、蚊子附着在自己的身上，她即便是蹲着也要前后摆动，罗伊想着，陈局长说他年轻的时候挑过大粪，我过几天是不是也得挑大粪啊，还有等我离开这里的时候，能不能把这个坑拉满啊！

回去她就把对当下生活的疑虑抛给李梅："你说，冬天房子可以烧火炉，那大棚呢？冷不冷啊？"

这么深远的问题李梅都没有想过，于是一本正经胡说八道着："大棚冬天根本不冷，有这层塑料遮着，夏天都这么热，冬天冷不到哪里的！"

罗伊认真听李梅信口雌黄，居然信了，满意地点着头，哼着小曲继续干活。

李梅见她心情甚好，也很开心地继续哄她开心，说："大棚里冬天有地暖的，冬天更舒服，不舒服，这苗子也不好好长啊！”

苗子舒服了，人也应该会舒服吧，而且到了冬天她就可以回家过年了！日子也越来越有盼头了！

嘀嘀嘀……

大棚外的汽车鸣笛，把她们召唤了出来。

其实那天采访完，丁总看到了生锈的铁锅、晾干的馒头和一小把挂面，还有这大棚里的温度差点把他憋晕过去，蚊子、苍蝇也不认识他这个老总，对他也是不客气。

他虽然多次来过这里，但是每次都是开车，不觉得苗圃与基地有多远，但是对于这些没有任何交通工具的孩子来说，真是远了点，他竟然觉得有些对不起这些孩子。

回去他就开会，一是给省里吹出去的牛怎么圆回来；二是法国专家来时的接待工作；三是苗圃和基地工作人员的待遇问题！

丁家共有三个兄弟，丁总是家里的老三，却是单位的一把手，原来在北京当官，不知道什么原因辞职不干了，先是搞房地产，完成资本积累，现在又酿酒，先在W市南部建了个白酒厂，又要在总部这边弄个红酒厂，还要搞什么有机葡萄种植。

老二就是罗伊他们口中的丁二总丁二叔，出了名的好脾气，三弟说啥他就干啥，历史原因导致他种了大半辈子的地，现在也算对口了。

老大，正儿八经的政府退休的老干部，因为年纪的问题现在是单位的顾问，就是那种顾上了问问，顾不上也要问问的顾问，多年的政府工作历经，让他做事一板一眼，为公司把握着政治的总方向。

会上丁顾问提出了要成立团委，弟兄几个都蒙了，这里说抓生产呢，您老人家这是要干吗？

其实丁总和陈局长关系再好，也没有老大和陈局长关系好，他们虽然相差十几岁，但也是一个衙门当过差的。

老大不紧不慢地说："单位最近来了不少年轻人，青年团队在不断壮大，这个，成立团委吧，人数也达标，也算是为了企业的文化建设！"

丁总："大哥，那个事就交给秦主任办可以不！"看到老大点头，他继续说道，"还有地基和苗圃的问题，老二你要尽快和镇里联系一下，不行给陈大嘴打电话，让他出面协调！"

丁总不知道为什么对这个陈局长很不客气，每次都是直呼陈大嘴！

清早，罗伊和李梅在大棚里相互打趣，罗伊说自己眼皮跳得眼睛都睁不开，李梅笑她，一定是哭得眼睛落下毛病了，就听着嘀嘀嘀的声音，两人好奇地跑到门口往外看。

丁二总开车带着张副局长，左岩开车带着秦主任，后面还有一个脸黑黑，个子不高，面相很老的男人。

李梅和罗伊心里咯噔咯噔的，李梅以为罗伊要被接走了，不然她最近怎么这么高兴，还把口粮给人了呢？罗伊以为自己又犯了什么错，这是来找自己麻烦了！

张副局长高兴地喊着："罗伊过来。"回头看向那个男的问，"小罗，你不认识，就是上电视的志愿者，她和你做了这么久的邻居，你也不说把你的葡萄给人家送点。"

"送，马上送！"那个男的憨笑着，随后就从后备厢里取出两盒葡萄，递给张副局长，张副局长笑着接过递给罗伊："罗伊，这是咱们这里有名的葡萄种植户周云峰，人家这葡萄还获过金奖，可甜了，拿着尝尝！"

罗伊接过葡萄，赶紧乖巧地说："谢谢张局长，谢谢周大爷！"

"大爷？！"众人哈哈大笑，那个男的"咦，可不敢！"地喊了一声，也忍不住笑了，张副局长更是笑得腰也直不起来："傻丫头，叫叔叔！云峰你可得好好保养了啊！"

张副局长看看众人说了一句："走吧，镇里那边都联系好了。"

丁二总："哎呀，哎呀，谢谢，谢谢我们的张美女，李梅，快给陈宇他们打电话，让赶紧来四号棚。"

罗伊问："啥事啊？"

张副局长笑着说："好事，领导们考虑到你们一是住这里不安全，二是生活也不便利，三是入冬，天冷了受冻，所以先安排你们去镇政府住。他们给你们提供四间办公室，那里的志愿者就住在办公室里的，条件整体是要比这里好的。"

罗伊一听有志愿者，李梅一听去政府住，两个人都很激动。

左岩朝她笑着点了点头："走吧，带你们去看看！"

一行人沿着一条新修的路，一直南下，罗伊和李梅才发现这里原来有个镇子，人虽少，但是也都和她们一样住在与大棚相连的房子里。

镇政府是一个新盖的三层大楼，在一个光秃秃的广场上，门口立着旗杆，国旗呼呼啦啦地飘着，一边是大大的葡萄雕像，另一边是好几头仿真大奶牛，正低头吃着草。

走进镇政府，楼里都是回音，人的脚步声都清晰可见，一个面相周正威武的中年男子带着几个人迎在门口，和大家一一握手，到罗伊这里特意加强了一下力度。

张副局长和他打着招呼："贺镇长！谢谢你了！"贺镇长把他身后的志愿者和工作人员一一介绍给罗伊他们，然后带着他们参观新"宿舍"。贺镇长告诉他们，这是新盖的办公楼，现在工作人员也少，大都是通勤人员，早上班车接，下午班车送，所以目前是能空出4间房给波尔多酒庄，两间阴面，两间阳面，可以办公，可以住宿，如果以后这里建好了，建好了再说！

罗伊心想等你这里建好了，我早就服务期满了，先过一天是一天吧！

贺镇长回头问罗伊："你们怎么吃饭啊！"

罗伊笑着说："自己做啊！"

贺主任："哈哈，还会做饭啊，了不起，我们这里有食堂，你们要是愿意的话，可以一起来！"

罗伊猛地点头："愿意，愿意，我当然愿意了！"

秦主任接回话："那敢情好啊，是不是得给点饭费啊？"

贺主任笑着说："哎呀，秦主任，你和我多少年的交情了，这点钱我能和你要吗？"

丁二总憨憨地说："钱！我们给，我们给！太好了，那个给我也留一间，我省得来回跑了！"

此时每个人都很开心，秦主任看着明显晒黑的罗伊，想着前段时间有人和他反映，说罗伊天天哭，不干活，心里狠狠地骂了句"挑事由子"！

张副局长临走时曾特意说过，顶楼住着两名志愿者，是西部计划的，比陈小溪大一届，男的叫蔡强，女的叫方小妹，这两人中有一个人是要定向分配到事业单位的！罗伊正要问为什么的时候，张副局长接电话着急走了。

秦主任翻着日历，选了个临近的好日子，一大早就让左岩给他们搬家，中午还请他们吃了一顿"安家饭"。

陈宇他们的行李少，可是罗伊的家当着实不少，左岩嘲笑着："你这是真的要定居在这儿了！"

罗伊和李梅真是相中了阳面的家，第一天就在阳面的家住下了，陈宇他们也住在了阳面的家，晚上罗伊就觉得不对劲，和陈宇说："我们都住阳面，丁二叔怎么办？"

罗志兵说："他也不经常来，住哪里都是一样的，阴面的家没太阳！"

陈宇说："我住哪里都一样，这不比大棚强啊！"

第二天罗伊和李梅就搬到了阴面的家，陈宇劝着罗志兵也跟着倒腾到阴面的家了！

晚上罗伊接到左岩信息："方便吗？我在门外等你！"

罗伊光脚跑出去，又赶紧折回来穿鞋，李梅去厕所回来发现罗伊不见了，还以为她去找楼上的志愿者了。这里白天洒了不少的药，没有了蚊蝇的骚扰，李梅安心地睡下了！

罗伊看着左岩："怎么不进去？"

左岩低头笑笑："怎么进去？"

罗伊不自觉地紧张："你找我有事吗？"

左岩抬头看了看天说："你看，只有这里晚上才能看到星星！"

罗伊也抬头看向星空："真的很美，我来这里这么久了，第一次仰望星空！"

左岩轻声说道："很不错啊，你已经坚持一、二、三，嗯，好多天了！"

罗伊被逗笑了："这么晚了就是为了鼓励我啊！"

左岩一笑："没有，白天乱哄哄的，也不是说话的时候！我就是给你送点吃的，你一个人也，也挺不容易的！"

罗伊故作叹气："哎，谢谢你啊，不要站在这里了，进去说吧，李梅他们都在呢。"

罗伊以为左岩喜欢李梅，不好意思自己说，那天买东西左岩和王琪琪感觉怪怪的，是不是因为李梅，啊，他们之间是不是三角恋，罗伊满脑子的猜想。

左岩耸肩一笑："不进去了，秦主任让我看看你们住得好不好！"

罗伊眼睛一眨："住得好不好得进来看啊。"

说罢就挽起左岩的胳膊，拉他进来，这么近距离的接触，让左岩的心都要跳出来了，红着脸就进了镇政府的大门。

陈宇正好洗漱回来看到他们拉扯在一起："哎呀，已经这么熟了吗！"

罗伊瞅他一眼，心想真不长眼："快回去睡觉，大人事，小孩少管！"

陈宇"哎，你！"地喊着，他俩就进了门，吓得李梅赶紧用被子遮挡自己！

罗伊笑着说："李梅，穿着睡衣怕什么！左岩来看你了！你们好好聊，我，我找陈宇谈谈！"

说罢就要走，一把被左岩揪了回来："我就是来看看你们，你们，你们好好休息！"

扭头就走，罗伊朝李梅使了个眼色，又急忙对左岩说："我送送你！"

出来大门，左岩径直就上了车，鼓了鼓勇气，从车窗里探出头，充满期待地问她："服务期满，你会留在这里吗？"

罗伊犹豫着说："不知道，应该不会吧！"

左岩点点头，笑着和她道别！

回到宿舍，李梅瞪着眼睛看她："左岩怎么来了！"

罗伊顽皮地看着她："左岩怎么来了，你知不道！"

李梅被问得莫名其妙："我怎么知道？"

罗伊嬉笑着："北方有佳人，绝世而独立，他是来看你的！"

李梅哭也不是，笑也不是："你啊，脑子瓦特了，分明就是来看你的，我来公司这么久了，他要看我还非得今天？"

罗伊一下涨红了脸："那更不可能，我服务期一满就要离开这里的！"

李梅掖掖被子："那倒未必，说不定你们志愿者将来给编制，你们都是吃皇粮的预备役！"

罗伊也赶紧钻进被窝："借你吉言吧！他啊，爱看谁就看谁吧！"

罗伊不敢再往下想，她现在未来迷茫，此时的她觉得比起爱情，编制似乎更重要。

周末，罗伊和李梅高兴地占着政府的便宜，用着人家卫生间公用的洗衣机，开心地洗着衣服、被单，蔡强喊她们："干什么呢？"毕竟做贼心虚，两个人赶紧解释，罗伊低头不好意思地说："洗衣粉是我们自己的！"李梅跟着补充："这洗衣机要是不给用，我们以后就不用了！"

蔡强哈哈大笑起来，"看把你们吓得，这东西放在这里就是给人用的！我是叫你们一会儿去厨房，咱们今天包饺子！"

每个周末镇政府的人都休息，厨房做饭的大爷、大妈总会给他们这些留守的志愿者留下食材，原本没有罗伊他们的份，可是贺镇长特意安排，每周末他们都可以自行改善伙食，毕竟平时都是很普通很家常的工作餐！

算上陈宇他们，六个人在小厨房里一顿忙活，等饺子端上桌都是一身的面粉，几个人笑作一团，边吃边聊，罗伊忍不住好奇心问蔡强："我听说咱们这个队伍里，将来有人要定向分配的，是不是你啊？"

蔡强眉头一皱："我哪有那个好命啊，我现在天天啃行测、申论呢！"

李梅插话问着："啥是啃行测？"

几个志愿者默契地一笑："就是考公务员之类的辅导书。"

回答完李梅的疑问，蔡强继续回答罗伊："能分配的是你隔壁这位女英雄！"

方小妹羞赧地一笑："切，什么女英雄！"

罗伊瞪着眼睛认真听着，蔡强继续不紧不慢地说："有一年农大有人落水，有几个大学生下河救人的新闻看了吗？"

众人点头，罗伊抢着回答："知道啊，你是落水那个人！农大为息事宁人，给你分配了！"

蔡强和方小妹相互看了一眼，愣了愣，然后哈哈大笑，蔡强更是拍着桌子笑，罗伊反应过来，"哎呀，对不起啊，我，我电视剧看多了！"

方小妹笑着说："没什么，你这个猜想，我第一次听，挺有创意的！只不过啊，我不是讹人的，我是救人的！"

罗伊尴尬地转话题："啊，救人的啊！那你当时不怕啊？"

方小妹一笑："当时不怕，过后怕，那会儿就是看见有人在水里扑腾，有人喊着，我们几个学生会的正巧路过，人是救出来了，可是赵晨阳，哎！我们几个是沾了他的光！"

罗伊依稀记得那个新闻，是牺牲了一名大学生，一时间气氛压抑，蔡强举起水杯说："让我们致敬英雄！"

几个人有的端碗，有的举杯，喊着："致敬英雄！"

方小妹微笑着继续说着："有一次学生会组织演讲，赵晨阳说，他家就是农村的，他学农就是要回报家乡，他考上大学的时候，是全村父老给集资筹的学费，毕业后他一定要回到家乡，带着乡亲们脱贫致富！"

方小妹陈述得很轻松，但是与他们一样眼角泛起光泽，陈宇说："那你没有去他家乡看看？"

方小妹眨眨眼睛，微微一笑："我们一共是四个人下河救人，那两个人已经在他的家乡了，我就服从调剂来这里助农了！"

罗志兵则崇拜地说："你这个可以接受专访了！"

蔡强呵呵一笑："人家可是接受过比省电视台还要大的媒体采访，赶紧吃吧，我最受不了煽情，未来的日子，前途光明，斯人已逝，我们替他好好干！来，加油！"

"加油！"

"加油！"

第5章　得到之路

此后很长一段时间，罗伊和蔡强他们走动频繁，而左岩却再没消息。

罗伊蹲在水渠上，耷拉着脑袋说："从镇政府到咱们苗圃，真的好远啊，来回得一个小时，走过来都已经累嘎屁了，哪还有力气干活啊！"

李梅也叹着气："真是鸡窝倒燕窝了，每天中午回去，都得跑着，就怕回去晚了饭不够！"

罗伊歪着脑袋看着李梅："哎，罗志兵买了一辆电动车，要不？"

李梅："不要，那个东西够我一个月的工资了！"

中午快过饭点了，罗伊她们才穿着大号的迷彩服，脖子里挂着大口罩，戴着大帽子，满头大汗，气喘吁吁地回来，和这些衣冠鲜亮坐办公室的人形成鲜明的对比！

中午吃烩菜，那香味都飘进两人的心里了，两个人低头走着，找了一处偏僻位置坐下，谁知贺镇长招呼她们过去，和他一桌，两个人颤颤巍巍端着碗坐了过去。

看着别人用的都是小碗，而她俩拿着盆，贺镇长忍不住笑了："这些孩子也真是可怜！"于是和她们边吃边攀谈，李梅不敢多搭话，任由罗伊和镇长进行问答式的交流，偶尔附和几句！

当贺镇长询问到她们家乡时，罗伊说自己是B市行政区的，李梅低头说着自己也是B市某个区的时候，贺镇长笑着说："你这是B市十环的。"大家都笑了，李梅也呵呵苦笑着，罗伊愣了愣！

丁二总的房间总是空着，但是只要他来，罗伊就把房间收拾得干干净净，其实丁二总是务农出身，他也不在乎房间在哪一面，但是看到罗伊她们这么懂事，就把自己的笔记本电脑给了罗伊让她用，罗伊又蹬鼻子上脸，磨着丁二总给她和李梅配了自行车！

罗伊根本不会用电脑，这让会电脑的罗志兵嫉妒得咬牙切齿："这丁二总也太偏心了，给你们买电视、买自行车，这个电脑要大家一起用的啊！"

李梅专门气他："哼，你想得美！这笔记本是丁二总专门给罗伊用的！"

陈宇看着这个笔记本也真的是喜欢啊："哎呀，不要这么小气嘛，我拿我的MP3和你换！"

罗伊MP3里的歌都是上大学时，计算机系的好友帮忙下载的，里面的歌虽然过时都不舍得删，听陈宇有MP3，就问："里面都是谁的歌啊？"

陈宇见有戏，凑近罗伊，拿出自己心爱MP3："都是周杰伦的！"

罗伊本来也没想着独占，便一口答应了！

北京请的那个专家致电丁总说，他需要一个秘书，配合他的工作，丁二总首推罗伊。

丁顾问让秦主任安排一个人办理成立团委的事，秦主任建议让罗伊去。

罗伊一时间"官运亨通"，秦主任诓骗她，只要能办下手续，她就是团委书记，能不能当书记秦主任心里都没底，罗伊却信以为真。

接着就是苗圃集体升官，李梅苗圃主任，罗志兵基地主任，陈宇基地部长，李师傅特意请他们到村里的"小辣椒"火锅店，大吃一顿，席间才知道是北京那个姓王的专家要来，弄一群小娃娃显得不重视，这一加上官衔，不就匹配上了嘛！

罗伊小声念叨着："给官算什么，你给钱啊！"

大家齐拍桌子："对啊！"

北京专家来那天，苗圃、基地的人都列队欢迎，丁老总更是步步相随，比接待市领导都殷勤，又是请吃饭，又是安排高级住宿，谁知道人家指定要镇政府陈宇他们搬出的那间，要和罗伊他们住在一起。

每天丁总都带着一队人马陪同着，就连贺镇长也请人家到农户家里给指导种植，李师傅带着李梅、陈宇他们认真地学着，罗伊拿着个小本本，走哪儿记哪儿，屁颠屁颠地跟着人家，还不忘和队伍里的方小妹、蔡强打听这里的情况，看谁家种的瓜果熟了，于是这几天他们真是混吃混喝，没少接受老乡送的西红柿、黄瓜，好不快活。

这几个人都拿出自己恭维奉承那一套本事，哄得这些领导、老总特别开心，尤其是丁顾问，当了一辈子的领导，习惯了拿捏分寸，可是见到这些年轻人，就多了几分长辈的慈爱！

累了一天回到房间，罗伊横躺上床："哎呀，哎呀，累得眼睫毛都疼啊！"

李梅真想上去打她一顿："长得倒全，这一天，不要太得意哦！"

"遵命，李主任！"罗伊一翻身，朝李梅抱拳，李梅被她逗得哈哈大笑，突然，短信响了，罗伊吓得撇嘴，小声说："是王总的！"

李梅指指屋外，罗伊点点头，简单整理了一下衣服，过去了！

王总很严肃，就算到了宿舍他也绷着脸："罗伊，我明天要回北京了，你每天晚上九点，把苗圃和基地的工作汇报给我，我远程指导他们！"

罗伊眨眨眼："好的，王总！"

"我不在这里，你就代表我，这是我的邮箱，记住，每晚九点给我发E-mail！"

"什么？"

"每天晚上九点！"

"对不起啊，不是这个，是发什么？"

"E-mail！哦，就是邮件！"

"对，对不起王总，我，我不会！"

王总抬头看着她，莫名地笑了："来，我教你！"

这个王总拿出教小孩子的态度与耐心，柔声细语地教罗伊发邮件，使用文档，李梅以为罗伊遇到什么麻烦了，偷偷地在门口一看，两个人对着电脑，只是罗伊坐着，王总站着。

陈宇看见了，一把把李梅揪回了她的宿舍！

第二天，丁总就亲自来接走了王总，秦主任带队欢送！罗伊看着丁总那辆据说价值200万的大奔驰远去，长叹一口气，一晚上的电脑速成班，真是受益匪浅啊，可睡了一觉，感觉忘了一半！

太阳每一天都是新的，这四个人依旧奔波在一线，用自己的青春，换取生活的费用，偶尔的幸福、幸运足以慰藉不谙世事的心！

王总还没走几天，秦主任就催着罗伊回城办团委的事，罗伊一早就出门了，听说镇政府前有公交车，她已经等了半个小时，自从来到这里，她不仅晒黑了好几度，也晒红了好几度，她已经放弃了对抗命运，不在乎现在的样子，但是想着今天要去城里办大事，却要用一张晒得和猴屁股一样的脸去见人，不自觉地多抹了几层护肤品！

镇政府对面就是没有站牌的公交站总站，不知过了多久，一辆破旧的公交车从远处驶来，掉了个头，停在她面前，在这个城乡接合部公交车2小时一趟，只此一辆车！

司机下车拿着抹布把车上的一块儿牌匾一顿擦，然后慢慢吞吞地去了"小辣椒"解手，接水。

罗伊一个在运输公司的亲戚曾经说过，一般这种偏远路线的司机，要不就是自己承包了线路，要不就是犯了错误，要不就是人缘不好，她猜想着这个司机肯定被投诉了上万次。她拖着蹲麻了的腿，叹着气，内心咒怨地走向这辆破了皮的公交车。

罗伊透过擦得明亮的车玻璃，看见车窗上立着金色的牌子，上写着"青年文明号"，充满抱歉地问多少钱，司机满不在乎地说："两块。"听这语气就好像你给行，不给也行！

满车就罗伊一个人，她有些窃喜，这不包车了嘛，两块钱的线路，横竖不是承包的。

司机不停地接打电话，没一会儿，车上就已经没有空座了，司机才启动了车子！

平时没看出来啊，原来这地方还有这么人，而且这些人都和司机打着招呼，聊着天，就像和自己家人一样的那种聊天，罗伊真是开了眼界了！

到了公司，罗伊莫名地紧张不安，故作镇静地和见到的每一个人问好，秦主任和旁边的人戏谑着："苗圃的小猴子来了，整天叽叽喳喳的，吵得我头疼，可是隔几天不见啊，还觉得空落落的！"

旁边的人附和地笑着，秦主任继续说："走了，咱们去顾问办公室，那个老家伙，哎，不是，那个老同志！"

罗伊想笑却不好意思笑："好的，秦主任！"

见了顾问罗伊礼貌地打了招呼，顾问端坐着，问："怎么样，在苗圃住得还习惯不？"

"挺好的，太感谢各位领导了！"

"嗯，有啥需要，就和秦主任说。"

"一切都挺好的，谢谢顾问了！"

"咱们公司啊，正在发展中，这个非公企业更要搞好团建，出于多方的考虑，暂时就把办理手续的事交给你，先去出上一份红头，让我看看！"

秦主任刚带她走出顾问办公室，左岩就朝他们跑来了，说丁总叫秦主任和王琪琪去他办公室！

秦主任让办公室新来的姑娘给罗伊腾出一台电脑，就赶紧走了。

罗伊在心里默默地感谢王总，虽说打字慢吧，但是好歹也打出来了！给顾问看了，顾问拿笔把个别语句改了一下，说："挂上公司的红头，盖上公章，再给我看一下！"

罗伊从来没有弄过什么红头文件、公章之类的，想问个人吧，秦主任带着王琪琪去了丁总那里，就一个新来的小姑娘，想着还是问问吧："你好，那个！"

"红头是吧！"那个小姑娘点点头，胸有成竹的样子。

"哦，对！"罗伊似乎见到了光明。

"哼哼，我也不会！"

切，不会你瞎答应什么，罗伊又跌回谷底，那个小姑娘凑到电脑前，帮着一起弄，两个人捣鼓半天，粘贴、复制、剪切，一顿下来，文不成文，行不成行！

顾问实在等不及，径直走到她们身后，看见电脑屏幕上的文件成了这副模样，狠狠地把罗伊大骂一顿，终是罗伊揽下了这一切，对不起，对不起地连声说着，眼泪吧嗒、吧嗒地往下掉！

确实不会啊，那个红文的前半部分是要空出来的，还有发文到几号也要问清楚的，刚毕业的罗伊，没有一点实操经验，此时的电脑操作对于她来说，真难，比剪苗子都难！

顾问似乎也觉得有些过分了，叫来设计部的小杨帮她，操作的过程中，罗伊拿笔记下了每一步，然后又删掉文件，自己重新做了一遍，请小杨帮她把关。

小杨是个温柔到极点的人，没有一点脾气，而那个小姑娘则躲到一边不吱声了。

顾问看着罗伊，想起秦主任和他说过，这个小姑娘是学音乐的，不能按照文员的标准，要求她！毕竟上了年纪，对小猫小狗都很爱护，这么一个小姑娘让自己一顿臭骂，整个楼都知道了，她的脸还要不要了，自己这样做真是不妥！

罗伊弄完了，谢过小杨和那个小姑娘，把红文拿给顾问看，顾问点点头，告诉她去市团委找兰书记！

罗伊强颜欢笑说："保证完成任务！"

看着她欢快离去的背影，所有人都以为她没心没肺，大大咧咧，左岩感觉不对，内心惊慌地从楼上探头看她，秦主任急匆匆回了办公室，让左岩追出去看看！

出了单位的大门，罗伊差点一口气没提上来，哇哇地哭！左岩从后出来，递给她一张纸，罗伊抽泣着说："谢，谢！"哭得都接不住气了！

左岩："别哭了，没人笑话你的，顾问就那样，现在指不定多内疚呢！他们老丁家没有一个脾气好的！"

罗伊抹着眼泪，骂自己真是不中用，真是什么也干不成，来了这么久就会给别人找麻烦。她想着办完这件事，就回家，再也不要当什么志愿者了，来这里也根本不是她自愿的！

左岩："顾问让我送你去团委，车在后院停着呢，你就在这里等我啊！"

罗伊以为左岩是真心安慰她，实际上是秦主任听到骂声，赶紧抽身出来，才知道这事，让左岩赶紧追人！

罗伊也犟了起来："左岩，谢谢你，W市就这么大一点，一个团委我还是能找到的！"

左岩开车出来，罗伊已经没了踪影！

罗伊忍着眼泪直接打了个车，上车就说："去市团委！"

司机一脸蒙地转头看向她："哎呀，姑娘，这个市团委在哪呢？"

"你不知道？我也不知道才打车的！"罗伊不带好气地说着。

司机叹着气，拿出手机问了好几个同事，最后一挂电话："您坐好，市团委，走了！"

罗伊下车，谢过师傅，看着眼前的少年宫，又拉住车门问司机："这是市团委？"

"哎呀，姑娘我还能骗你呢，就是这里，你上三楼啊！"

果真司机没有说错，破旧的小楼里，一、二层是少年宫，三层就是市团委的办公区，长长的走廊只有一间开着房门，罗伊轻轻地叩门，里面出来一个三十多岁模样的女子，轻声细语地问着："您好，请问您找谁？"

"您好，我是扶贫龙头企业波尔多的代表，我们想申请组建团委！"

"哦，那好，那好，我们就需要非公企业的积极参与，你们单位大概有多少团员啊？"

"您好，您好，我们波尔多集团现有房地产、投融资、葡萄种植、酒厂等七个公司，目前实有员工三百人，百分之八十都是45周岁以下的青年同志，其中35周岁以下的占三分之二！"

"哎呀，就知道波尔多产业多，今天听你一说才知道有这么多，正好兰书记去北京学习，等他回来我们开会研究，应该问题不大的！"

"太感谢您了！"

罗伊走出大门想着，这一顿折腾，就是为了这几分钟事，自己还被顾问当着全公司的面大骂一顿，再想想陈小溪的待遇，想想自己的待遇，顿时失去了理智，直接打车去东区政府。

再次走进这座貌似亲近却又远在天边的大楼，罗伊好像见到娘家人一样，委屈地扁着嘴，她要换个服务地，不要再待在波尔多，不然就放弃服务，她躲进女卫生间，捂着嘴哭了半天，还是洗了把脸走出来。

冷静下来的她，正在想着要说什么的时候，突然熟悉的声音喊她："罗伊！"

一个瘦高的身影遮住了脆弱的她，让她看到希望同时如坠地狱！

大学的校园充满着朝气，罗伊坐在主席台下，听着学联主席的慷慨陈词："到西部去，到祖国最需要的地方去，生而为人就得有点意义，爱出者爱返，福往者福来……"

罗伊毕业时，和一直对她很好的校团委左书记告别，左书记说："分配到W市了，那个学联主席薛长安，比你大两届，他就是W市的，说不定你们能遇到！他人很好，你有事可以找他啊！"

于是，冥冥之中，她来到这里，也不是没有想过与他相遇，为何偏偏是这个时候，她咬着牙，忍住泪，不能哭，不能哭，不能以最狼狈、最无助的形象与他相遇！

"学长！"罗伊几近哽咽地发出了声音，薛长安上下打量了她一下，涨红的眼睛告诉他，罗伊可能不开心了。

这世间的事，如果不是注定好的，那为什么会有邂逅！

"小丫头，你毕业了？怎么来这里了？我以为我看错了！"

见她只是点头不说话，薛长安左右看看，压低声音说着："这里不是哭的地方，跟我走，好不好！"

"嗯！"罗伊轻声答应着。

薛长安把她带到一个僻静的办公室，关上了门，递给她一包纸，静静地看着她。

罗伊终于忍不住一把鼻涕一把泪地抽噎着。

真不想在他面前如此，可是偏偏此时，他是自己的幸运，是自己潜意识里最想见的人！

"对，对不起啊！"

"对不起什么！"

"我，我参加'三支一扶'了，我，我……"

他作为志愿者代表回到母校给即将毕业的学弟学妹们宣讲，他只比罗伊大两届，却是学校的骄傲，是后辈晚生的榜样，面对此时的小学妹，自觉往事如烟，叹声说道：

"你分配到这里了挺好！我在这里，有事也好招呼你！"

"左书记说你在这里，我……"

"你啊！怎么不第一时间来找我！"

"我没有你的联系方式，我也不知道你在哪里，我……"

罗伊现在只恨自己不争气，没有一身荣光地出现在他面前。

"手机！"薛长安伸出宽厚的手掌，罗伊递上了自己手机，看着他拨通自己的号，把自己的号码输进去。

"说说吧，你的近况和你，和你的眼睛怎么红成个兔子！"

罗伊破涕为笑后又继续梨花带雨地一顿说，从分到苗圃被虫子咬、蚊子叮说到被顾问一顿骂，薛长安认真地听着，不时还低头笑笑。等她自述结束后，薛长安挑挑眉说："你在这里等我，我有点事，马上回来！"

没几分钟，薛长安回来说："走，吃饭去，咱们边吃边聊！"

罗伊被骂碎了的心，被薛长安治愈着。

餐桌上，他给罗伊夹了菜："罗伊，还记得你们毕业时，左书记让我回去给你们做志愿服务的宣讲吗？我说的那些话还记得吗？"

"记得，铭刻在心！"

"骗人，哭成这样，一定是忘了！"

"是我不好，是我笨，我就是个一事无成的人！我连发邮件、出公文都不会，我，我，我……"

"罗伊，未成清贫难成人，未受打击老天真，不管面对什么样的艰难，遭受何种不公平与委屈，我们都要有坚定的信念，千万不要放弃，千万不要中途退缩！还有，罗伊，你记住，无论你在这个城市里遇到任何问题，都要记得你有个叫薛长安的师哥！"

餐桌上，罗伊才知道，她第一次来局里接待她的那个同志已经考上省公务员走了，薛长安在农牧系统的二级单位，才借调到局里没几天就遇到她，而罗伊的言语间都是要放弃继续服务，想回家！

薛长安笑着开导她，给她讲了自己是如何进入体制，如何被欺负，如何逆转翻盘，还有自己父亲过世，他正在中考的考场上，为了不影响他，母亲等他全部考完，带他走进了殡仪馆！

薛长安就像在讲别人的故事一样，听得罗伊目瞪口呆，不知道如何安慰他，而薛长安却一副泰然自若的样子！

作为等价交换，罗伊也讲出了自己为什么不要留在家乡，志愿服务服从调剂。

她小时候妈妈就得病死了，爸爸做生意没有时间带她，她寄养在奶奶爷爷身边，家人觉得她可怜，对她格外好，但是无论怎么样好也替代不了妈妈！

她妈妈死的时候她已经记事了，后来爸爸有了新女人，还带着个孩子，而她永远忘不了妈妈临死前，拉着她的小手，说想亲亲她的小脸，可还没亲着就垂下了头！

罗伊说着又哭了起来，薛长安面色渐渐凝重，含着眼泪看向天花板，让眼泪逆流回去！

吃过饭后，薛长安送她回苗圃。

午后的阳光暖暖的，薛长安开着车带着罗伊，让她好好调整，毕竟自己也是撕开了自己伤口笑着鼓励她，下了车他顺兜掏出一块儿糖塞给罗伊："小丫头，生活需要一点甜哦！"

办公室里，陈小溪小声和小杨打听罗伊被骂的原因，听到她被骂的原因，很庆幸自己的计算机水平还不错，她来到这里的待遇可比罗伊强多了，不愿去苗圃，项目部的总经理就以缺人手为由留下了她，毕竟名牌大学毕业的，在这偏远的小城市还是很吃香的。

住进公寓，虽说床多但常住人口就她自己，小杨她们也就偶尔中午在宿舍休息，吃饭更是豪华待遇，在丁总家吃，丁总家就在公司旁边小区的最里面，闹中取静的好地方，一幢门前种满桃树的小别墅。

家里夫人温柔可人，和打扫卫生的、做饭的几个人都以姐妹相称，陈小溪更是独得这个夫人的垂爱，也跟着大家一起叫"三嫂"。

有三嫂的照应，公司里的人对她格外关照，左岩和她一样都在三嫂家吃饭，但是左岩是住在大嫂家的，晚上百无聊赖的时候，左岩会开着公司的车带着陈小溪满街转。

左岩没有追上罗伊，悻悻地回到办公室，拿出手机反复编辑着安慰罗伊的话，思来想去也没有编出几个字，陈小溪靠近他："干什么呢？给谁发信息？"

左岩一挥手："小孩子，一边玩去！"

第6章　试金子，是金子

自从被顾问骂了后，罗伊就得了梦魇的毛病，常常梦到妈妈拉着她的手，奶奶抱着她哭，她想动动不了，想喊喊不出来，还会看到自己躺在床上，地上还有一个她忙碌地找东西，还是想动动不了，想喊喊不出来，最后的情况就是做梦哭醒！

那天回来她倒头就睡，可没睡一会儿，惊坐起喊着："电脑，我的电脑呢！"

跑到陈宇那屋拿回了电脑，只听陈宇喊着："我的游戏还没打完呢！"

罗伊先给王总发了邮件，然后一直百度，一直记录，拿出来公考时候的书，找到公文写作认真地研究着，李梅看她这般忙碌着，电视都没敢开，打了声招呼去找陈宇他们了！

此后的几天，罗伊天天梦魇，弄得自己萎靡不振，总觉得自己中邪了。

一天晚上，陈宇回来跑她们屋借挂面，罗伊和他说："陈宇，你天天去基地，我来时见路旁有桃树，你能不能帮我砍一棵啊！"

陈宇借着她们的锅，煮着面，一听这话，手一抖，一束挂面全进锅了："哎呀，我的妈呀，砍一棵！那是周云峰的，折个枝子，都能把我掰两截，你让我砍一棵！还有啊，在W市，你种树没人管，但你砍树，哎呀就有人抓你了！"

李梅笑得肚子疼："哎呀，笑死我了！罗伊，陈宇也没得罪你啊，你是咋想的！"

罗伊一边写今天的工作情况，一边叹气说着："我最近梦魇得实在厉害，就是住大棚吓的，这里肯定不干净！"

李梅左右看看："可不敢瞎说啊，听着瘆人！"

罗伊放下手里的活，蹲在陈宇身旁，小声说："陈宇，你为人最好了，你就行行好，趁着月黑风高……"

陈宇往后躲躲说："休想！"

罗伊："哼，见死不救，别吃我们的面，都给你倒了！"说罢就要倒掉陈宇的面。

陈宇一把按住："我去，我去，我去还不行吗！"

陈宇哪敢去折周云峰的苗子，更不敢去砍树，而是次日晚上坐着公交车回城了，看见广场上的人在修剪花木，便从怀里拿出剪葡萄的剪子，他的工具可比这些工人的要好用，一边和人家搭话，一边瞅着广场上的那几株"肥硕"的桃树！

晚上就在网吧玩了一晚上的游戏，早上睡眼惺忪地坐上早班公交车去了基地！

等再见到罗伊时，给了她一个不到十厘米的桃木剑，罗伊端详着："你做的？"

陈宇露出一个得意的笑："怎么，不相信兄弟的手艺？"

罗伊好奇地问："你拿什么做的？"

陈宇掏出一把钢制的，还有点锈迹的小刀，罗伊大喊着："啊，陈宇你太太太伟大了！"

罗伊阴沉许久的心终于有阳光慢慢地渗透进来。

团市委的批复下来了，顾问拿着批复想起那天痛骂罗伊，心里有些过意不去，想着道歉，可是放不下身段，犹豫间，叫来秦主任："老秦啊，那个团委的事你要尽快办啊！"

秦主任："好的，好的，这周就举行选举！"

顾问睥睨秦主任："嗯，选举这个工作你打算怎么做啊？"

秦主任弯腰，贴近顾问："您的意思是……"

顾问挺了挺身子，咳嗽一声："上次你推荐的那个罗伊，大家都什么意见啊？"

秦主任心想这是啥意思，要换人？因为一个红头文件不至于吧，而且我还诓骗罗伊说这个书记稳稳就是她，现在这个老家伙是啥意思啊，笑着试探说："大家？大家！大家没意见吧，毕竟是个光加工作不加钱的营生！"

顾问正了正身子："嗯，既要做好民主下的集中，也要做好集中下的民主，你得做好前期工作啊！"

秦主任瞬间明白，悬着的心终于旋落，回到办公室就催着罗伊和她的小伙伴回来，说团委的批复早下来了，让他们回来开选举大会。

丁二总一早就开车把他们带回来，单位里算上销售、采购、办公室、项目，一共下来年轻人也不到20人，再加上早有领导暗示，罗伊顺利当选，小杨、王琪琪、左岩都朝她鼓掌，陈小溪心有不甘却也拍了拍手，对罗伊说："恭喜啊！"

还没等罗伊给市里上报选举结果，丁二总就带着罗伊他们去下馆子，名义是庆祝苗圃出了一个书记，实际上是给罗伊拉拢关系，丁总、顾问、秦主任都应邀参加，作为志愿者团队，陈小溪也被罗伊热情地邀请入席，席间看见顾问就头皮发麻的罗伊，故作镇静，高高兴兴地给大家倒酒、倒茶，一路感谢、表决心。

丁总举起杯朝着罗伊示意一下，吓得她赶紧站起来，嘴里的肉咽也不是，不咽也不是，拿着茶杯就站了起来，丁总眉头一皱："你这可不老实！端的是啥！"

罗伊赶紧喝了一口茶，这个肉算是顺下去了："对不起，对不起，我先干了！"

一桌人都哈哈大笑，丁总也忍不住笑了，秦主任赶紧圆场："拿酒哇，咱们是什么企业，还拿水哄骗人！"

罗伊惊慌地端起酒杯："是，是，是，我错了，感谢丁总的信任，感谢顾问的栽培，感谢，感谢丁二叔和秦主任对我一直以来的关照，更感谢苗圃的兄弟姐妹不嫌弃我愚笨，对我这么好！谢谢大家！"

言罢，杯中酒一饮而尽，眼角泪水溢出，笑着说："好酒！"

丁总点头说着："好同志！"

丁二总憨憨地说："慢点喝，慢点喝！一会儿你还得圆场呢！"

罗伊感觉晕乎乎的，说："啥是圆场？"

秦主任笑着解释："圆场，就是转着圈地喝酒！"

罗伊怎么能不知道圆场的意思，只是喝得有点猛，一时间没反应过来，"啊"的一声，尽显窘态，接下来的现场气氛是相当热烈。

饭后又是一阵KTV模式，以至于他们回到镇政府，躺在床上还意犹未尽地高声唱着歌。

也不知道是当了团书记还是受到薛长安的鼓舞，罗伊开始自己给自己找活干，天天想着怎么干好团委书记。思来想去还是觉得需要先从办个内部报纸开始，这个成本小、辐射广、效果好！

她把苗圃基地的种植状态和公司其他部门的工作动态进行报道，每晚上都研究word，设计出版了第一期波尔多团报，还是页面的，回单位请示了秦主任和顾问后，请小杨给自己打了彩印的，分发到各个办公室和分公司！

罗伊天天晚上研究这个报纸，李梅说她魔怔了，罗伊却在不断地改版，打听谁写文章好，和人家求稿子，然后又和顾问软磨硬泡争取了一点活动经费，作为稿酬发给大家！

丁总拿着报纸，哼地一笑，把报纸压在了键盘下面！随后拨通秦主任电话："法国那边要来人了，让苗圃和基地那边做好接待工作！让王总也尽快回来！"

法国人要来前，苗圃和基地格外忙，丁总亲自来检查了好几次，每一次来都是雷烟火炮，不是这里不行就是那里不行，罗伊感觉丁总每次来都把头顶气得红彤彤的，黑红，黑红地发着光！

法国人来的时候，王总也跟着一起回来了，前后也就待了两天，在苗圃和基地看了看苗木的生长情况，王总和法国人嘀嘀咕咕，罗伊满脸崇拜地看着，陈宇哼地一笑，罗伊瞅他一眼，狠狠地掐了他一下，陈宇一龇牙，也没敢喊出来。

丁二总把罗伊叫到僻静处说："做好记录，整理好让王总看看，这些东西一定要保存好，千万不能给别人！"罗伊点着头，心想这么多人，就是泄密了也不能怪我哦！

送走法国人，罗伊叹了口气，顾问朝秦主任一挥手，说："广乐来电话了，他们这几个小兔崽子这几天表现不错，带他们去那里玩玩！"

左岩负责开单位商务车带着罗伊他们还有办公室的几个小年轻，一路上左岩和王琪琪一唱一和地说着那个地方有多么多么好，可到了地方，罗伊惊呆了，原来就是单位乡下的白酒厂！

偌大的厂房后边是偌大的葡萄园，负责管理的是一对中年夫妻，据说是丁总夫人的亲戚，胖墩墩的，憨憨厚厚的，笑脸可掬地招呼大家进家，农村嘛，就是家大！

罗伊东瞅瞅，西瞧瞧，十足地没有见过世面的样子，感觉被骗了却由衷地赞叹："真好，真好！"然后狠狠瞅了左岩一眼。

左岩笑着说："这可是我们单位的世外桃源，是吧，广乐叔！"

广乐叔憨笑着："哎呀，乡下就是地方大！"

广乐叔家的两个小孙子跑过来，好奇地看着这些人，罗伊从兜里掏出两块儿糖，放在手心引诱着小家伙们叫姐姐，果不其然，小孩子很好哄，都叫她姐姐，大家哈哈笑着，左岩问她："你这哪里来的糖，是随时准备拐骗小孩儿的吗？"

罗伊瞅了他一眼说："生活需要一点甜！你懂什么！"

左岩打趣着："我不懂！我不懂！"

一群年轻人边干活边吃葡萄，罗伊从来没有吃过这么甜的葡萄，甜得挤眉弄眼的。陈宇哈哈笑着："这就是赤霞珠！你伺候的苗子将来就结这样的果！"

左岩时不时地抬头看罗伊，王琪琪一拍他肩膀，问道："想什么呢？想也白想！"

左岩淡淡地哼了一句，陈小溪看着左岩搭话道："他能想什么，想着中午吃炖羊肉呗！"

李梅轻轻推了罗伊一把，小声说，"我看见左岩看你呢！"

罗伊蹲下身子，抬头贼眉鼠眼地四处看："啊，谁？看什么看，我这一天灰头土脸的！"

李梅悄声说："左岩这个小伙子不错的啊！"

罗伊皱眉："他错不错和我有啥关系！哎呀，陈宇，我干不动了！"

陈宇给她"砍"了桃树，她就对陈宇呼来喝去，陈宇每次都是不耐烦地答应，认真地完成，陈宇瞅她一眼："女王陛下，您歇着，我来！"

广乐叔炖着羊肉，和顾问和秦主任在院子里聊天、下棋，吃饭的时候，大家围坐在一起，开开玩笑，逗逗乐子，王琪琪挨着罗伊和李梅，和她们熟络地谈着话，左岩时不时地接几句，陈小溪和陈宇、罗志兵谈论着自己的家乡、学校，几个长辈推杯换盏间说着酒厂要扩建之类的商业信息，罗伊看似和小伙伴聊天，却有一句没一句地听着他们谈话。

傍晚时分，秦主任蹭顾问的小轿车先行回去了，一群年轻人嘻嘻哈哈地挤在车里，同事们陆陆续续就近下车了。

等到公司门口也就剩他们几个人了，左岩嬉笑着问罗伊："有男朋友吗？"罗伊"啊？"一声充满疑惑，李梅抢着回答："没有啊，怎么喜欢我们苗圃女王啊！"

左岩"切"的一声准备下车："W市风景不错，改天再带你们去转转！"

王琪琪跳出来喊着："别改天啊，就现在！"

李梅也起哄："对，就现在！"

罗伊这娇小姐的身子根本经不起折腾，虽说没摘几串却也累得龇牙，再加上晕车，现在就想躺着不动："我不去了，我……"

"我什么我呀……"王琪琪上去就挽着罗伊，"走吧！"

"真不去了，我晕车，难受！"

"人家不去就算了！这都当团委书记了，哪里还能和我们这些平头百姓一起玩啊！"王琪琪喃喃着。

罗伊强挺着睁着眼睛："哎，不是……"

左岩不等罗伊说完就把她又塞到车里："不是什么，不是什么，不是就赶紧走！"

几个人围坐在包厢的圆桌前，王琪琪和陈小溪点着餐，李梅给罗伊倒水，拍着她的背，左岩皱眉问道："还难受吗？"

李梅："她本来就晕车！"

王琪琪："要不我去给你买点药！"

罗伊皱着眉："不用了，有没有冰块，我吃点冷的就好了！"

左岩一扭头就出去买了冰棒，罗伊安静得像只小猫，听着他们唱情歌，看他们觥筹交错。

听到左岩说着："别看我们这城市地方小、人口少，却人情味浓厚，只要朋友一个电话，无论你在哪里都能赶到！不像你们那里，人情淡薄，唯利是图！"

罗伊想反驳几句却一点力气也没有。

左岩送她们回苗圃，临别时拉住罗伊的胳膊："你服务期满能不能留在这里？"

罗伊看看他始终没有说话，笑笑推开了他的手，李梅上前搀住罗伊："左岩和你说什么？"

"他问我服务期满能不能留下！"

"你没回答他？"

"这个问题就多余问，我自己都不知道！"

左岩鸣笛示意，她们挥手再见，道谢！

第7章　渐入佳境

夜晚罗伊正要入睡，李梅的手机短信响个不停，突然坐起来问："你觉得左岩怎么样？"

罗伊愣怔一下："很好啊！"

"做男朋友怎么样？"李梅继续问。

"也不错！"罗伊随便答。

"左岩让我问你，他可不可以做你男朋友，那我就给左岩回复了，说你愿意！"李梅拿出手机就要回复左岩的信息。

"哎，别！"罗伊跳下床去抢李梅手机。

"哈哈，不，不，不回复！"李梅戏谑地笑着，"没有，没有，他问我，你有没有男朋友！你将来能不能留在这儿，哈哈！"

罗伊气恼地坐她床边，李梅继续问着："你到底是怎么想的？"

罗伊叹了口气："我能怎么想，我一个志愿者，两年后，哎，谁知道两年后是什么样子的呢？"

李梅摇头说："我是问你对左岩啥态度！"

罗伊也摇头："没态度！"

李梅笑了笑，说："两年后你肯定会离开波尔多、离开W市！"

罗伊瞪着眼睛："如果天天种葡萄，摘葡萄，我恨不得现在就走！"

时间在不经意中流淌，再不习惯的日子过久了也会断了不习惯的念想！

按照法国人的经验以及王总的吩咐，苗子要集中起来过冬，基地的葡萄深沟浅栽，要埋成60厘米宽、40厘米高的规格，还要去银川、河北等地考察，购买一批砧木，以便和罗伊他们每天伺候的法国苗子进行嫁接。

罗伊他们被抽调到基地帮忙，丁二总和镇里联系，从周边雇来好多人挖垄沟、埋葡萄，长长的垄，一行就一百多米，罗伊恨不得挖个坑把自己埋了。

一天下来，即使陈宇帮她挖了大半，她的手、脚还是起疱、出血，她想哭也是没时间哭，咬牙坚持了三四天，浑身疼得就像不是自己的身体一样！

那边刚埋完葡萄，他们都回到苗圃，李师傅召集人把苗圃的苗子都剪成段，放入自制的保温箱里。

罗伊的手上起了疱，李梅用烧红的针都给她挑破了，刚开始不疼，睡了一晚，疼得她龇牙咧嘴，双手缠着白纱布，陈宇看着罗伊，讽刺地说："你这是截肢了吗？"罗伊哼地瞅了他一眼，李师傅心疼地看着罗伊，想着刚见她时的白白净净，现在的罗伊嘴上有疱，手缠绷带，一身肥大的迷彩服，围着村民给的头巾，冻得直流鼻涕，一副凄惨相，于是分给她一份较为清闲的工作，编号！

罗伊打着冷战问李梅："你，你，你不说大棚冬天，不冷吗？"

李梅也抖着说："我们大学的实验棚就，就不冷啊，都有地热的！"

罗伊皱眉："咱们这里能不能加个地热啊！"

陈宇虽然戴着耳机，但是没开音量，嘲笑地说："能啊，还能安暖气呢！"

罗伊哼地朝他丢了一枝苗子，陈宇心疼地喊着："哎，欺负我行，欺负我的苗子，不行！"

这些苗子确实娇贵，都是美乐、赤霞珠、雷司令等品种，从法国进口来的酿酒葡萄苗木，与SO4、贝达、110-4等砧木嫁接的，上面都挂着英文的名称。

罗伊分类的时候就用不同颜色的标签标注，设计一个整体的索引表，谁来查看都是清清楚楚！

罗志兵看着，啧啧赞叹："你们看，这罗伊不仅会哭，还会干活啊，这弄得多好啊！"

罗伊哼一声："说谁会哭啊！"

说罢就把罗志兵挤到一边，陈宇边干活边喃喃地说："现在可千万别惹她，她现在是刺猬！"

罗伊皱眉："我是刺猬？行，今天罗刺猬就现把你扎成筛子！"

陈宇见状拔腿就要跑，却不小心栽到水渠里，可把大家笑坏了，李梅更是笑得瘫坐在地上！

王总亲自采购的第一批砧木也到位了，整整齐齐地堆在6号棚里，上面盖了厚厚的草垫子。

这么大的动静怎么能不惊动电视台呢，作为地方的龙头扶贫企业隔几天就有记者到访，黄蓉第一时间就来了。

因为苗圃和基地在镇里，镇里的贺镇长带着方小妹负责接待，企业负责接待的当然就是普通话略好的罗伊。

对于解决了周边多少人的就业问题，带动农户多少家，罗伊和方小妹面对黄蓉的采访侃侃而谈。

这些苗木需要定时观察，24小时记录，他们就分了几个小组，为苗子值守。李梅和罗伊也排了几个夜班，虽说灯火通明，还有军大衣、火炉取暖，两个人还是哆哆嗦嗦，也不知道是吓的，还是冻的！

半夜李师傅、陈宇、罗志兵会轮着陪她俩一会儿，然后她俩就回去了，有时也会一起打扑克、吹会儿牛等到天亮。

罗伊很庆幸有这么多小伙伴陪着自己，还有薛长安不时地鼓励，感觉生活还是有些盼头的。

不值班的晚上，蔡强和方小妹会到楼下宿舍看看她们，毕竟镇长交代过，好好照顾一线的小同志，方小妹皱眉看着罗伊："贺镇长听说你们最近十分辛苦，让我们来看看你们哦！"

蔡强瞪着眼睛："你们，你们，你们成这样了！"

李梅拿着半面镜子照照自己："苗圃本来不是女孩待的地方，你们看看我这脸上都是晒斑，这个晒斑是退不下去的！以为这夏天的太阳就够毒的了，没想到这大冬天更狠！我每天出门都抹好几层隔离、防晒，罗伊啥也不抹，所以她伤情严重！"

方小妹："正好，我给你们拿了几盒面膜，你们都敷一敷！"

罗伊看着方小妹又照着镜子："这多不好意思！哎，夏天好歹没有西北风配合，这冬天就别提了！"

蔡强："你们快收下吧！你们看我们，天天和农户打交道，每天也是风吹日晒的，用了点面膜还真对得起这张脸！"

几个人哈哈一笑，对着半面镜子都敷起面膜，方小妹让罗伊和李梅躺下，她细心地给她们敷面膜，蔡强也蹭了一片，自己对着那半面镜子敷了起来，三个笑成虾米，方小妹边笑边按住她俩："不能笑，小心皱纹！"

到了年底自治区人事局组织慰问，罗伊离开苗圃回城住了几天，罗伊想联系薛长安，想想年底是他最忙的时候，估计又在加班，就没打电话告诉他自己回城的事。

人事局的慰问会开在政府楼里，罗伊想着能不能遇到薛长安。会上人事局的领导先致辞，然后让大家分别说说自己服务的情况，罗伊看着自己的组织，十几号人，虽说都在一线，但是只有她在企业，在最最最基层，心里说不出的委屈，就像是一个被遗弃的孩子见到妈妈一样！

轮到她讲的时候，却用最幽默的言辞讲述了自己的辛酸，听得众人哈哈大笑，只有她想哭。等她讲完，领导一顿赞赏，鼓励！

罗伊不自觉地上了二楼，按了按书包，里面是她珍藏的《三毛文集》，她还是没有勇气走进薛长安的办公室，隐约中听见陈局长的声音，吓得连忙逃掉了。

罗伊回到单位的宿舍，陈小溪还没有回来，估计是在丁总家吃饭，她泡了面，躺在床上，闭上眼睛，深思着，薛长安如神一样地存在于罗伊心里，她在心里无数次地膜拜这个人。

边吃泡面边数着李梅给她的报销单据，下午去集团报账，她十分头疼这项工作！

罗伊和秦主任还有办公室的同事一一打过招呼就走进财务室，一个很漂亮的小姑娘是单位的出纳，她轻轻地走到跟前毕恭毕敬地递上报账单据，结果被扔了回来："你这个不合格，必须是正规发票！"

"这几包生根粉，还有这些草垫子，这个都是从村里买的，没有发票，丁二总说白条也行！"

"丁二总！少拿丁二总压我，没有发票报不了！拿回去吧！"

"不是，我不是那个意思，你看我来一趟不容易，这次能不能报了！"

"不行！"

"那发票长啥样啊，我也没见过啊！"

"哼，你什么没见过！都入账了没有！"

罗伊也不知道哪里得罪她了，吃了一肚子瘪，灰溜溜地等了很久班车又一路颠簸地回到苗圃，躺在床上气哄哄的，又饿又累。

李梅回来，看着脸色阴沉的她就知道没报上账，一边煮面一边骂那个小出纳："真有她的，全公司都知道苗圃和基地最一线，都得给三分薄面，多行方便，她小丫头片子，仗着自己和丁总有几分关系，倒为难起咱们的人了！"

第二天陪着罗伊去村里的农用商店，说要发票的事，老板挠挠头："发票？没有啊！我这小门小户的也挣不了几个钱，再弄上发票！"

"老板求你了，没有发票报不了账！"罗伊满眼泪地看着老板。

"就是，老板，你想想办法，单位审核严苛，这钱都是我们自己垫付的！"李梅也恳请老板。

老板皱眉、眨眼、挠头，一系列动作结束后说："你们等等！"

随即就出了门，进了"小辣椒"，没多久就拿回来两张油渍渍的发票，两个人却如获至宝地笑着，老板也憨憨地笑着。

罗伊第二天一早就踏上了班车，满怀欣喜地又坐了两个小时车，晃晃悠悠地下车，抱着树就吐，瘫软在地上，闭着眼睛都天旋地转，脑子就像是被绞肉机搅碎了一样！

人们陆陆续续围着她，她听不清说什么，但是大概意思她领会了，"这是怎么了？""晕车呢！""药，谁有药？"

一个人递给她一瓶水，她含含糊糊说着谢谢，接过别人的药，漱漱口，把药喝了，有人轻抚着她的背，她勉强起身谢过众人，这是她有生以来第一次感受到陌生人带来的温暖。

她没有去公司，而是回到公司的宿舍，想着陈小溪中午在丁总家吃饭，她还饿着肚子，静静地躺在床上抹眼泪，而陈小溪中午并没有回来，下午一上班就振作精神去了财务。

"你这是什么！你拿的这个是什么！这么恶心，这个报不了！"

"发票啊！这是人家老板辛辛苦苦给你找来的发票啊！"

"你懂不懂啊，这个报不了！"

"怎么就报不了，丁二总来了，拿个纸你都能报，我来来回回多少趟了，你从苗圃坐车来感受感受！"

"少打苦情牌，我们这里就认票！"

"啥叫苦情牌，你为难最基层的人有瘾是不是，让你给我看看你不给我看，开回来又不合格，我是搞财务的吗，我怎么知道哪个对哪个不对！我，我再折腾一趟吗！"

"本来就不合格，跑十趟也一样！"

秦主任咳嗽一声进来，这时罗伊才发现办公室门口围观群众真不少啊！

"怎么了！"

小姑娘先委屈地哭起来，罗伊惊讶地瞪着眼睛，原来我平时都哭错地方了！

"她的票不合格，她还说我不给她报！"

真是恶人先告状，罗伊立刻说着："秦主任，我都折腾两三趟了，这农民哪里来的正规发票啊！这好不容易按财务的要求弄了发票，她又说不合格！"

旁边的会计起身拿过发票一看说："这个明细和发票的公章

必须一样！”

秦主任按着她激动的手，看着出纳小姑娘一脸严肃地说：“既然报不了那为什么不一次性说清楚！他们苗圃来一次不容易，你想想办法！兑换一个其他的票据……”

“不行！”

没等主任说完就理直气壮地拒绝了，秦主任也预想到这一步了，继续说着：“就算丁总也不打断别人说话，你个小姑娘不要这么厉害！就几百块钱的账，你不给她报是等丁二总找你报吗？”

听到这句话，杜美美就像被踩了尾巴一样喊起来：“秦主任你说什么呢！”

“吵什么呢！”一个如雷般的声音砸过来，吓得众人一哆嗦，丁总从散去的人群中走进来，后边跟着的左岩四下看着。

小杜不等罗伊梨花带雨就先发制人抽噎着。

罗伊也不甘示弱涨红了眼睛。

丁总看着两人觉得好笑，指着罗伊：“你，说说怎么回事！”

没等罗伊开口，小杜又抢先说着：“她的票不合格，非要让我给她报账，给她报了，我怎么和总监交代！”

罗伊正要解释，只听丁总说：“老二签字了没有！”

“签是签了，可是！”

“可是什么！给她报了！”

小杜噘着嘴，极不情愿地拿出公章和钱。

罗伊心里真是乐开花了：“哼，再让你为难我！”

丁总看了秦主任一眼：“一会儿你来我办公室！”

说完便走了。

走出财务室，办公室里的王琪琪、设计部的小杨都朝罗伊悄悄竖着拇指。

陈小溪却安慰着小杜，罗伊不知道，在集团里陈小溪和杜美美是最要好的朋友，好过那些一起服务的志愿者。

虽说报了账，却也耽误了回去的班车，左岩追她到车站，轻轻拍了一下蹲在地上偷偷抹眼泪的罗伊："不要总是哭！"

罗伊一回头："与你何干！"

"说话总是那么难听，怪不得人家不给你报账呢！"

"说话好听也没给报啊！"

"哎，我送你回去吧！这趟班车下班早！"

"不用，我约了朋友，他一会儿来接我！"

"你真不用！"

"谢谢啊，左岩！"罗伊放缓了态度，万一没车自己还真回不去，又没带洗漱用品，也不方便住在这里的宿舍。

突然左岩的电话响了，丁总要出去用车，他一脸抱歉，急匆匆地走了！

站在站台的罗伊狠狠抽打着路边的灌木，拿出电话拨通了薛长安的号码。

"小丫头干什么呢？"

"学长，我……"还没开口说话便又开始抽噎了。

"你在哪里！"

"集，集，集团！"

"站在原地！我马上就到！"

薛长安一个急转弯，驶向波尔多。

薛长安边开车边听罗伊喋喋不休，不时地摇头笑笑，等红绿灯时递给她几张手纸。

"小丫头，这个人，她不坏，和你正面冲突能有什么心计，怕是对你有什么误会！要不就是她真的很为难！"

"说来说去，谁也不怨，就怨我自己，就，就不该来这里！"

"丫头，你把报账当成了最重要的事，你就陷进了肯定否定的陷阱，你觉得你是对的，她觉得她是对的，而这件事原本是不值得你伤筋动骨的，今天报不了明天报，明天报不了后天报，后天还报不了就给让你报账的人退回去，过程我都走了，结果还是不尽如人意那就是没走对呗！"

"什么是肯定否定的陷阱？"

"你肯定自己的时候就否定了别人，反观之，她也是一样，这就是事物的矛盾，人都认为自己对，都喜欢肯定自己否定别人！"

"那这件事，我错了！"

"宏观地说，谁也没有错，但是谁也没有错就是错！你现在还关注这件事就说明你没有透过现象看本质！"

"我听不明白！"

"听不明白是正常的，你正在积累经验，而积累经验的过程就是觉悟的过程，而这个觉悟必须有主观能动性，就是说，当你的人生阅历积攒到一定时候，你就会明白今天的争执毫无意义，因为你跳出了这个圈，丁总就是圈外的人，他有权力在手，他可以冷观一切，只要不触犯公司核心利益，底下的人生死又与他何干！当你看清这一切，那个小姑娘的对错，是不是就不那么重要了！"

"丁总没有那么冷血吧！"

"呵呵，小丫头，哎！"

"对不起啊，我理解能力差！不过说白了，人为什么会生气，还不是因为别人不按自己的想法来吗！"

"这还理解能力差！多聪明的小丫头啊！我觉得你应该想想自己未来的路，是要进体制，还是在外游荡，你都得想一想！"

那天薛长安如哲人一般与她说了一路，事后她才后悔把自己那么狼狈的样子展现给薛长安。

第8章 期待

集团办公室里，刘部长满头大汗地忙着做项目书，陈小溪则静静地看着公考的书，谁都知道刘部长对待下属很好，尤其是女下属，都舍不得用一下！

另一间办公室里王琪琪、舒婷、杨乐乐闲聊着。

"小杜真是的，为难咱们就算了，为难人家罗伊干吗！"

"为难罗伊算啥，秦主任的面子都不给！"

"一样是志愿者，你看陈小溪！当初来的时候，秦主任安排她去苗圃，她当时就拒绝了，说来企业都是看陈局长面子！再看罗伊！倒霉啊！"

……

"哼！他大爷的，勇于敢则杀，勇于不敢则活！天之道，不争而善胜，不言而善应！"

最后一句是舒婷说的，她一直静静地听着，在这个单位里，她似乎与谁都很亲近又似乎与谁都有距离，她总是以一副睥睨天下的神情看着公司发生的一切。

王琪琪摇头："这句真听不懂！"

几个笑了起来，王琪琪继续说着："天道无亲，常与善人！"

舒婷双手指她，坏笑着："你你你……"

小杨接过话："你好毒，你好毒，毒……"

哈哈哈一阵笑声中，那个趴在地上分拣苗木的罗伊不停地打着喷嚏："这该死的苗子，春天种了冬天埋！谁想出来的，辛苦种进去的，还得刨出来！"

"基地成年的就直接埋了，这些苗子是新剪下来的，不行的！"李梅解释着，罗伊叹气，看着陈宇绑好苗木跳下车，罗志兵跟车走了，问着："放菜窖明年能活？"

"哎，有我在，别说活，死一根都不行！"陈宇边干活边拉长声音说着。

罗伊诚恳地点着头："生命真的很伟大！但愿这些苗子长命百岁吧！"

李梅抱着一捆苗子走过来："哈哈，它们还想长命百岁，普通葡萄也就是三十多年的寿命！"

"那咱们种的这个呢？不能长命百岁？"罗伊质疑着。

陈宇接话："咱们种的是嫁接苗木，下面的叫砧木，上面的叫法国苗子，这中外结合就疗效好，绝对会长命百岁！"

罗伊信以为真地点头，李梅一把推开陈宇："别听他胡说，咱们这个确实是嫁接苗，把那些耐寒、不易生病的葡萄拿过来当根系，上面就接上你想要的葡萄品种，也算是他山之石吧！普通葡萄也就三十来年寿命，这个是它的两到三倍！"

"啊！等我老了，这些葡萄还健在啊！"罗伊庆幸地说着，可把李梅笑坏了："哈哈，等你老了！"

陈宇也摇头笑着："你，你可真厉害，你争取活过它啊！"

日出而作，日落而息，还不用担心收成的日子才是最舒心的日子，晚上回到寝室，煮个方便面，呼呼一吃，洗漱干净，倒头就睡，真是幸福，而此时的经历撑不起这么多人生感悟，薛长安说得对！

正要睡着的罗伊接到丁二总电话，说集团要筹备年会，抽调她回去，罗伊迷迷糊糊以为做梦。

第二天一早左岩就已等在门外，李梅纳闷了："你这是什么待遇啊！"

罗伊急忙地收拾东西，左岩站在门口戏谑着："我这可是犯着错误来接你的，丁总知道非得骂我一顿，你老人家可快点吧！"

"原来不是丁总让你来接我的啊？"

"哎，你以为你是罗副市长啊！"

"那你大可不必为我担这个风险！"

"切，还不领情了！"

简单地和李梅他们告个别，回到集团秦主任就带罗伊去见顾问了，顾问撩着眼皮说：

"回来了，嗯，有啥需要的就和秦主任说，其实叫你回来呢，是有这么个事，丁总年底要举办年会，把相关单位都邀请一下，秦主任他们忙不开，叫你回来帮帮忙，你毕竟也是团委书记，好好组织一下，年轻人嘛！"

"好的，顾问！"

"嗯，去吧！"

秦主任随即问道："这个费用预计多少啊？"

"嗯，还是开源节流，能省就省吧！"

"顾问啊，我倒想开源节流，问题是不是正规发票报不了账啊！"

"嗯，是啊，财务那边我去说，你们抓紧时间办吧！噢，差点忘了，罗伊，前几天方雪莲来看我，我把你弄的那个团报给她看，她让你26日去述职，具体的情况你给团委打电话！"

"述职？哦，好的！"

"你知道啥是述职不?！"

"知道，上学的时候在校学生会述职过。"

"嗯，这个也差不多，就是咱们企业的文化、企业的建设、企业的规划你得加进去啊！顺便再邀请邀请他们参加咱们的年会，就说丁总请的！"

"好的！"

"老秦啊，你的那个活动方案啊！"

"放心，顾问，让小王写行不行？"

"不要了，她写的那点东西也就那样了，这样，你让罗伊写！"

"啊？"

"啊什么啊，快谢谢顾问！"

罗伊心想着，谢什么啊，谢顾问给我这么好的机会？让我写？王琪琪写得都不行，我就更完蛋了。

内心再怎么波澜起伏，外表还是得淡定谢过顾问。

丁二总早把自己在公司办公室的钥匙给了罗伊。此时的罗伊拿着丁二总的电脑，坐在丁二总的位置，发着愁，述职怎么说，方案怎么写，中午去哪里吃饭啊！

左岩闷不作声地走进来，坐到她面前："一会儿去丁总家吃饭！"

"哎呀，算了！"

"那我带你出去吃！"

"那我先谢谢你哦！"

罗伊悻然答应着，左岩轻轻地笑着，确实，在这里人生地不熟的，就算城市小也得有时间熟悉环境。

陈小溪在丁总家厨房帮忙，到了饭点也不见左岩回来，餐桌上，丁总问着："那个罗伊怎么没来啊，左岩呢？"

陈小溪顿时明白了，只听三嫂说着："左岩说家里有事！那个小姑娘是不是不敢来啊！哎，小溪啊，你下次叫上她！"

陈小溪点着头，生着闷气，却平静地说："罗伊觉得就临时来公司借调几天，说暂时就不打扰三嫂了！她也觉得不方便，碍于面子！"

"哎，这孩子这么多心！"三嫂保持着独有的温柔。

"她多什么心，去苗圃也是他陈大嘴同意的！吃饭！"丁总怒着说。

还没等罗伊投入晚会的筹备，团委述职的日子就到了！

罗伊换上一身正装，拿着自己制作的《波尔多团报》和写了两天的述职报告，走进团委临时借用的W市政府会议室！

市政府虽然不大，但是好过区政府那个充斥着二十世纪五六十年代气息的危楼。但是进入没有区政府方便，在门口的登记室里排队登记，还有专人打电话确认，拿着单子才能进去。

会议室门口工作人员组织着签到，长桌上已经围坐满了人，空出中间三个位置，罗伊坐在了边角上。

突然一阵熟悉的香气落座在她的身边，她认得这是东区团委书记，于是激动地小声喊着："方书记！"

方书记朝她笑笑，说："你是？"

"我是波尔多团委的，这是我们的《波尔多团报》，丁总请您帮我们过过眼，指导指导！"

"哎呀，指导谈不上，不过你们企业的团委能做到这份上，也是很了不起的哦！"

方书记平易近人得就像邻家姐姐一样，问着罗伊陈小溪的消息，问着波尔多的经营情况，罗伊一一回答着。

没一会儿，工作人员就在主位上放上了一个精致的水杯和一个棕色的笔记本，顺便抬头看看出席情况，说着："不好意思，耽搁大家时间了，兰书记在市里开会，马上就回来。"

话音未落，一个帅气高挑、大眼睛的男子就走进来："对不起啊，好久没来大楼了，正好遇到罗副市长，给他汇报了一下近期工作，不好意思啊诸位！"

然后很熟络地和大家交谈着，还不时地问着大家的境况，罗伊痴痴地看着，方书记小声说着："兰书记今年38岁，年轻有为！"

一阵寒暄过后，大家开始述职，罗伊认真地记录，毕竟听这些国企和机关的团委书记汇报工作就像是申论考试泄题一样，都是公文排兵布阵的好文章。

到罗伊这里的时候，方书记热情洋溢地向兰书记介绍着："这是咱们非公企业的团委书记，波尔多酒庄扶贫的大学志愿者！"

罗伊点头微笑示意着，然后脱稿述职："我们的团建为企业建设敲边鼓！以团建带企建，用信仰凝聚力量……"

兰书记点头认真地记录着，不时地抬头看看她，等她汇报完，掌声一片。

罗伊红着脸，倒不是因为掌声的洗礼，而是觉得自己只是名义上的扶贫，其实也没干什么，反倒是自己都需要别人扶，唯一值得肯定的就是她没有扔下锄头跑了，就是哭也在坚持着。

她无数次在想着志愿者的意义，是国家为了缓解青年人的就业压力吗？选一部分人到体制里，一方面储备人才，另一方面是觉得我们既然能考上就不要在乎比同时毕业进入企业的人少两年工作经验吗，还是，来来来一起加入西部大开发呢？

在无数次质疑的边缘，她选择了相信，相信国家的安排，相信地方政府的安排，相信总有一天自己也能踏入那朱漆大门。

散会时，罗伊向所有的团干部发出邀请，来波尔多参加年会："我们丁总真诚地邀请方书记和每一位团干来感受我们波尔多的朝气蓬勃，积极向上！"

大家面面相觑都答应着，以为罗伊只是客气客气，兰书记起立说："好的，我是一定会去的，大家有时间都去啊！"

回到公司，上楼的时候遇到左岩，左岩朝她眨眼睛示意，她好像没理解一样说："怎么了？"

丁总从单位楼梯拐弯处下来，看见罗伊："开完会了！"

罗伊连忙点头："开完了，团市委的兰书记说咱们团建可是全市非公企业的榜样，听说咱们有年会，还想带全市团干来参观呢！"

丁总得意地点头说着："嗯，干得不错，还有几天就年会了，好好准备，到时候给他们下请帖！"

秦主任跟在丁总身后应承着："一定一定！"

回头就拍罗伊脑袋："干得不错啊！"

王琪琪搂着罗伊："嗯，工作干得再好又能怎么样呢？你还得广告打得好！来喝茶！"

秦主任端着茶杯："对，这个老家伙就喜欢那些能吹善忽悠的，你别说，他的茶还挺好喝啊！"

王琪琪指着茶杯，压低声音说着："快尝尝，这可是丁总好几千一斤的茶啊！"

罗伊哼笑着，心想：看来秦主任对丁总也是颇有意见啊，这个丁总的人缘不怎么好啊！

左岩开车，带着秦主任、王琪琪和罗伊穿梭在W市的大街小巷，看场地，买气球，订餐，晚上在办公室写方案，写主持词，可主持人选谁呢？

罗伊请秦主任修改方案，秦主任看看说："什么是方案，不是冠冕堂皇的套话，这个是要能用的，别人拿上一看就知道要干吗，怎么干！"

"我写得不好吗？"

"好啊，每一步都很清楚，就是这里，你得把拟定邀请领导分层次、分等级写，这个环节必须是领导讲话，还有这个……"秦主任给了实战性的指导意见。罗伊拿着修改完的方案去找顾问。

顾问点头说着："地方选得不错，是个大型酒吧，有舞台，有方桌。主持人没定啊！"

秦主任点头哈腰地说："等您拿主意呢！"

"问过老三了没有！"

"哎，问过了，他请您拿主意呢！"

顾问点点头，指指罗伊："就你吧！"

"我，我觉得王琪琪比较好！"

"嗯，就你吧！"

秦主任解围道："哎，顾问看好的人绝对没错，就你啦！"

年会那天算是寒冬里最热的一天，阳光有些晃眼。

陈小溪一直陪着罗伊，早上五点就去化妆，各个部门的小年轻也是忙着化妆、排练节目，王琪琪和左岩查漏补缺地采买着，至于罗伊上次遇到的那个帮倒忙的小姑娘她一直也没有见到。

单位各部门、各子公司见过没见过的同事陆陆续续都到了，李梅一进大门就急匆匆地找罗伊。

丁总在门口迎接着各级领导，方书记、陈局长、张副局长、贺书记等大大小小的领导也都来了，兰书记因为有会，让人带送了一个牌匾，人群中唯独没有见到薛长安。

罗伊在后台都吓得抖成一团了，陈宇嘲笑着："哎呀，谁给你化的妆，都成年画娃娃了！"

"要，要，要你管！"

陈小溪哼笑着："你呀别取笑她了！昨晚都没睡地背稿子，想流程！"

小杨也在鼓励罗伊："你绝对可以的，不要怕，加油啊！"

李梅哼哼着："就算你搞砸了，谁也不能吃了你！放心，今天底亲都来了，你怕啥，加油！"

随着秦主任的催促声，罗伊走上了台，不看台下还就是紧张地抖，看了台下，聚光灯的照射让她瞬间大脑空白！

"不对，重来！"

台下的人顿时哄堂大笑，她下了台，又准备哭的时候，秦主任拍着她的肩膀说："台下的这些人，都是白菜，可你主持好了，说不定将来的前程就有了！"

罗伊重打锣鼓重唱戏，举起手三、二、一地示意调音师，调音师更换了开场曲，再次登台，先欢迎各位领导，介绍来宾，再说波尔多的成绩："有请时代先锋、扶贫楷模丁总上台为我们致新年贺词！"

丁总笑着看她，拿过麦克风大大方方地慷慨陈词，一顿打鸡血似的企业宣讲，听得人热血沸腾。

台下罗志兵推着陈宇："还是罗伊吗？"

陈宇哑笑："不是她是谁？"

小杜不屑地说："这都是什么啊！还主持人！"

小杨在昏暗的灯光里瞅了她一眼，王琪琪则说："不好，你来！"

秦主任朝他们做出了安静的手势！

演出环环相扣，上午文艺演出终于结束了，中午得聚餐，自然安排在比较高档一点的地方，罗伊陪着丁总送请来的嘉宾到酒店。

罗伊自然又被安排到领导一桌，作为志愿者同行，陈小溪也在列，又是推杯换盏，只有罗伊知道，这顿饭后就要回苗圃了！

　　没有什么遗憾的，唯有薛长安没有见到她化完妆的样子，有点失落，每次都是以狼狈的形象见到他，多希望他看到自己站在舞台上最美的样子！

　　繁华落幕，终是尘归尘，土归土。

第9章　自然灾害

　　春节临近，小伙伴们都得留在这里继续育苗，丁二总照顾罗伊，让她回家过年。

　　临走时，秦主任代表公司给了她一个红包，让王琪琪去叫左岩送罗伊，左岩盯着王琪琪一字一句地说着："来我接，走我不送，受不了离别！"

　　罗伊拿着红包念叨着："这是对把我分到苗圃的赔偿金吗？这可不够，看我的脸，都有晒斑了，这个可是下不去的！"

　　左岩开着车，回头轻瞟了她一眼："哼，赔偿金！你可真会想，陈小溪也有！"

　　"啊？我以为只有我有！那你们也有吗？"

　　"有啊！"

　　"哎，那就没必要请你们吃饭了！"

　　"啥意思？我们有就不请吃饭，没有就请，你是要气死谁啊？"

　　"哈哈，我倒没想那么多，等我回来吧，代表苗圃请你们集团公司的各位领导吃饭啊！"

　　左岩哼哼一笑："好啊！"

　　新年的烟花噼里啪啦地响着，罗伊一家人围坐一团，品尝着罗伊千辛万苦背回来的波尔多红酒。

罗伊的二叔询问着："伊猫儿，你不会留在W市哇，我前几年路过那里，哎呀，可是不能留在那里！"

奶奶笑着给罗伊夹菜："是不能留在那里，我听说你三老妗妗，她家妯娌的孩子，和你一样，也是去年毕业的，人家回来考了个，考了个啥来着，反正工资可高了，不行你也考一个！"

罗伊爸爸点点头："我有一个朋友他前两天还问呢，说不行就去他那里，也是国企，肯定是比你现在种葡萄强！"

二叔看着罗伊爸爸："哥，你这朋友是不是有个儿子想找咱们家伊猫儿了！"

"嗯，我，我说孩子在W市当志愿者，这事完了再说吧，他们还要去W市看……"

看着罗伊神情渐变，弟弟啃着骨头："大伯，你还没给我压岁钱呢！"

二婶笑着说："贫嘴，都多大了还要压岁钱，来，妈妈给你啊！"

一家人笑着，乐着。

罗伊回到屋里看着母亲的遗像，想着二叔家一家子其乐融融多好啊，自己服务期满该去哪里，那扇令人神往的朱漆门会接受她这样没有家世背景的平民百姓吗？还有自己将来要是留在W市，家人怎么办！还有自己会遇到怎样的真命天子呢！

一过初七，罗伊就赶着回来了，奶奶做的年货塞满了她的行李箱。

拿着满满一袋子吃的，犹豫半天敲响薛长安办公室的门，罗伊眨着眼睛，结结巴巴地说尝尝自己家的手艺，薛长安叹息着说："什么时候能吃到我们罗大小姐做的饭啊？"

罗伊也没敢硬接薛长安的话："这还不容易，你来苗圃体验一下民间疾苦，我给你做铁锈味的西红柿面！"

薛长安："西红柿面，没有鸡蛋，还铁锈味！够狠的啊！"

带着罗伊给的年货，薛长安开车把她送回苗圃，亲自下厨炒了几个菜，和大家吃着团圆饭，李师傅、蔡强和方小妹都来了，大家聚在一起，欢迎罗伊回来，吃菜喝酒，享受着新年余味的欢乐！

晚上，李梅躺在床上叹息着："我好喜欢薛长安啊！他缺女朋友吗？"

罗伊："缺，缺得很，你赶紧排队报名啊！"

李梅："做他女朋友还得排队报名啊？我先给你报个名！"

罗伊："切，薛长安岂是我等凡夫俗子能染指的？"

李梅："怎么不能，你试试！"

罗伊长叹一声："不试他还能是我师哥，试了连朋友都没的做！我可不敢，我还得仰仗他多行方便呢！"

春天一到，漫天的黄色，气温骤降，吹得他们灰头土脸，冻得罗伊手都在抖，陈宇却迎风高喊："好大的冰，喀喀，呸，糖！"

大棚上的卷帘被吹得东倒西歪，卷帘机也不好用了，李师傅带着陈宇、罗志兵爬上了大棚顶子捆绑卷帘，罗伊、李梅大喊："小心、小心！"一阵阵的狂沙，吹得人眼都睁不开了！

一块卷帘被吹出大棚，罗伊赶紧去追，看着挺重的卷帘，居然顺着风跟跟跄跄地翻滚着跑出去老远。罗伊一手按住帽子，一手抓着卷帘，突然一个高大的身影抢先夺去了帘子，又把罗伊揪住，跑回了大棚，随后麻利地帮着李师傅他们安了个大棚卷帘子，就不见踪影了！

李梅问他是谁，罗伊莫名其妙地看着他，摇摇头！

沙尘暴过后的第二天更冷，因为沙尘暴气温突降，罗伊实在不想骑自行车去苗圃，于是一手揪住正要出门的罗志兵，一手按在他的电动车把上，撒娇地说："一笔写不出两个罗字，你就看在苗子的分上，带带我吧！"罗志兵看向李梅，陈宇摇着头，心想："他的车，我都不好意思坐，你可真好意思开口，这山地车还是我自己买的呢！"

话音未落就见蔡强和方小妹连蹦带跳地从楼上下来，看见罗伊他们，礼貌地打着招呼，罗伊赶紧问："你们跑什么啊！"

蔡强神情严肃地说着："昨天的极端天气啊，大部分农户受损严重，我们得下去看看！"

"那我们的苗子是不是也不保了！"李梅也赶紧问。

"大棚里的苗子应该没事，就怕大田里的，不过大棚的损失也应该不小！"方小妹皱眉回答着。

几个年轻人，急匆匆地奔赴各自的岗位，罗志兵带着罗伊和李梅，顶着大风艰难地行驶到苗圃，放下她们，顿感轻松，又带上陈宇使足马力往基地赶！

果不其然，苗圃大棚破损严重，基地苗子死伤惨重，丁二总气得直骂娘，丁总开着他的大奔驰，和陈局长带队下来先到基地、苗圃视察，一边走一边叹气，薛长安心里忐忑不安，却依旧镇静。

到了苗圃，看见正在地上捡卷帘的罗伊，破衣烂衫，头上还裹着纱巾，用袖子擦鼻子，还是没忍住地笑出声！

罗伊一抬头看见薛长安，被自己的唾液噎了一下，狠狠地咳嗽了几声，嬉笑地说："学长，我今天这形象不适合上电视的！"

薛长安点点头："确实不适合！"

罗伊呵呵勉强地一笑："陈局长亲自来视察了！"

薛长安轻轻地点了一下头："这样的日子不会太久，你再坚持坚持吧！"

罗伊歪着脑袋问:"什么意思?"

薛长安眯眼说:"我预测你很快就要飞黄腾达了!"

罗伊知道,薛长安又在逗她,于是说:"好吧,我要飞黄腾达了,先把这里买了,把这些苗子都拔了,种香蕉,哈哈,然后给大猩猩吃!"

薛长安笑着问:"种什么香蕉啊,种椰子多好啊,大猩猩?谁是大猩猩!"

"丁总啊!"

"嗯,确实挺像!"

薛长安和罗伊在大棚外聊着天,围墙外的左岩,不时地哼几声。办公室里丁总斜眼看着陈局:"陈局长啊,我们现在是损失惨重,你们报给市里的26万育苗任务,恐怕是……"

"是什么是!丁国庆你必须完成任务!"

"哼,我咋完成,我现在赔塌脑子啦!"

"你这个,哎,你这个人,天天就想钱!"

"我就想钱?我就想钱!我听你的忽悠跑到这儿种葡萄,我就认钱!我用比别人高三倍的价钱收这个破葡萄!我,我,我收留你推给我的这些破志愿者!"丁总心里狠狠地反抗着,嘴上却还赔笑:"我是得想钱啊,不然这26万育苗任务,横竖我是完不成了!你再逼我,我就,解散员工,企业倒闭,我去喝西北风!"

陈局把烟一把捻熄:"你别给我犯浑啊,政府这不也是正在想办法吗?你以为就你一家遭殃了!"

话还没说完,周云峰就急匆匆地推门进来了:"陈局长,活菩萨啊,快救救你姐夫啊,我的老天啊!"

"哎呀,你快行了哇,真是有个好姐夫,还老天啊!"丁国庆嘲笑地看着他。

周云峰也是急上火了，喊着："老丁啊，我是真撑不下去了！我这都是鲜食葡萄，这一下子，可是要了我的老命了！"

"行了，都别哭穷了，老贺一会儿过来，看看那里的情况吧！"

贺镇长带着方小妹和蔡强来到苗圃，叹气地说："情况不容乐观，农户损失不小！"然后又具体汇报了直接经济损失，这一个数字让陈局长一拍桌子，怒喊着："这他娘的！我们回去再商量、商量！"众人都叹息着，各自回去了！

陈局长一路眉头紧皱，不停给市里打电话，看能不能争取点资金，刚进办公室就对薛长安说："你看这个事怎么办？"

薛长安略略沉思："陈局长您的安排就很好，我的建议也不成熟，哪里有不合适的你就当我口误！"

"没事，直接说！这小子，和我还客气吗！赶紧说！"

"首先要向上打报告，如实汇报受损情况！然后再找晚报记者，以农户的角度写几篇政府救助的文章，最重要的是找日报记者做专题跟踪报道！再跑跑省里，能争取多少救助金就争取多少，但是全靠政府也是不可能的，还是得发动他们积极自救，再就是，得辛苦您动用您和银行的关系了！"

"你小子，其他都是次要的，让我去求银行才是真的吧！"

"陈局您真是太厉害了！"

"哼，臭小子，我知道了，你去打报告吧，注意措辞！"

"明白，好的！"

因为媒体的跟踪报道，上级特别重视，因为陈局的情面，银行也很配合，于是政府的救助金、银行的小额贷款都是极速地拨了下来，怎么分配却成了问题，大部分是分给镇里让救助农户，企业贷款也是先紧着波尔多了，周云峰按照镇里农户算贷款都没份。

周云峰气哄哄地拍着陈局长的桌子："我可是你姐夫啊，你志愿者不给我分，你的贷款不给我，我要种酿酒葡萄你不让，非要让我弄鲜食葡萄，说做旅游，旅游个屁，哪有人来这地方旅游，你是要坑死我呀！"

陈局长看着他，站起来，给倒了杯水，他摆手骂着："少来这套！"

陈局长叹气说："说来说去，还是志愿者这个问题啊，我不是和你解释过吗，这些志愿者将来未必能留在这里，但只要来到我这里，我就得为他们的将来打算、谋划！"

"你就打算紧着波尔多一家打算、谋划啊！"

"这不得少数人先富起来吗？这些志愿者是考来的，如果将来能留在政府是好事，要是不能呢？趁着年轻去企业锻炼一下，有着政府这个背景，他们将来不也是能多个选择吗？企业也很需要这样的人才啊！"

"我不需要吗？陈大嘴，我和你说，志愿者，我要一个！救助金我也要和波尔多对标！"周云峰语气中有点不自信。

"哼，还对标，哎，你也不看看你自己，赶紧回去吧，办公室里，大喊大叫不好！"

"你今天不给我个答复，我，我不走！"

"我都和你说了，这里是办公室，你怎么听不明白吗！赶紧回去吧！志愿者得自愿去你那里！救助金有文件规定，我一分钱都给不了你，但是我给你申请了旅游发展资金专项贷款！你要再胡闹，可就什么都没有了啊！"

这话里有话，听得周云峰心里满是喜悦，赶紧起身就走了，薛长安走进来，面有愧色，低着头："对不起！是我考虑不周！"

"什么事？志愿者去企业的事吗？你这个办法想得好！也很有道理！"

"不光这个事，我没有考虑到您和周经理的关系！"

"长安啊！我把你当我儿子一样地看待，说句实话，你比我有远见，你跟我说的，我也想了，你分析得对，W市的发展要转型，这个旅游业是个新兴产业，一个做酒庄，一个做旅游采摘多好！你给了我不少启示，你要想想你未来的路啊！你还没有成家吧！"

薛长安脸微微一红："还没有！"

陈局也一笑："也许未来的转机就在这里啊，好好把握，我看团委那个方雪莲就不错，你们也从小认识，好好努力啊！"

薛长安顿时紧张起来，笑着点了点头！

薛长安当初在局里没被丁慧玲抢功气死也差点让丁慧玲的小鞋挤死，幸亏陈局长出面把他编制安排到了二级单位，让丁慧玲得了实惠，提了干，薛长安也曾仰天长叹，实实在在干活的人也许这辈子也就只能干活了，啥也不会的只能巧取豪夺别人功劳当领导了，不然谁干活呢！

薛长安明白，没有正经学历，没有什么能力，更没有什么格局和品德的女人，再没有好的家庭背景，那么她只要舍去脸皮就没有达不到的目的！

W市很小，小到只有一个特别精致的咖啡屋，氤氲的灯光下，方雪莲和薛长安面对面坐着，薛长安微笑，方雪莲也微笑，静静地看着对方，只有服务员熟练地为他们端上一杯咖啡、一杯果汁。

"谢谢方书记的邀请，无功不受禄的！"

"方书记？这一声可是把咱们20多年的情谊叫没了！"

"是啊，20多年了，当年那个小毛丫头，现在都成书记了！"

"这是组织的培养！我做得还是不够好啊！薛主任！"

"嗯，我这也是组织培养，我做得也还是不够好啊！方书记。"

两人相视而笑，薛长安斜嘴一笑："不知道今天能不能算我庆祝你当选团委书记啊！"

方雪莲头一歪，闭眼深思，睁眼含笑地说："不能！"

薛长安扁扁嘴："那好吧，听从组织安排！"

方雪莲略有沉思地说："我想去援疆！"

薛长安很震惊，睁大了眼睛不知道该说什么，轻声说着："方书记想去援疆，还是想升迁！"

"哎，何必这样说，我待在舒适区太久了，我忘了自己的想要的是什么，我丢了自己的心，我想去把它找回来！你说我能把它找回来吗？"方雪莲含泪微笑地问着薛长安，问得他闪躲不及，侧脸，抬头，眨眨眼，溢出眼角的泪就回去了！

薛长安点头，抿嘴一笑。

罗伊蹲在大棚门口，拿本子记录着损失情况，一个小石头飞过来，差点砸到她。

"小丫头，玩什么呢？"

"你谁呀！这么没礼貌！"

"我是你恩人啊！"

"滚一边去！李梅，李梅你快来啊！有流氓！"

李梅听到罗伊的呼喊，扔下手里的卷帘，拿起铁锹就往出跑，看到一个高个子、小眼睛的帅气小平头。

把正要砸下去的铁锹扔到地上，还用脚一踢，说道："你，你谁啊！"

"你叫李梅?!"

"你管别人叫什么，你谁，你再不说我报警了！"罗伊没好气地说着。

　　"你看你，就知道哭，连我是谁也不认识！"

　　罗伊掏出电话就要报警，那个人上来按住她的手，一看这架势，李梅赶紧护在罗伊前面。

　　"你们别紧张，我叫陈春，我是新来的！"

　　"我们公司什么时候招聘了？"

　　"丁二叔说今天苗圃就你们两个人，陈宇他们去基地补苗，周阿姨和李师傅他们去买设备了，那天我还帮你捡帘子了呢！你们看我都这么了解你们，你们……"

　　"你干什么，既然这么熟悉情况，快，里面请啊！"李梅热情地招呼陈春，朝罗伊使个眼色，推着气呼呼的罗伊，走进了大棚。

第10章　欲盖弥彰

　　波尔多有了政府的支持，公司从德国进口了六台嫁接机，由周阿姨选聪明伶俐的人进行培训，操作嫁接，这几台机器可是当宝贝一样呵护着，一般人都不让碰！

　　罗伊几个人好奇心作祟，趁四下无人先试了试，果真好用，可是李师傅不认这个，他觉得嫁接机出来的苗子，成活率不高！

　　大部分人都在6号大棚里，将砧木剪成规定的长度，运到4号棚。4号棚成立流水线工作室，先得把所有的砧木在药水里浸泡，然后由李梅、陈宇他们带队采用传统嫁接，部分苗子进行机器嫁接！

　　工人们对苗木嫁接的尺寸把握不准，陈宇要用卡尺，罗伊说尺寸画桌子上，然后争执不休！

　　陈宇在桌子上刻着什么，边刻边说："和你说了这样不行！"

　　罗伊："那你还这样？"

　　陈宇："你不说这样吗？"

　　旁边的李梅听不下去了："想怎样就怎样，反正我看这些苗子也悬！"

　　罗志兵把嫁接好的苗子放入营养钵，端进大棚，说着："哎，你们就留院观察吧！"

丁总带着一队人来参观，看见工人坐在地上，大骂李师傅："你们家没亲人是不，这么冷天，就让工人坐地上，赶紧想办法处理！"

李师傅笑着答应着，看到前来取砧木的罗伊她们，赶紧摆摆手，让她们走！

刚走出，左岩就喊住了她们，和她俩喋喋不休地聊起天来，直到丁总喊他，他才着急走了，临走还不忘朝罗伊她们挥挥手！

最近丁总总是带人来参观，这次陈局长、张副局长、贺主任、方小妹他们都来了，丁总喊："老二，出来接待！"老二一口方言哪里说得清楚，于是叫来罗伊，从前期的培育到现在的嫁接，尤其是政府对企业的重视程度，还有特意从国外进口的苗木和嫁接机，讲得明明白白，还不时地提问："请大家看着池子里的水，你们猜猜这是干什么用的？"

一路讲下来，把26万育苗任务，说成了260万，旁边的记者激动地记录着，次日W市日报头条"龙头企业波尔多育苗260万带动地方经济"。

丁总习惯边吃早点边看报纸，被这头版头条的报道狠狠地噎了一下！

同样陈局长也吓一跳，这个丁国庆要干吗，怎么没和他提前汇报！

丁二总召集大家开会，大家又想笑，又无奈，罗伊快要愁死了！丁二总悻悻地说："26万都日玄（够呛），你这260万！"

周阿姨怒气冲冲地说："现在咋弄？"

李师傅："那能咋办，就说是260万育苗，也没说完成260万育苗任务！"

丁二总："对呀，也没说今年完成啊，就说育苗260万，总有一天会260万！"

周阿姨还不死心，去丁总那里一顿说，这个罗伊天天哭，什么也干不成，什么都干，还有王总如何云云，丁总瞪她两眼："把你在机关那一套收回去，想干就干，不想干就滚！"

罗伊连夜写了一封道歉信给王总，王总给她回复短信，大概内容就是，很好，这样就对了，不说得大一点，政府怎么支持企业，还有错了就错了，又不是把企业整倒闭了，一个志愿者能做成现在这样，很不错！

罗伊蹲在苗圃的水渠边，长叹一口气，骂自己什么也干不成，陈宇戏谑道："要不，打我一顿，给你消消气！"李梅哼道："那你站那里别动啊，我找个铁棍子！"

陈宇一副大惊失色的样子喊叫起来："这可使不得！"

罗伊拿出枕头下面的桃木剑，朝着陈宇冲去："看剑！"

陈春拿着报纸钻进大棚："小丫头你可以啊！听说你把26万说成260万！"

罗伊没好气地说："接待那天你死哪里去了！"

陈春支支吾吾地说："我，我家里有事！"

接下来的一段时间，为了这个260万育苗任务，丁二总一批一批地雇来了更多人，这些农妇坐在一起，手也快，嘴也快，一个老婆婆直接问罗伊："你就是那个哭鼻子女子哇！"罗伊纳闷，这平时村里也看不见几个人，咋啥事都传得这么快！

这么多人干活，总得管饭吧，丁二总按照基地的管理模式，决定建个厨房，采购之类的都由李梅负责，罗伊负责打个下手、报个账，李梅他们忙的时候，她还得下厨帮忙。

本来七七八八的事就让罗伊心烦，陈春还油嘴滑舌的，没事就逗罗伊，食堂做饭的大娘说："我看这陈春是喜欢人家罗伊！"

育苗任务实在辛苦，罗伊和顾问撒娇卖萌地争取了一笔钱，以团委的名义组织"波尔多酒庄助力苗圃育苗歌手大赛"！

罗伊和李梅两个人紧锣密鼓地筹划着，虽然有了先前的经验，这次也还是遇到了困难，没人参加。

于是她们买最好的、最实用的奖品，再加上左岩、王琪琪的四处游说，基本上就都参加了。

地址呢？就选镇里的梦江南大酒店，这个酒店是个超大的大棚，里面还种植各种植物，中间修了廊桥水榭。这个主持人选谁呢，罗伊想来想去就自己和陈小溪吧！

开赛那天，集团公司的高管们，丁总、丁二总、丁顾问，销售部的、项目部的、办公室的，齐齐整整坐了五桌子，那天帮倒忙的那个小姑娘竟坐在秦主任身边！

罗伊和陈小溪都化好了妆，落落大方地主持着，每个年轻人都上来展示了自己的歌喉，陈春一上来就朝罗伊使了个媚眼，罗伊瞪了他一眼，他深情地唱了一首《月亮代表我的心》，还想说什么的时候，罗伊关了他的麦！

最后大家强烈要求罗伊唱一首，罗伊心想："年会表演的机会都让给你们了，这次也该我展示了！"一首宋祖英的《好日子》，让大家都以为是原唱，最后罗伊放弃参赛，把奖品都给了这些新认识的同事！

秦主任看着丁总满意的笑容，读懂了里面的内容："把这个人给我调到机关！"

和每个普通的夜晚一样，罗伊摆弄着她的波尔多团报，突然电话响了，罗伊一看是秦主任的电话，赶紧正襟危坐："什么？好的，我，我，我可以吗？……"挂了电话，罗伊不知是悲是喜，李梅问她怎么了，她叹气说着："秦主任让我回办公室！"

李梅激动得跳到地上："我就说嘛，这么优秀的人才，公司怎么舍得就在苗圃啊！"

"不是，是王琪琪辞职了！"

啊，李梅一脸诧异！

第二天罗伊继续去苗圃干活，因为秦主任说给她两天准备时间，两天后左岩去给她搬家！

李梅看着默不作声的陈宇，说道："哎，陈宇，你的女王要去城里了！"

"回就回呗！"陈宇低头，把营养钵里的苗子小心地放入周转箱。

罗伊哼哼一笑："是调回去！"

陈宇抬头深吸一口气，含笑点头："我知道！"

罗伊凑到他身边，紧挨着他的肩，调戏似的问："你是不是早就知道了！"

突突突的声音，打破了陈宇的尴尬，是陈春开拖拉机来拉苗子了，罗伊一声叹息："你弟弟来了！"

陈宇狠狠瞪她一眼："你弟弟！"

陈春从车上跳下来，径直走到罗伊面前，双手交叉胸前，恶狠狠说："谁是弟弟？你想不想活了！"

罗伊往前逼近两步："好啊，弄死我！弄死我，就不用再干活了！"

陈春往后退了两步，气得跳起来弹了罗伊一个脑瓜嘣就跑，罗伊啊的一声，追着就要打陈春，苗圃众人哈哈大笑，只有陈宇绷着脸说："人家团委书记，马上就要高升了，你还敢打她！"

罗伊没打着陈春正生气呢，听陈宇这么一说，随即就掐了陈宇胳膊一把，把陈宇疼得直龇牙："他打你，你掐我！"

罗伊哼道："都姓陈，掐谁也一样！"

陈宇揉着痛处，喊着："那罗志兵，也姓罗，咋不调他去集团呢？"

陈春瞪着眼睛问陈宇："你说什么？"

陈宇愤愤地对着罗伊说："你有本事去集团也这么横，天天不是拿苗子撒气就是拿我撒气，回了城看你拿啥撒气！"

哼一声罗伊蹲在水渠上，噘着嘴，气呼呼的样子，吓得陈宇赶紧过去请安："哎呀，女王陛下，您都去集团当领导了，我们以后还得仰仗您啊！"

陈春也蹲过去，挤了一下罗伊，差点把她挤下去，李梅上去就拍了他一下："你才是不想活了，敢欺负我们苗圃的女王！"

陈春也赶紧低头认错，看着李梅说："哎呀，要不我给她磕个头！叫声爹！"

罗伊也回手打了他一下："叫奶奶！"

晚上陈春拉着罗伊到外边，说："哎，我和你说啊，W市可不只有一个波尔多酒庄啊，还有暮春葡萄产业园，你要是这里混不下去，可以考虑去那里，那里我熟得很！"

罗伊边打蚊子边说："那么熟，你怎么不去啊！"

陈春把她扇蚊子的手打了一下，罗伊气得喊："你再打我，我就咬你了啊！"

陈春不耐烦："别扇了，市里买了一百万只蜻蜓，很快就不咬你了！"

罗伊好奇地眉毛一挑："蜻蜓？买蜻蜓就没蚊子啦？还有卖蜻蜓的？"

"这个不重要！"陈春急急地说着。

"那什么重要，我要回去了，蚊子要咬死我了！"罗伊扭头就要走。

"你，你，你别走，和你说真的呢，去暮春可比在波尔多有发展！"

"哎，我说你是暮春的奸细吧！"

"你，你说什么呢！波尔多有什么好窃取的机密！"

"哼，看你贼眉鼠眼，定是奸细，趁着我军还没发现你，赶紧逃命去啊！"

说罢，罗伊就回寝室，收拾了一晚上的东西，李梅看着叹气，想着这里又要剩她一个人，索性蒙头大睡！

临行前一晚，她请大家到"小辣椒"吃饭，把方小妹和蔡强他们也叫上了，席间大家都开心地送着祝福，却没想到不胜酒力的陈宇率先喝倒，陈春轻蔑地嘲笑他，不想自己也晕晕乎乎，李师傅看到这个场景更是高兴得不肯停杯！

崔强也是个爱热闹的，站在凳子上就唱："英特纳雄耐尔就一定会胜利！"

方小妹拍着手跟着唱，罗志兵揪着趴在桌子上的陈宇，李师傅瞎指挥着，罗伊和李梅靠着，不知为什么罗伊笑着笑着眼泪就流出来了！

陈春借着去厕所，鬼头鬼脑地把账结了！

回到寝室，她蒙在被子里放声大哭，李梅听着也很心疼，回想这不到一年的时间里，那么爱美的她们都晒出斑来，吃过铁锈味的挂面，喝过水渠里的水，挖过深沟，埋过葡萄苗子，被蚊子咬得遍体鳞伤，大棚里冻得瑟瑟发抖，她们的手上脚上都是茧子……

第二天，众人帮着她把行李都搬到了左岩的厢式车里，罗伊笑着和大家说："再见了，总有一天我罗伊会回来的！"

陈宇："快走吧，再别回来了！"

李梅也附和着："逃一个算一个，可别回来了！"

罗志兵若有所思，神情恍惚地说了一句："再见！"

看着罗伊搬家的车远去，一辆黑色车里的人怔怔看了很久！

回到公司先把东西都搬到宿舍，罗伊其实最讨厌搬来搬去的生活，但是真没办法。她收拾着行李，布置着新宿舍，想着去见领导说什么，左岩帮着她搬东西，嘲笑着她东西多，她也无心听！

中午到了饭点，左岩招呼她去丁总家吃饭，罗伊不好意思去，说自己在外边吃，左岩笑着说："这苗圃一霸还有怕的啊！"

"你说谁呢？你才是一霸，你是波尔多一霸！"

"行行，我是一霸，我是波尔多一霸，现在波尔多一霸邀请您和他共进午餐可以吗？"

"谢谢，不用！"

"客气啥，你要不用他可就走了啊！"

"哎，别走！"

"还得用不是吗？"

"不是！是你得给我买一个布衣柜！秦主任说的！"

"哼，哼，哼哼哼…"

"你哼什么哼，再哼诅咒你做噩梦！"

罗伊手机短信声响起，是薛长安的"否极泰来，努力工作，快乐生活，加油，小丫头！"，昨晚她告诉薛长安自己要回城了，短信现在才回复，她低头笑笑！

左岩斜眼笑着说："走吧，别傻笑了，李梅给你发什么，看把你乐的！"

罗伊撇嘴一笑："好的，走吧！"

左岩先带着罗伊进了远大批发市场，特别耐心地帮她选着柜子，两个外观都很漂亮的柜子让她犹豫不决的时候，左岩果敢地说两个都买，罗伊一想也对，正好给陈小溪也买一个！

听到路旁的音乐时，罗伊迟疑了，听得入神，问左岩什么歌，左岩摇摇头，径直走进商铺问了名字告诉她《最远的你是我最近的爱》！

左岩拎着所有的东西，连一个袋子都不让她拎，还不时地朝她挤眉弄眼，逗得她哈哈大笑。

中午饭点的时候，左岩也没征求她的意见，就把她带进了一个当地很出名的饭店。

走进古色古香的包间，罗伊惊呆了，陈小溪、小杨、王琪琪都等在那里，鼓掌欢迎着罗伊，王琪琪一把搂住罗伊的肩膀，大笑着说："左岩特意组的局，就是为了迎接苗圃女王的到来！"

大家嬉笑着，左岩涨红脸，笑着看向罗伊，而罗伊旁边的王琪琪，一直搂着她的肩！

下午，王琪琪陪着罗伊来到办公室先去见了顾问，然后又去办公室报到，秦主任热情地招呼着她："王琪琪先不走，带带你，这个办公室也没什么工作，就是打打字，写写材料之类的！"罗伊居然相信了这个秦主任的鬼话，秦主任给她介绍："这是舒婷，你们见过的！"

罗伊一进门就看见这个腿特别长的女孩了，心想那天自己着急也没好好看，就是她帮我鼓捣半天文件，啥也没弄明白，还让顾问一顿臭骂，现在居然要做同事了！

这个舒婷才是个高傲的小公主，感觉公司里没有一个人能入她的眼，和任何人交流都是用鼻尖，对王琪琪也是这个爱理不理的态度，但是对罗伊却格外友好！

这个舒婷一刻也在办公室待不住，总想着往外跑，有时还拉着她，各种采买，然后给她买根雪糕，两个人开心地坐在路边吃，舒婷告诉她，干什么都要留下证据，免得死无对证！

可是不管犯了什么错，秦主任每次都不会说舒婷，只批评罗伊，无论发生什么罗伊都不辩解。

王琪琪问她："怎么不辩解？"罗伊哼的一声说："秦主任

是什么人，明摆着偏向舒婷，我辩解只会让主任更讨厌我！"她其实是觉得自己服务期到了，就立马走人！

王琪琪点头赞同，说："舒婷她爸爸是文化局局长！"

罗伊回头歪着脑袋，皱眉看着王琪琪，王琪琪扁嘴摇摇头！

"咱们忙着筹备年会，人家爸爸带她去南海考察了！"

"所以，年会上我没有见到她！"

"嗯，你那会儿就钻在丁二总办公室，我们和你说话也不方便，但你真的很有才华，我看好你啊！"

其实也不是谁看好谁，想要脱离现在的工作就要找好下家，王琪琪先和顾问说了想离职，然后极力推荐罗伊，顾问知道，王琪琪是秦主任一来就跟在身边的，她要走了，秦主任没有得力助手很难不被同行挖走。权衡之下，他先试试罗伊！

夜晚，宿舍里陈小溪看着罗伊和李梅打电话眉飞色舞的样子，也跟着笑着，等她挂了电话，才慢悠悠地说："我们刘部长请咱们去迈阿密！"

罗伊脑子里飞速地想着他们部长是谁："迈阿密？好啊！"

罗伊第一次走进这灯红酒绿的地方，激动、兴奋、紧张，跟着陈小溪走进包厢，看到一个戴着眼镜，斯斯文文的年龄相仿的男人："刘部长，您好，早听说您是公司的高才生，还真是一表人才！"罗伊巴结人家似的说着，刘部长呵呵一笑，尽显木讷！

没一会儿，王琪琪、小杨、左岩和部门里的其他几个人就都到了，喝点小酒，唱唱情歌，年轻的朋友一相聚比什么都快乐！

罗伊给刘部长敬酒："太谢谢你能邀请我了，这是我第一次来KTV！"

刘部长一听吓得连忙道歉，罗伊都慌了，满脑子问号，急忙解释自己很开心，很高兴，可是刘部长还是在道歉，说自己真不知道她是第一次来这种地方！

　　这一晚上弄得罗伊真心烦，就怕小伙伴们以后不带自己玩，拿起酒杯仰头自罚了一杯，看见正在唱歌的左岩用手摸了王琪琪的头一下，闭上了眼睛深情地唱着："十年之前……"

　　罗伊心里怦的一声，斜眼瞅了左岩一眼，左岩好像感觉到什么似的，径直走向罗伊，坐到她身边，继续深情地唱着，罗伊感觉他们之间有故事，故作镇静拿起麦和左岩一起合唱着。

　　第二天公司传出了左岩和罗伊好上了，左岩欣喜地承认，罗伊也不否认，陈小溪却说没这回事！

　　没几日王琪琪笑着和大家告别，左岩站在窗口望着她离去的背影，罗伊看着左岩，咬咬嘴唇，她觉得左岩和王琪琪之间一定有什么故事，左岩这样接近自己一定有什么目的，如果真是这样，自己是什么，一个妥妥的笑话！

第11章　原来你是你

　　还没等罗伊深入追究，她就被各种琐事困住，天天都很忙，却不知道忙什么，一会儿给加油卡充钱，就得排两个多小时的队，她心里把银行行长的祖宗十八代都问候了一遍，一会儿给领导订个火车票，还是一个队排两小时，一会儿通知个会议，一会儿去政府取个材料，一会儿一个事！

　　还要不停地写材料，罗伊公考申论可是第一名，写完的材料给秦主任，这个老头还是不满意，他列了一个提纲让罗伊填内容，填完了又让重新组织语句，顾问也经常揪着罗伊改材料，写方案，罗伊似乎明白舒婷为什么要往外跑了，似乎也明白王琪琪为什么要辞职了！

　　左岩每天都带着罗伊出去吃饭，连丁总家的阿姨叫他好几次，他都没回去，左岩告诉她，主任原来是语文老师，顾问是政府办退休下来的，他们两个人都是一顶一的硬笔杆子，能得他们的真传是修了八辈子福了！

　　罗伊心想，我是倒了八辈子霉，哪里是修了八辈子福！

　　丁总天天没事就去办公室挑毛病，一会儿卫生间没纸怎么不往进放，一会儿他的讲话稿写好没，弄得罗伊见他就想赶紧躲起来！

　　终于有一天她撞在领导枪口上，下午快下班了，她正在收拾办公桌，罗伊有个习惯，下班必须把办公桌收拾干净，可是舒婷的办公桌总是乱七八糟的，主任因为这个骂了她好几次，她觉得自己冤死了，可就是不解释，也没法解释！

舒婷给她打电话，喊她："快下楼，我报账多报了三十几块钱，给你买了冰激凌，赶紧下来！"

送完冰激凌，舒婷就又骑着电动车风一样地走了。罗伊高高兴兴地上楼，正巧丁总下楼，她扭头就要走，被一个底气十足的声音喊住："你咋见我就跑，我是老虎吗？我吃人吗？"

罗伊一脸假春风地笑着："丁总好，我没看见您，不好意思啊！"谎言如此拙劣，自己都不好意思了，丁总一个冷笑："跟我走！去见你的娘家人！"

罗伊吓得直咽口水，心想：自己也没犯什么错误啊，就是准备要吃公款买的冰激凌啊！那也不是我报的账啊！

左岩的车停在楼下，看见罗伊跟在丁总身边，心想：他们怎么在一起！

罗伊却在想：自己包都没拿，身上一分钱都没有，这要是丁总把自己扔到半路，自己可怎么回去啊！

和领导上了车，丁总示意她坐后面，她手里一阵凉，惊恐地拿出"赃物"对丁总说："丁总，您吃冰激凌！"

丁总眉头一皱："我不吃！"

罗伊举着冰激凌到领导面前："凉凉的，可好吃呢！"

"都说不吃！"丁总接过冰激凌，边打开边说，"左岩开车就别吃了！"

左岩赶紧嬉笑着："我不爱吃甜的，呵呵！"

罗伊心里的石头落了地："你吃了，那就不算虚报账目了！"

丁总继续说着："你最近在哪里吃饭啊？"

"外，外面！"

"怎么不去我们家吃饭啊？"

"我，我，"罗伊想说我不敢，又觉得不合适，改口，"我怕打扰您！"

"哼，跟着秦主任不学好，好好说话！"

"我不敢！"

"这还差不多，送你去苗圃是锻炼你，不要有什么想法！"

罗伊瞬间明白，这是要见政府的人了，怕自己告状吧，赶紧说："没有，没有，我是志愿者，一切以服从组织安排为主！"

丁总口大，几口一个冰激凌就吃没了，罗伊赶紧递上毛巾，然后忍着冰冷，吞咽剩下的冰激凌。

车子驶进一个像是私人庄园的地方，罗伊感觉这里离苗圃很近，再一看陈小溪和他们项目部的经理已经到了，陪着陈局长和张副局长站在院子里聊天，陈小溪看着罗伊从丁总车里下来，怔了怔！

罗伊小声问左岩怎么回事，左岩诧异地说："你不知道？这是周云峰的私人庄园，经常请人来这里吃饭！"

罗伊环视四周寻找着薛长安的身影，没有看到，凑到张副局长身边，悄悄问着："薛主任怎么没有来啊？"

"他出差了，封闭学习。"哦，自己差点误会他一直没联系自己是厌烦自己了呢！

席间，周云峰一个劲地给罗伊和陈小溪夹菜，夸奖她们优秀啊，优秀！罗伊龇牙笑着说："是领导器重，栽培得好！"

"哭鼻子，你讲解得也太好了！"周云峰竟然叫她哭鼻子。她脸红的窘态让众人哈哈大笑，陈小溪接话道："她就是这样，总爱哭鼻子，啥事都沉不住气，和个孩子似的！"

明着听这话是关心、关爱罗伊，暗里不就是指罗伊不成熟吗？在领导面前，这样的话很容易耽误别人的前程，罗伊没有回击，笑笑说："我这个人就是命好，总能遇到贵人，我永远记得第一次见陈局长，您和我说的那句'在哪里干都当给自己干'，在公司上到领导下至同事每个人对我都特别好！我也没有什么好报答大家的，就继续努力工作，快乐生活吧！先敬大家一杯！祝愿大家都能开开心心，健健康康，快快乐乐！"

说罢眼角带泪，一饮而尽，众人鼓掌！

罗伊借着这个机会赶紧转桌子，按着辈分、职位大小敬酒，第一杯先敬了周云峰："吃谁喝谁不忘谁，第一杯敬您，感谢您送我葡萄，还对我这么认可，您是葡萄种植的大英雄，您家的葡萄是我吃过的最好吃的葡萄，谢谢您！"

这句话可把周云峰乐坏了，恨不得再送她两件葡萄，一圈下来，罗伊发现自己的酒量这么大，陈小溪才发现这个罗伊藏得这么深，只要有个机会，她就像站在风口的猪一样，气自己笨嘴拙舌，也气罗伊怎么这么能表现！

罗伊怎么能看不出陈小溪的小心思，说舒婷不屑任何人，那是假的，舒婷外表冷漠，内心火热，陈小溪外表火热，内心冷漠！

一圈下来，借故出去透透气，却发现有人偷看她，于是假装往回走，却猛地一转身，把那个人一把揪住："陈春！"

陈春嘿嘿一笑："小鬼，讲得不错嘛！"

"你怎么会在这里，你鬼鬼祟祟干什么？"

"什么叫鬼鬼祟祟，这是我家！"

"你家？这里是你家！这里的主人姓周，这么想当地主家的傻儿子啊！"

"说话不要这么难听行不行，我妈姓陈，好不好！！"

"你是周云峰的私生子，你爸不认你！"

"说什么呢？我正式地介绍一下我自己，我叫周陈春！大家图省事都叫我陈春，你这回了城变漂亮了啊！"

"滚一边去！奸细！"

"什么叫奸细，你来我们暮春酒庄，这些房子都是你的，待遇是你现在的三倍，而且你一来就是办公室主任加董事长特助，你，别走啊，你听我说！"

左岩见她半天不回来，就出来找，正巧碰到他们在拉拉扯扯，就"嗨"了一声！

三个人回来时，丁二总正在给陈局长敬酒，看见他们，就喊："陈春、罗伊过来！"左岩一笑回到自己位置上。

丁二总拍着陈春的肩膀，说："好娃娃！好娃娃！"

罗伊心想好什么，就是个奸细！

陈局笑着握住丁总的手："谢谢你了，老大哥，帮我照顾这个不成器的！"

丁总头一扬："哪里的话，这么优秀的孩子，不早点让回来！留在北京那么多年！"

周云峰端着两杯酒过来，递给陈春一杯，自己端一杯："来给各位叔叔、前辈敬个酒！"

罗伊睥睨着陈春，陈小溪轻推一下罗伊问："他是谁呀！"

"奸细！"

"啊？"

"呵呵，周云峰的私生子！"

"啊?！"

宴席就在一片歌舞声中欢乐地进行着，席间，罗伊看着丁总光光的头红红的，手舞足蹈地高谈阔论，也听出了，原来公司已经开始建酒庄了，现在西班牙、葡萄牙进口的酿酒设备陆续就要到了！

吃饭也是一门学问，以前在苗圃的饭局都是为了改善生活，增进感情，回到这里，罗伊就开始学习从饭桌上获取重要信息的本事！

没多久，秦主任就和丁二总着急忙慌地跑进丁总办公室，就听见里面的喊骂声一片，接着就是丁总气急败坏地走进陈局长办公室拍着他的桌子，喊着："陈大嘴，你姐夫摆的什么鸿门宴，来我公司挖人！"

陈局长掐灭手里的烟问："老哥，怎么了这是？"

"怎么了，王庆生被你姐夫挖走了，还顺带了我基地的大学生！"

"这事啊！哎，我给你把人要回来！"

"强扭的瓜不甜，要什么要！"

"那你让我怎么办！"

"我要那2万亩的地！"

"你拿不下来！"

"我怎么就拿不下来？我要做民族品牌，我要做W市的龙头企业，你帮不帮！"

"好我的大哥，你也太狠了，这得贷多少款，万一你的房地产有点什么，你承受不起！"

"说的什么话，你帮不帮！"

"帮，帮，你们一个个野心真不小！"

陈宇给罗伊打电话汇报着："罗志兵去了暮春酒庄，李梅也想去怎么办？"

"他们给的工资高，待遇好，去了房子随便挑，工资翻三倍，反正就是高官厚禄，对不对？"

"对啊，你怎么知道的，那个叫陈春的，不仅动员了他们，还去了蔡强他们那里！"

"他们同意啦？"

"好像没有！"

"这个陈春他爸是周云峰，周云峰的老婆是陈局长的姐姐，也就是说这个陈春的舅舅是陈局长！"

"啊？那他说话不能骗人吧！"

"你想什么呢，去哪儿也不能去暮春，这不是背叛组织吗？"

"人挪活，树挪死，不至于吧！"

"至于，别人我不管，反正你要走，我就诅咒你天天做噩梦！"

"那我不走了！"

突然舒婷喊她："罗伊，你干吗，赶紧地，丁总让你去他办公室一趟！"

罗伊和陈宇说道："晚上联系，敢不接电话，诅咒你做噩梦！"

一进丁总办公室，就被丁总质问："你给王庆生当了多久的秘书？"

罗伊心想："叛变的又不是我，问我干吗！"

嘴上还得恭恭敬敬地说："没多久，也就小半年！"

"他走你就不知道，他有走的迹象你就没察觉！他带走了我们好多机密！"

罗伊都被气笑了："您让我给他当秘书，又没让我监视他，我要知道他背叛组织，我就打断他的腿！"罗伊没忍住，把心里话说了出来，觉得失礼了，赶紧说，"对不起啊，我的错，我眼瘸，我没看出来，亏我还那么信任他！"说完这句话，她更后悔了，这不是把丁总也骂进去了吗！

丁总瞪了她一眼："真应该打断他的腿！"

回到办公室，左岩坐在她的位置上等她："三嫂让我叫你过去吃饭！"

罗伊苦笑着答应。

第12章　遇到你

丁总晚上有饭局不回来吃饭，罗伊第一次去人家吃饭，特意买了点水果拎着，见了三嫂亲切地称呼："丁夫人好！"

"呵呵，叫什么丁夫人啊，跟着他们一起叫吧！这也没有什么辈分了！"

在丁总家吃饭一开始极度不自在，罗伊跟着陈小溪在厨房帮忙，平时不进厨房的左岩也跟着进来了，和她们逗趣。

公司的高层老总们，也是吃住在丁总家的，一个总经理叫牛总，一个总管酒的销售叫杨总，罗伊和左岩嬉笑着说："这是要牛羊成群！"

这两个老总一个比一个善于交谈，善于挑错。

每次吃饭这个杨总会对菜品一一点评，青椒必须带一点煳，还不能煳，勾芡也得挂着味薄薄地勾，牛总更是恨不得全公司的事都有他的痕迹，吃饭也得给丁总各种建议，丁总更是宝贝这两个老总，又是加年薪又是给权力，给绝对的信任，罗伊在他们面前总是一副特别崇拜的样子，这让本来就看不起她的陈小溪更看不起她了。

罗伊根本没有意识到别人对自己的看法，可以说压根不在乎，因为自己很清楚自己的位置，就是一个志愿者，感觉服务期一到就是她"刑满"释放日子！可是从这里结束了，又将再从何处开始呢?

吃过晚饭,帮着收拾了,左岩对罗伊说,一起出去走走,陈小溪急着说,我也要去,于是三个人开车到了河边,一片漆黑!但是远处正在修路,长长的路灯,让罗伊很想家!

左岩把衣服披在了她身上,她没有拒绝,本来罗伊是不想惹麻烦的,但是麻烦找上自己了就要看看谁更麻烦了!

陈小溪恨恨地说:"你和人家罗伊表白了吗?你就给人家搭衣服!"

左岩笑着说:"我们之间不需要!"

罗伊也笑着说:"对,不需要!"心里却是"你大爷,看你能演戏到几时,和我要花花让你见识见识什么叫自取其辱!"。

听到罗伊这样说,左岩真的很开心!陈小溪冷笑一声说:"太冷了,回去吧!"

每个周末都很无聊,陈小溪会带着罗伊去别的志愿者那里转转,即使自己再不喜欢罗伊,可这里只有她们两个是一个身份的人,还得相互扶持啊,而且她一个人也不好意思,也没有理由去别的志愿者那里溜达!

志愿者们待遇是一样的,但是根据分配单位的情况,有的住在单位空着的办公室,有的好几个志愿者合租房子,有的自己独居着,不管是那种情况,每个志愿者的床头、桌子上都是公考的书!

今天受邀去几个志愿者合租的房子里,自己动手做饭吃,两个人买了菜和水果,七绕八绕地进了一栋楼,又七绕八绕地上了楼,房子里已聚集了好几个应邀来的志愿者,厨房里,黄蓉和好几个人忙碌着,陈小溪和他们每个人都很熟,都是西部计划的志愿者。

年轻的朋友在一起都不需要过多的介绍自然都很熟络,来自天南海北的人，大家围坐在一起，谈谈未来与理想，说说现在的工作与周围的趣事，如果没有与领导在一起的压抑，没有与同事在一起的拘束，与这些如阳光一般的志同道合的人在一起，很放松、很愉悦、很开心。

罗伊想到第一次在苗圃，李师傅招待她的规格，现在真的很不错了，毕竟还有个茶几，大家围坐一起，挤是挤了点，但是有餐具啊。如果在苗圃没有他们，自己的生活将如一汪死水！

罗伊一边和蔡强、方小妹谈着苗圃的变化，一边打问这些陌生朋友的信息，毕竟他们都是西部计划的志愿者，只有自己是"三支一扶"的。

蔡强给她介绍着，除了自己认识的陈小溪、黄蓉和他俩，戴眼镜高个子的是刘清华，名校毕业，现在在税务局服务，那个个子不高，黝黑的，是苏哥，比他们大两届，与薛长安是一届的，在政府办，那个眼睛大大的姑娘是刘清华的女朋友渠乐乐，在社区服务。

苏哥召集大家快点入座："马上就开饭了啊！大家都入座吧！"

"苏哥这手艺可以的啊！"渠乐乐一顿赞扬。

"一般般吧！"苏哥点头笑笑。

刘清华给大家倒着饮料说："苏哥今天没加班真是少见啊！"

"哎，领导抬爱，今天让我休一天！"

"苏哥真是辛苦了。休息一天我们还来打扰！"陈小溪一脸歉意。

"哎，哪里，哪里，能招呼你们是我的荣幸！"

大家开心地吃着、喝着，罗伊静静地听着他们谈话，最想问的就是他们将来的打算，却始终不好意思开口。

"最近那个大项目就要落地了，这可是咱们W市的大喜事，是照拂民生的大好事……"苏哥开口闭口都是关于城市的建设，俨然是确定了将来就留在这里，把这里当成自己的家乡去建设！

"哎，听说最近人事调整了，那个谁上去了，到底是找上硬关系了，不然众望所归的薛长安怎么会没提拔！"

罗伊的心被揪着似的，听到大家口中的薛长安真是不提拔就没天理的优秀，他的格局、他的胸襟在所有人心里都应该得到重用，偏偏父亲死得早，孤儿寡母，也没有什么特别的经济来源，只能尝尽人间冷暖，更让罗伊痛心的是，薛长安自己都憋屈得要死，还不停地给她关怀与温暖。

蔡强看着默不作声的罗伊赶紧岔开话题："哎，我听说那几个支教的老师都分配了！"

提到分配问题大家都转了兴致，七嘴八舌地讨论起分配的问题。

"哎呀，前两届的都分配了，现在不行了，都得考试！是吧，黄蓉！"

"是啊，最早的一批都分配了，当时也是人少，好不容易有几个好苗苗愿意留在这里，那还不得赶紧安排啊，不然又跑了！"

哈哈哈，大家嬉笑地谈论着，罗伊听得热闹，只见不怎么说话的苏哥，用下巴颏指指罗伊问着："这个小姑娘很少见啊！"

陈小溪立刻讨好一般地说："苏哥，这是'三支一扶'的志愿者！"

"分到哪个单位了？"

罗伊正要说："波尔多！"被陈小溪抢着说了："和我一样，农牧局！"

罗伊瞪着眼睛，对啊，自己确实是农牧局的，可是说波尔多又有什么关系呢，我是来扶贫的，不是来坐机关的，说个企业名字就那么丢人吗，丢人你别带我啊！

罗伊心里一顿义愤填膺，但还是微笑着回应："农牧局，农牧局！认识薛长安！"

看着众人变了脸色，她感觉自己说话欠妥，补救似的说："刚才大家说的那个分配当老师的是什么途径来着……"

"哎呀，这个我和你说呀，现在啊，你们这届啊，凡进必考啊！题也难了……"

总算没把场子砸了，但是内心想到他们口中的薛长安，还是忍不住在月亮刚爬上来的时候拨通了薛长安的电话："师哥！"

"嗯！"

"委屈吗？"

"何出此言？"

"我，我听说……"

"我没事，不要说！方便出来见一面吗？"

"方便，方便！"

"十分钟，楼下等我！"

薛长安开车把罗伊带到河边上，远处的灯光渐渐多了起来，罗伊看着薛长安的眼神，说着："要跳河吗？"

薛长安哼哼一笑："那倒不至于，如果跳河能解决问题，那现在这条河都得堵了！"

"师哥，你说努力了没有结果还要不要继续努力？"

"当然要了，指不定哪里开花呢！傻丫头，你是听了我的事，担心自己的未来吧！"

"不是，我是，"罗伊想说"担心你"，转头想想自己凭什么，于是继续说，"我是觉得不公平！没意义！"

"公平？意义？哎，还在纠结这些事，就小气了！志愿者！

哼，我们都是志愿者，都是自愿的！"

"你已经分配了呀！"

"分配！呵呵，我父亲一直有个理想，要让W市变一变天，让人民不再受这煤烟子的苦，让W市也有你们B市的天空蓝！我得继承遗志啊！"

"那也不能白白受了这么多年苦，到最后桃子被人摘走了吧，岂止是摘走了，就是偷盗，和袁世凯一样！"

"哎呀，小丫头，你就知道人家没努力！每个人努力的途径不一样，得到想要的就行呗！"

"没能力，没格局，没思想，旁门左道的努力，偷别人成绩的都是心术不正！"

"不可以这样说，这个事就翻篇吧，不要再提了！我问另一件事，你们来这里是为什么!？"

"建设祖国！"

"冠冕堂皇！"

"为了编制，为了工作！"

"这还差不多！我现在只想做好一件事，那就是当下的工作，扶贫！"

"我也是来扶贫的啊，这也是我的远大理想与抱负啊！"

"哎哟，这还激动上了，你还真以为祖国指望你们推动西部大开发啊，陈局长说得对，只要你们在哪里干都当给自己干就算没辜负祖国对你们的期望！多行善事，莫问前程，你就好好努力吧！你知道吗，体制吸纳了社会上百分之八十的优秀人才，扔到大街上都能创出一番事业，可惜了，大多数人都在这里郁郁不得志，荒废了一生，受尽屈辱！你所谓的那些心术不正的人，也很委屈的！"

"那他们还不离开！"

"信仰！他们所信仰的抛弃了他们，他们所鄙夷的成就了他们，他们理解错了自己的信仰，沉溺在官僚主义、形式主义中而不自知，他们忘记了自己真正的信仰是为人类幸福事业而奋斗！所以他们在正常途径永远得不到快乐！"

"那这么说，你是快乐的，而大家却都觉得你不快乐！"

"这是共情能力作祟，按照正常逻辑我是不是得郁郁不得志，换任何一个人都会这样，是吧！所以与其说大家同情我，不如说是他们在同情自己！罗伊，干了这么多年扶贫工作，你知道最困难的是什么吗？"

"没钱，没人！"

"不是，是思想，是那种固有的思想，它禁锢着一切！……"

眼前的薛长安真的是一尊神，一尊能让罗伊低到尘埃里的神。她觉得自己渺小，自己卑鄙，自己一无是处。对那些没能力、处处求人，对上一套舔舐的姿态，对下一副趾高气扬的人深表同情，和薛长安比起来，他们真是可怜！

此后很久，罗伊都觉得自己不配联系薛长安，她沉浸在深深的自卑中！

梦中惊醒，摇醒了旁边睡着的陈小溪："地震了，地震了！"

一群人看着餐厅里的电视，边看边哭，丁总走进来的时候看着罗伊、陈小溪梨花带雨的样子，觉得好笑，瞅她们一眼，问道："怎么了，嫌我家饭不好啊？"

可当他抬头看见电视里的新闻报道后便默不作声了！

罗伊正想着怎么募捐，各个办公室的人就把钱放到她面前了，她看了看秦主任说："那我就先收了！"

秦主任点点头，拿出五百块钱，他平时可小气呢，什么都不舍得买，茶都是克扣丁总的。这次拿出这么多钱，罗伊和舒婷都相互一视，笑了起来，秦主任也哼哼地笑了两声！

罗伊拿着捐款轻轻敲响了方雪莲办公室的门，只见她正和几个同志商议事情，见了罗伊也是一惊，然后微笑着让她坐下，罗伊慌忙说："方书记，您好，这是我们波尔多酒庄的捐款，要不是酒庄那边新设备到了，丁总就亲自来上交这笔捐款了！"

方雪莲叹了一声气，说着："怎么能麻烦丁总亲自来呢，你们波尔多酒庄是第一个捐款的企业，你帮我好好感谢感谢丁总，也辛苦你转告丁总，改天我登门拜谢！"

两个人一来二去地寒暄着，方雪莲把罗伊送下楼，望着她离开，回去就拨通了薛长安的号。

大街上车辆长鸣，国旗半降，罗伊站在街上，想起那个临终前用手机留遗言"妈妈永远爱你"给怀里的孩子的妈妈，失声痛哭，她想着妈妈去世时的样子，想着妈妈也一定很爱她，也很舍不得她的，突然有人从背后拍了拍她，罗伊慌忙抹了抹脸，哆哆嗦嗦地说："学长，你怎么来了？"

薛长安没有解释，看着远方对她说："天灾人祸，谁也避免不了！我是专门在这里等你的，你信吗？"

"不信，大中午不睡觉在楼下等我，你就知道我会下楼啊！"

"有个词叫心有灵犀，希望你懂！"

罗伊瞪眼看着薛长安，不知说什么，她想说："我懂，我懂，我在苗圃天天盼着见到你，我回到城里就盼着能遇到你的车，可我不够好，我只会给你惹麻烦，你是如此高大，我什么也不是！"

薛长安转头看着她，食指折起，轻轻蹭去她眼角的泪："记着，我和你说过的，在W市，你有个学长叫薛长安，无论你遇到任何事都可以来找他，只要你转身，我就在你身后！"

罗伊咽咽口水，还想说什么的时候，被陈小溪推醒了！

"罗伊，醒醒，上班了！"

办公室里，罗伊无精打采地忙碌着，秦主任敲敲她的桌子："丁总晚上有个应酬，让你陪同一下！"

我？罗伊指着自己的鼻子，满是怀疑！

很普通的饭店包间里，五六个人，丁总坐在正席，罗伊点完菜，就开始忙着倒水，她哪里会点菜，就点了荤素搭配的，听服务员的推荐，也没有掌握好量，一下子点得桌子上差点没放下！

丁总和几个客人交谈甚欢，罗伊端茶倒水，刚坐下，丁总就开始数落她："一个大学生，连个菜也不会点，连个初中生也不如，真不知道你还能干个啥！"

罗伊反应了一下，好像是在骂她，赶紧道歉："对不起，对不起，这家饭店真实惠，是我考虑不周！"

牛总扶扶眼镜，笑着说："哎呀，丁总，我看菜点得也不错嘛！"

丁总瞪着眼睛："这个孩子又蠢又笨，干啥啥不行！"

杨总也解围说："挺好的呀，小罗伊很不错的啊，我看她写的文案，很厉害的哦！"

丁总嘲笑着说："不过就是打几个字，我找个初中生都比她强……"

几个外地的客人更是劝着，**越劝越骂得狠**。

罗伊心想你说谁又蠢又笨，说谁不如初中生，你信不信我一菜盘子打你个满脸菜花！眼里的泪涨红了眼睛："我给各位领导赔个不是，千万不要因为我影响吃饭的心情，我这全仰仗丁总提携，丁总对我有知遇之恩，以茶代酒，先敬丁总最敬重的家人！"

回来的路上，都不想坐丁总车的罗伊，被丁总叫上了车，等丁总下车时除了"再见"，罗伊气得再多一句话也没有和丁总说。左岩开车也感觉这气氛的压抑，先把丁总送回去，带着罗伊去街上兜风，又到了河边，远处的灯光比原来要亮很多。

"你这情绪不对啊！"

"你被人骂又蠢又笨，不如初中生，你会开心得飞起来吗？"

"丁总骂你了？"

"没有，是我自己不中用，干啥都不行！"

"你也不要这样执拗，领导骂人不是很正常吗？王琪琪在的时候也经常挨骂的！"

听到王琪琪这三个字，罗伊顿时就怒火丛生，说着："你对她很熟悉啊！"

"也没有啊，就是同事！"

"真的？"

"真的！"

"那你真的喜欢我吗？"

左岩竟然半天没有回答。

罗伊一笑："我自己回去就好了，谢谢您对我的照顾！"

四下这么黑，左岩没有追她，只是呆呆地望着远处。

罗伊边走边抹着眼泪，什么黑暗也没有她此时的心情黑暗，她想好了，回去收拾行李，离开这里！

也不知道走了多久才打到一辆车，回到宿舍，蒙着被子哭，陈小溪轻轻拍着她："罗伊，罗伊你怎么了？左岩给你打电话，说你关机了！你们怎么了？"

罗伊伸出一只手，摆摆说："没有什么，手机没电了！"

不一会儿，宿舍门就被敲得咚咚响，陈小溪刚拉开一个缝，左岩就挤进来了，匍匐在罗伊床头，想握住她伸出来的那只手，罗伊撤回了自己那细长的手指，她的手干巴巴的，指节处还有新磨出来的茧子，左岩连声叹气说着："对不起，对不起！"

没有谈过恋爱的她，只是一时兴起想着套出别人的秘密，却不想伤的是自己。被领导骂完了，又被左岩骗，如果左岩一开始目的纯正的话，也许就是她继续待下去的一束光，而现在的罗伊，不知道自己该如何了！

感情这个游戏，她终是玩不起的！志愿服务也终是坚持不下去了！

有陈小溪在，左岩只贴在她的被子上，头挨着她的头发，小声说着："对不起，我刚才回头找你的时候，你已经不见了，我追了好几条街，我快把W市转遍了也没找到你。"

罗伊觉得真好笑，被子抖动起来，左岩以为她在哭，确实她在哭！

左岩想掀起她的被子，他觉得今天必须把罗伊哄高兴了，这事才算完："你这样，我就不走了！"

咚咚，咚咚咚，这敲门声很有礼貌，陈小溪问着："谁啊？"

"你好，请问罗伊住这里吗？"

听到这个声音，罗伊从被子里惊坐起来，一把推开左岩，胡乱地整理了一下衣服，朝门冲去。

"学长，怎么是你？你怎么找到这里的？"

薛长安看着屋里的人，莞尔一笑："手机怎么关机了？"

"我们，我们出去说！"罗伊说完就拉着薛长安，逃似的跑出公寓楼，只留下左岩和陈小溪面面相觑！

薛长安把她带进自己车里，这辆黑色的别克车，是罗伊在苗圃日思夜想的车，记不住数字的罗伊却牢牢记住了这个车牌号——968！

薛长安带她去了一间咖啡屋，在如此浪漫温馨的环境下，罗伊哭着把左岩心存不轨的事情添油加醋地描述了一番，她很想试探一下薛长安对自己的态度，想想还是算了吧，今天这些糟心的事，哪一件都很难受！

薛长安闷声一笑："我和你说的话是不是都忘了？"

"没有！"

"眼睛都哭成桃了，还说没有，哎，好奇害死猫啊！你喜欢那个男的吗？"

罗伊犹豫间，慌乱地说着："不知道！"

"那就是不喜欢！"

"可我还是很难过！"

"难过是必须的，怎么也得难过一下！"

"为什么？"

薛长安看着她："能为什么！就算我早看出你的阴谋，但是我这么优秀，这么可爱，你却不是真喜欢我，真的追求我，你还耍我，你眼瞎啊！"

罗伊被薛长安逗得仰头带着眼泪笑，薛长安叹了口气，继续说："你要真这么好奇不如从女方下手，要想探听别人的秘密，最好的办法就是，装傻充愣，扮猪吃虎，你第一步做得不错！"

"装傻充愣吗？"

"嗯！"

"我是真傻，真愣，我现在不想探听别人的秘密了，伤敌一千，自损八百，我现在放弃服务，可以吗？"

"就因为你打探别人秘密没得逞，就要放弃服务，你知道放弃服务可是要入档案的，还得承担违约责任！"

"换个地方总可以吧，去暮春可以吗？"

"不可以，没有正当理由是不可以换岗位的，你不想给领导留下不好印象就别这么干！"

"我已经给领导留下不好的印象了！"

"什么意思，你和他……"薛长安有些慌乱。

"我和他能有什么，今天丁总有接待，让我点菜，我没点好，他当着那么多客人骂我又蠢又笨，还……"罗伊的眼泪又吧嗒吧嗒地掉下来，听得薛长安又气又好笑，缓缓说着："丁总请人吃饭，带着你？"

"嗯，他就是故意要折辱我，他那么看不上我，干吗还要带我去！"

"哎呀，傻丫头，你呀，未来可期啊！好好努力，别每天跟个小报记者似的，别人有再多秘密也与你无关，不喜欢的人直接绝交，别怕，任何事情，都有我给你兜底！"

"我真的不想在这里了，暮春真的不能去吗？"

"其实也不是不能，而是波尔多更适合你，他们都是龙头农业企业，波尔多正在起步阶段更需要你们，也会大力培养你们，重用你们！"

"暮春也会，而且……"

"而且待遇比这里好！"

"你怎么知道的？"

"陈春那张嘴，死的也能说活了，别信，暮春现在的实力可是绝对比不过波尔多的，要是能赶上好政策，五年后也许能与波尔多一较高下，但是你能等五年吗？"

"我……"

"呵呵，这么多年在农牧局，你知道贫穷有多可怕吗！仓廪实而知礼节，衣食足而知荣辱，光靠那些小农小户能挣得几钱银子，想致富还得波尔多、暮春这样的企业带，你是报考的扶贫，也去了一线，比起那些苦日子，现在的日子不是好过多了吗？平台比你的努力要重要！"

"我……"

"人生看似有很多选择，其实是没有选择的，你来这里也快一年了，除了种地还学到什么了！居安思危啊，小同志，据我所知陈小溪都可以独立负责项目了！"

"我……"罗伊只恨自己一事无成，随即检讨道，"我不务正业，贪恋红尘，不思进取，我……我可怎么办啊！"

薛长安扑哧一笑："哎呀，总结得很到位啊，人无远虑必有近忧，你现在要好好分析自己的情况，目前来说，办公室是个提拔人的好地方，但你还要申请去一线！办公室这个地方，哎，你以后慢慢就知道了！"

"办公室怎么了？"

"办公室啊，挺好，只要没有利益冲突都很好，只要是年轻人氛围会很融洽，但是有个搅屎棍就惨了，那都是经历革命斗争的，好的呢很好，不好的那你也看不出来，揽功推过、口蜜腹剑、挑拨是非，踩你肩膀往上爬。你啊还是很幸运的，波尔多我知道，企业里面人文环境很不错，你只要努力就会得到重用！"

"是不是有人欺负你了，你是不是也很委屈啊？"

"小丫头，没有啊，谁能欺负到我头上来啊！你听哥的话，去一线，现在酒庄正在建设，将来的前景也不错，而且现在去就是元老级的人物，有机会就回去！"

"啊，我回去能干什么？我感觉自己一无是处！"

"呵呵，不是，综合分析你的优势在文艺和语言方面，波尔多的酒庄正在建设，不用你申请他们也会让你去讲解，但你要朝着接待的方向努力！"

"讲解不就是接待吗？"

"不一样，我明天给你邮箱里发各大酒店的菜单，你要熟悉每一个酒店的菜品和客人的口味，还注意菜品的搭配，这个以后我们再详细地学。你得弄清楚讲解与接待的区别，讲解只是接待的一部分，明天我也会给你一份接待办的服务流程！好好学学！内部资料，注意保密！"

罗伊赶紧点点头："我知道了，就是从客人来的那一刻，到客人走的那一刻的全程安排与服务，是吗？"

薛长安点点头："简单地说，是！"

"谢谢学长，其实，有一天我做梦，梦到你了！"罗伊不想在薛长安面前尽失颜面，赶紧转个态度，侧耳倾听薛长安怎么回答。

"哎呀，不容易，还能梦到我，说说，梦到我什么了！"

"梦到我要离开这里，你追我到火车站，说，我在这里有个学长叫薛长安，无论我遇到什么事，他都能摆平！"

哈哈哈，薛长安笑得很开心！他知道以罗伊的理解能力与处世经验还听不懂他的政治理论与人生感悟，一直在降维与她沟通，毕竟高曲寡和嘛，自己也不能太极端了！

而罗伊又何尝不知道自己与薛长安的差距，但是她真的需要薛长安的指引，这样如人生导师一样的人，可遇不可求啊。

回到宿舍，左岩没有走，追问她："他是谁？"

罗伊觉得再和他纠缠一点意义都没有，很平静地说："今天太晚了，我们明天再说好吗？"

"我问你他是谁！"

"薛长安，我师哥，您现在可以走了吗？"

陈小溪轻推着左岩："就是，你先走吧！有什么事，明天再说不好吗？"

左岩悻悻地低头走了！

罗伊看着他的背影，哼了一声，陈小溪皱眉问罗伊："你们

127

到底怎么了？"

"没事，我们压根也没什么！"

"不要这样说，你和左岩不是处得挺好的吗？"

罗伊回头惊讶地看着陈小溪："好吗？"罗伊冷笑几声，陈小溪狠狠地说："你别身在福中不知福好吗，左岩对你一直都挺好的，是你不知道！"

陈小溪的态度让罗伊哭笑不得，哼哼两声径直走进了卫生间，她得好好想想接下来该怎么办，躺在床上又开始辗转反侧，对，按兵不动，静观其变，随机应变！

第13章　不喜欢你

第二天，任凭左岩怎么逗罗伊，罗伊就是板着脸，舒婷看着罗伊，搂着她的肩："你这情绪不对啊，谁敢惹我们苗圃女王，不想活了！"

"丁国庆！"

"哎，你不想活了！小心隔墙有耳！"

舒婷一把捂住她的嘴，小声继续说："丁国庆怎么惹你了！"

罗伊按下她的手："他骂我又蠢又笨！"

舒婷瞪着眼睛："你咋惹着他了，他脾气是不好，可绝不会用这么狠的话骂你一个小喽啰！"

"可他就是骂了，还，还当着那么多客人的面！"

"他吃饭又带你啦！很幸运嘛，天天好吃好喝的，骂就骂呗！"

"哎，你怎么风向倒得这么快！"

罗伊的电话响起，是王琪琪的，罗伊心想："真漂亮！合起伙来欺负我！"顺手就把电话接了起来："喂！"

晚上王琪琪组局，舒婷、左岩、小杨、陈小溪还有几个单位的年轻人都应邀参加了。罗伊假装醉意朦胧，要回去，王琪琪揪住她，硬是让她听完左岩唱歌。罗伊觉得恶心，因为歌名是《有一种爱叫作放手》，罗伊心里想"放屁"！却开心地和大家玩闹着，弄得左岩心里发慌！

终于熬到散场，王琪琪依然拉着罗伊，罗伊想着薛长安说的话，觉得重心不应该放到这些乱七八糟的事上，可又想想"攘外必先安内"，于是转身回手搂着王琪琪，两个人好得如情侣一般走了，众人不知情，只当她们关系要好，而左岩却是胆战心惊！

王琪琪带着罗伊回家，给她讲了自己和左岩的事，他们从小学到高中都是同学，左岩小时候经常被人欺负，也不爱说话，只有王琪琪带着他，他第一次骑自行车带的人是王琪琪，第一个带回家的同学是王琪琪，第一个陪着吃饭的人是王琪琪，高中毕业王琪琪去上海读书，他直接流落社会，王琪琪毕业到私企工作，被领导轻薄，他日夜兼程千里追了过去，暴揍了那个人……

罗伊听着听着睡着了，她想着左岩和王琪琪间的故事，开始一定是美丽而美好的，她要的答案已经有了，这下目标明确可以直奔主题了，至于王琪琪和左岩后来那些狗扯烂羊皮的事，她不想听了！

第二天是周末，她喜笑颜开地和王琪琪去吃早点，去逛街，整整玩了一天，晚上才回宿舍，陈小溪正在学习，拿着考研的书，苦读着，罗伊哼着小曲，很开心地躺在床上！

陈小溪实在忍不住问："你去哪里了，左岩来找你好几回了，你怎么不接他电话啊！也不接我电话！"

罗伊满脑子问号："没有啊，我没有不接你们电话啊，你们给我打电话了？"罗伊赶紧看看自己的手机，心想妈呀，果真静音了，别薛长安给自己打电话，自己没接！

还好，没有薛长安的未接电话，其他人的都可以忽略，不对，有陈宇的！

赶紧打开短信看着："女王殿下，您回城就忘了苗圃的臣子了！星期天的还操劳政务，不接电话！"罗伊笑着翻着下一条，

"臣有要事汇报，回电！"

罗伊走出宿舍，找了一个僻静的地方，拨通陈宇的号，刚接通就听对面一阵骂声："罗伊，你个小浑蛋，把我拉进黑名单，信不信我追到波尔多！"

"陈春，你才小浑蛋呢！把电话给你哥哥！"

"你哥哥！陈宇现在已经是我的人了！"

"你们暮春有点原则好不好，挖墙脚算什么本事！"

"原则，你有原则，你拉黑我！"

"拉不拉黑你与原则无关，你这么讨厌，手机都自动把你拉黑！"

"少扯，你手机这么智能啊，拉黑人都是自动识别！"

"你要干吗，有事说事，没事把手机给陈宇，我找他有事！"

陈宇一把抢过电话，连忙解释："不是，陈春，你别闹，我……"

罗伊四下看看，压低声音说："你怎么和他混到一起了！"

陈宇："我没有，是他没事干总来基地晃悠！"

罗伊愤怒地说："你要敢去暮春，打断你的腿！"

陈宇："我哪敢啊，你那260万的育苗任务，害死我了，基地招了一大批人，我都要忙死了！"

罗伊："就招来这么个鬼！"

陈宇："他是来挖人的，赶都赶不走！"

"老丁家的人不是脾气都不好吗？怎么能容得下这么一个祸害！"

"别提了，他背景太硬，谁也动不了！"

"背景硬，有我硬吗？我是谁，你知道罗副市长吗，他是我舅舅！"罗伊信口雌黄地说着，陈宇信以为真地听着。

"我说，怎么别人都留在机关，独独把你留在企业！深谋远虑啊！"

"你知道就好，千万不要告诉别人，就告诉陈春就行，镇压镇压这个小鬼！"

小鬼没镇压住，惹来一群鬼，一时间单位里都传出罗伊背景深厚的传说！一时间办公室里的人尤其新入职的小同事，对罗伊是毕恭毕敬，端茶倒水。

舒婷悄悄靠近罗伊问："罗副市长真是你舅舅？"

罗伊认真且诚恳地回答："不是！"

舒婷瞪大眼睛："啊！那他们都说你……"

罗伊邪笑着说："都是骗鬼的话，不可信啊！"

舒婷耸耸肩："你不是？"

"不是，是我能当志愿者吗，直接给解决工作就行了嘛。"

"那现在全公司的人都……"

"谣言止于智者，你别信就行了。"

"切，我倒真希望你是，那谁要敢再骂你，你就让他扫大街去！"

"哈哈哈，你倒是领导家的孩子，你敢让丁国庆去扫大街去！"

"哼，他让我去扫大街还差不多！你别看我爸是局长，我可真没沾过他什么光！"

"还没沾光啊，秦主任都把你护上天了，你每次不收拾桌子，他都说我！"

"哈哈哈……估计他也就这么点权力了！"

"哼，我不信！我这假的都这么受人吹捧，你这真的，能没特权！"

"特权，他奶奶的有个屁特权，我爸祖上是农村的大地主，这个地主和电视里不一样啊，地主为省钱比雇的人干得都多，有好吃的也得先给工人们吃，我爸从小自强不息，努力学习，一路也不是坎坎坷坷，我妈啊，大字不识一个，家里家外我爸是绝对的主力，唉，小时候家里穷，我就偷吃我弟弟的奶粉，我爸发现也没说我，后来奶粉就被锁起来了！"

"哈哈哈，是没说你！"罗伊笑出了声，秦主任哼哼两声进了办公室，敲敲罗伊的桌子说："老丁头有请！"

罗伊站在丁总办公室门口，深吸一口气走进去，出来时低着头，回到办公室目光呆滞，舒婷看着四下无人问她："你怎么啦！丁国庆又骂你了?!"

"没有，左岩辞职了，要去云南，丁总让我给他办手续！还有……哎……"

"还有什么，你赶紧说啊，急死人要赔命的！"

"他们说酒庄盖得差不多了，让我跟进项目，负责讲解！"罗伊心想，这个薛长安真是料事如神！

"那有什么不好的？"

"有什么不好？让我和陈小溪一起搬去和那些酒店新招来的人住集体宿舍，每天坐通勤车去基地，估计也不能再去丁总家吃饭了！"

"啊，你这么神情暗淡就因为不能去丁总家吃饭！"

"我是愁搬家，我来了没有一年就要搬三四回家！"

"你是不是前几次搬家没吃糕啊！"

"是，没吃糕，这次一定要吃糕，吃十斤糕，再也不要搬家了！"

"吃糕叫上我。"

"必须叫，绝对不把糕锁柜子里。"

哈哈哈，两个人笑着，打闹着，接下来的几天里，罗伊请舒婷帮左岩办离职，自己刻意躲着他，主动不去丁总家吃饭，和舒婷满大街地找好吃地方，却在一天晚上被左岩硬生生堵在宿舍门口。

"躲我干吗？"

"没有啊，你要不上来坐会儿！"

"我们出去坐会儿！"

"呵呵，这样不好吧，小溪马上就回来了，要不一起去！"

"你都知道了，对不对！"

罗伊收起嬉皮笑脸，神情严肃对左岩表述自己的想法："左岩，我只想和你说，如果爱请告知，如果不爱也请告知，爱和不爱都考虑好了，因为都挺伤人的！"

罗伊高估了左岩的文化水平，他没有听懂罗伊的意思，还是执意要找地方好好谈谈，罗伊只好随他去了W市唯一的一间咖啡屋，罗伊带着几分嘲弄说："你和王琪琪第一次正式约会是在这里吧？"

左岩摇摇头："这是她从上海回来，带我来的地方，她刚从大城市回来，穿着小吊带裙，真漂亮！"

罗伊哼了一声："当着一个女人的面夸另一个女人漂亮，你觉得合适吗？"

"呵呵，对不起啊，那个时候我们这里相对封闭，突然有人这样穿，自然吸引人啊！"

"不用解释了，你继续。"

"我想知道王琪琪和你说什么了，你们的关系怎么会那么好？"

"我和谁的关系不好啊？"

左岩心说也不知道是谁差点和财务小姑娘打起来："行行行，你人缘好，其实我，我不是骗你，真不是！"

"我知道，你是真喜欢王琪琪，可为什么要分开呢？"

"你关心这个干什么！"

"没什么，就是觉得你们分开挺可惜的，哎，你好好和我说说，你们为什么分开。"

左岩认真地说着，罗伊认真地听着，听到好笑的地方，还会和他打趣，就像这件事与她无关一样，左岩就像给现任女友汇报与前任的过往一样，罗伊也不知道几分真，几分假，反正她和左岩是彻底没关系了，现在连同事都做不成了！

罗伊盯着左岩认认真真地说着："左岩，爱请告知，不爱也请告知，但是我觉得你还是爱着王琪琪的，不要放弃，不要让猜忌毁了你们的幸福！"

左岩叹气说着："我和她再也不可能了，我是爱过她，但是……"

罗伊立刻打断他的话："我早就看出你和王琪琪有事，和你相处也是为了证实我的观点，请你原谅，我们从来就没有开始！而且，我将来也不会留在W市，服务期一满我就要走，你和我从始至终都是普通同事！"

说罢，罗伊起身就走，留下左岩皱眉思忖！这也是他们最后一次见面，至此罗伊再没有见过左岩！

宿舍里罗伊和陈小溪收拾着东西，陈小溪小声骂着："住得好好的，就让搬走，那里离公司很远的！"

"我都搬三四回了，再搬就该彻底回家了！"罗伊附和着。

"左岩要走了。"陈小溪看着罗伊，带着几分质疑，几分恨意，罗伊很坦然地与她目光交会："是的，离职，舒婷给他办的！"

"为什么，他给你打电话，你不接，你怎么总是不接电话？"

"我没有不接电话，他什么时候给我打电话了？他给不给我打电话……"罗伊想说"和你有什么关系",怕伤着陈小溪,继续改口,"让他离职的也不是我!"

陈小溪深吸一口说:"昨晚,左岩到办公室找你了!"

罗伊停下手里的活,挺起身子:"我昨晚在办公室啊!"

陈小溪冷漠的眼神盯着她:"我看见他敲你们办公室的门,还拉了拉门,你要不是不在就是不想给他开门!"

罗伊努力回忆昨晚是什么时候被左岩堵在门口的,陈小溪继续说着:"你就是这么作践别人的吗?"罗伊嘴一张一张的,心抖成一团,一句话也接不上了,眼泪居然打了个滚,溜了出来,罗伊一抹眼泪:"你知道什么你就在这里说我!"

陈小溪哼一声继续说着:"你知道我看见左岩对你那么好有多羡慕吗?他追你到苗圃,他带你出去玩,他陪你出去吃饭,你知道我有多羡慕吗?为什么,凭什么大家都对你那么好,凭什么你就可以趾高气扬,你以为你真的很优秀吗,很了不起吗?"

平时少言寡语的陈小溪原来内心藏了这么多委屈,一样一样的志愿者,却是各有各的委屈,罗伊一直觉得自己才是最可怜的,听到陈小溪说羡慕自己,大家都对她这么好,她一时间竟被陈小溪气笑了!

"你羡慕,羡慕什么,羡慕我被分到苗圃去喂蚊子,羡慕我被领导当众臭骂,羡慕我和左岩,呵呵呵,你真会羡慕人,你知道左岩和王琪琪才是一对吗?你知道他并不喜欢我?羡慕我?你真是羡慕错人了!"

陈小溪扯着嗓子继续喊着:"你是去苗圃喂了几天蚊子,你还上了电视,你是被领导骂,领导还让你当书记呢,你不要左岩,就诬陷他,他对你的好,所有人对你的好,你都无视,你都不在乎,你自私、你阴险、你……"突然哽咽起来,"对不起,对不起,罗伊,我,我的服务期就要到了,我……"刚才还言辞犀利的陈小溪，如心理防线崩塌一般，语无伦次地表达着自己的歉意。

罗伊抱着她，坐下，安慰着："我知道，我知道，咱们志愿者来到这个陌生的地方，没有朋友，没有家人，前途未知，一切好像都有希望，又好像都没有希望！我知道，我都知道！现在又让我们搬家，搬去那么远的地方，我知道你很生气，我也很生气的！可我真的不自私、不阴险，我可能太张扬，太不顾及别人感受，我……"

我真的这么差吗，我真的那么让你讨厌吗？罗伊开始反思自己，越想越觉得自己没有用。

那晚罗伊把左岩和王琪琪的事一五一十地告诉了陈小溪，但是没有说自己早看出端倪，欲擒故纵，只是自嘲："我才是最傻的那个！"

然后彻夜未眠。

第14章　如果就这样

次日一早，一番折腾，搬到了离集团公司三四公里，靠近木材厂的商用楼的顶楼里，七绕八绕地拐进她们的房间，两个人收拾好新的住所，除了阴暗，见不到太阳，大倒是挺大的，就两人住，也算不错，暂时没被挤进旁边的集体宿舍。

晚上，心情极度低落的罗伊收到一条短信："从前有一只鸟，住在山谷里，后来它看到一棵高大的乔木，于是就不停搬，终于搬到了高大的树林上去，忽然跃升到大树上，看的是天也宽，地也阔。后人遂以乔迁恭喜，恭贺乔迁之喜！"

罗伊躲在被子里，哭了起来，回复道："谢谢你，陈宇！"

梦魇如影随形，罗伊被折磨得每天萎靡不振，每天和陈小溪走着去单位，实在是走不动了，她在苗圃脚上起的疱就没有好过，感觉越来越严重，走路都疼，坐在办公桌前发呆，她想着什么时候回B市去治治。

突然听到走廊里的喧杂声，丁总浓浓的口音和另一种浓厚的口音交杂着，声音都很大，罗伊悄悄探出头，一个胖墩墩的中年人，满脸堆笑地给丁总作揖，秦主任也满面春风地赔笑着。

只听得一声："罗伊，过来！"丁总喊罗伊都是底气十足，带着几分蛮狠和挑衅！

罗伊紧张得一抖，舒婷推推她，挤眉弄眼地说："丁总叫你呢！快去！小心挨骂啊！"

罗伊咬咬牙："他要再骂我，我就拍死他！"

丁总让罗伊订一个饭店，中午陪同一起吃饭，罗伊赶紧问秦主任是什么客人，然后把薛长安给她的各大酒店饭店的信息从心里搜索一遍！

选择了一个农家特色饭店，点菜时，先点了几个开胃的小凉菜，然后把菜谱递到这个胖男人跟前："李总，这个菜单您看看，这是我们这里最具地方特色的饭店，每一道菜都是纯天然，绿色食品，不打农药，不含激素！"

"这么好啊，现在想吃个不打农药，不含激素的，很难了！我看你对这里挺熟，你点，我哪会点，要不丁总你来！"

"哎，就你点哇！"

罗伊心里早就记好了薛长安配好的菜谱，菜一上来，她才知道，这个点菜的学问，不仅仅是荤素搭配的问题，菜的颜色、种类、口味等都需要考虑！

"李总是咱们酒庄的总设计师，罗伊，以后李总还有杨总、牛总他们去酒庄，你就跟着！"

罗伊瞪着眼睛："嗯，好的！"

舒婷看着罗伊的窘样，差点笑出来！

罗伊心里一阵酸楚，这个城市公交车极度不便，罗伊得走到单位，每天三四公里的路程，陈小溪不觉得有什么，有脚疾的罗伊实在苦不堪言！本以为从苗圃出来是脱离苦海，没想到回到城里也是困难重重。现在倒好，还得继续回到那里！这个丁总怎么说话不过脑子，酒庄在比苗圃还荒凉的基地旁边，离这里有多远他不知道吗？

晚上陈小溪翻看着公考的书，罗伊却想着苗圃的自行车，打电话问问李梅，车子还在不在，果真，两辆车子一辆坏了，一辆丢了，只能一声哀叹！

蔡强和方小妹来城里办事，特意绕圈来看罗伊，餐桌上，罗伊提起自行车被偷的事，蔡强气愤地说："这些个人眼皮浅的，让我逮住，扣了他们的扶贫款！"

方小妹看了一眼蔡强："你就知道是村民干的？"

蔡强哼了一声："上次，镇里请明星来搞那个扶贫演出，小凳子丢了多少，那不都是从村民家搜出来了？"

罗伊震惊着："搜出来，哪个农民让你们搜啊？"

蔡强得意扬扬地说着："先问他拿没拿演出的凳子，说没拿的，就问他里面的凳子是哪的，你吓唬他啊，他心虚就会说我家的，没拿的就会纳闷，你说啥呢？你进去看看哇！反正有的是办法，我现在已经总结出一套行之有效的治理方法了！"

"是啊，我们蔡强已经是农民的克星了，萝卜加大棒，一治一个准！"方小妹淡淡地说着。

罗伊哼哼着："你用萝卜加大棒的办法也追不回我的自行车，算了，抽时间去买辆电动车吧！"

"估计就算追回来也得卖废铁了，对了，你还不知道吧！你们借用的那间办公室也得尽快腾出来了！"蔡强压低声音，故作神秘地说着。

"啥意思，我没听李梅他们说啊？"罗伊紧张地问着。

"你们酒庄建了职工宿舍，丁二总前几天来和贺镇长说酒庄建了职工宿舍，要搬去那里了，贺镇长还提起你！"方小妹解释着。

蔡强翻着白眼，说着："还是你有面子，贺镇长都这么关心呢！"

罗伊低头一笑："估计贺镇长是关心我现在还哭不哭了！"

哈哈，众人相视而笑！

　　丁总带着公司高层一行到酒庄视察，罗伊作为公司的接待人员，必须陪同！

　　来到酒庄，丁二总就站在场地中央："哎呀，都是外国货，西班牙、法国还有那个意大利面！"

　　罗伊扑哧一下笑出声，丁总回头招呼她，她战战兢兢地跑过去，丁总那个谢顶的光头在阳光下闪闪发亮："后天有个接待，你准备一下！"

　　"嗯，啊！不是，丁总，这个，第一次，我……"

　　"没讲过是哇！那就今天别回了，和你二叔、牛总、杨总在这，好好熟悉熟悉环境！"

　　罗伊真想一个西瓜扣他头上，我别回了？那我住哪，去哪吃饭……

　　看着丁总远去的车影，她咬咬牙，回头看着丁二总，丁二总像是看笑话一样看她，她气恼着："二叔，我去哪里待着啊！"

　　"哎，这里现在就是你的天下了，哈哈……"

　　"二叔，你带我去找李梅他们吧！"

　　"那可用不着。"丁二总指向罗伊身后，她回头看见李梅、陈宇，她一下子冲了过去。

　　站在酒庄后边，看着一排排整齐的葡萄架上铺满绿枝，陈宇一边转着手里的剪刀，一边说："你育的苗，就在这里生根发芽、开花结果了！"

　　李梅哼哼一声："你眼前的陈宇可不是从前的陈宇了，现在统管苗圃和基地了！"

　　"哇，陈总威武！"罗伊谄媚地笑着。

　　"你见过工资3000的陈总啊？"陈宇喃喃道，"你眼前的李梅也不是从前的李梅了，现在统管酒庄！"

　　"哎，你们都不是以前的你们了，你们这群小娃娃就是我们波尔多的未来，我让基地炖上羊肉，再炖个鸡，一会儿都回基地吃，不要在酒庄食堂吃了啊！"

基地的工人们围坐在一起，罗伊正啃着一个鸡腿和李梅说笑着，突然有人拍她脑袋："陈春！"

"这团委书记当得太官僚了吧，都不说回来看看我们！"

陈春不说团委书记，罗伊都忘了自己这个身份了："哼，特务！"

"你能不能对我客气点，谁是特务，你才是……"

"我是什么，我是你姐，来你给跪一个！"罗伊嚼着鸡腿嘟嘟囔囔地说着。陈宇喊着："春，过来，吃羊肉！"

"哎，来了，等会儿回来收拾你！还给你跪一个，等着……"陈春没皮没脸，凑到丁二总那边，朝陈宇抛了一个媚眼，嬉笑道："吃羊肉，不配酒，那哪成！你们这不是酒庄吗！闹两瓶酒，咱们尝尝！"

"喝酒对身体不好！"

一个熟悉的声音从身后传来，陈春吓得一抖："舅舅你咋来了？"

陈局长瞪了陈春一眼说着："这不是上面的领导要下来，我不放心过来看看！"

丁二总忙着站起身迎接陈局长："我给老三打个电话，他刚走！"陈局挥手表示不用了："不用了，我就过来看看！哎，你们基地的伙食不错啊！"

"我们这里都是受苦人，都得给吃好点，来，看看，这小丫头还是向着你！"丁二总说话间，罗伊已经把碗筷送到陈局长跟前。

陈局长笑着接过来骂道："陈春你个小兔崽子好好和人家罗伊学学，怎么样罗伊，这里的待遇不错吧，我当初让你来这里，没来错吧！"

罗伊诌笑着："太感谢陈局了，我奶奶说是好家具得遇到好当家的，丁总对我们特别好，不仅让我们去他的大别墅里吃饭还给我们提供高平台，让我们能在实战中提升自己！"

"说得好，年轻人就要这样，吃得苦还懂得感恩，好同志，好好努力！"

罗伊回到小伙伴中间时，陈春阴阳怪气地说："哼，这虚头八脑的一套薛长安教你的？"

"滚一边去，我说的都是心里话，只不过你这个蠢蛋怎么能听得懂？"

"说谁蠢呢？"陈春上去就弹了罗伊一个脑瓜嘣。罗伊忍着没喊出来，回头悄悄看了一眼陈局，见他们端着碗走进屋里，上去就踩了陈春一脚，陈春起身就追罗伊。两个人像孩子一样打闹，罗伊倒退着朝陈春使鬼脸，一个没站稳倒向后边。

陈宇、陈春几乎同时向罗伊伸出了手，她还是重重地摔在葡萄沟里，还没等她哭，就被有力的大手轻揪胳膊慢扶肩地搂起来，罗伊惊讶道："学长！"

内心已经波澜壮阔了还得故装镇定，起身就骂："学长，陈春欺负我，打死他！"

"打死人犯法，应该把他丢到山里去喂狼。"方小妹的声音，让罗伊慌乱的心顿时安静下来。

"哎呀，方主任，我就开个玩笑你就要把我喂狼，你也太狠了！"陈春哀号着。

"你们怎么来了？"罗伊纳闷地问着。

"这不罗副市长明天来，我们得提前熟悉路线啊！"蔡强指着陈春继续说："陈春，把你喂狼都是轻的，你差点害死她，你知不知道！"

"哎呀，我的方主任，你咋这么记仇呢？"

罗伊瞅了陈春一眼，笑脸迎着方小妹和蔡强："什么仇，什么怨，咱们先坐下吃炖羊肉了，这是二叔特意从牧区拉回来的羊！"

薛长安也和蔡强打趣："蔡强，快去多吃两块儿！"

方小妹迎头拍了陈春一脑袋，哼的一声走过去了，薛长安笑着径直走到陈局旁边，私语几句，拿出文件，陈局看看点头，接过文件，示意他赶紧去吃饭。

薛长安坐在罗伊身旁，陈春斜嘴瞪眼，也坐在罗伊旁边，罗伊瞅了他一眼，陈春喊道，"哎呀，学会瞅人了，你不学好！"

方小妹："哼！也不知道谁不学好！"

陈春想挣扎地回个嘴，也自知无理，默不作声！

罗伊问着："说说他怎么惹你了！"

蔡强："哎，小妹写了一篇信息，打印出来忘了拿，正好碰上陈春，他说他去，结果他改人家电子版的信息！"

"手怎么这么欠！"罗伊哼哼着。

"我发现错别字了嘛！"

"那你改错字就行，你改了啥！你改了个遍！居然用杯水车薪！这么正式的新闻报道你用形容词！"

"我，我错了！我错了！"

"错就没事啦，你知道贺镇长开会点名批评方小妹！"

"行行行，我对不起方主任了，我……"陈春一时语塞，方小妹听着蔡强数落陈春，冷笑几声，吓得陈春赶紧说，"我也不知道这个信息不能用形容词啊！"

"哎，罗伊呢？薛长安怎么也不见了？"

薛长安让罗伊演练一遍："就像介绍你家一样，随便说，想怎么说就怎么说！"

罗伊深吸一口气："尊敬的各位来宾……"

薛长安给她做着示范："什么是讲解，三等讲解照本宣科，二等讲解入木三分，一等讲解千人千篇，而这个也是你讲解的步骤，先得照着背，得把基本的东西掌握了，然后才能扩充知识，深入加工，讲得生动自然，最后就是学者型讲解员了，来什么人就讲什么内容，比如，小朋友来了就是小朋友的讲解方式和讲解内容……"

丁总司机把她送回宿舍已是深夜，同样的车，已是不同的人在开着，丁总的新司机是个退伍的军人，憨憨厚厚、心思细腻，从来不多言多语。

第二天，罗伊早早就乘坐通勤车到了接待点，想着薛长安昨天的教导，看着已经反反复复讲了不下三十遍的路线，摸着看着这些设备，想着自己当初在苗圃的日子，真心地感受到波尔多的不容易，想着一会儿就从企业的创业切入。

领导从考斯特里下来，陈局长、丁总三步并作两步地上去就握手，带着领导往里走，罗伊早就预想过这样的场景，自己如何如何从容自信地讲解，侃侃而谈地回答任何一个领导的任何问题。

罗伊带着微笑一直跟在领导后边，丁总见到罗副市长真是滔滔不绝，陈局长更是高谈阔论，他们两个一唱一和，根本不给罗伊机会。

走到地下酒窖的时候，罗副市长突然问道："葡萄酒不是法国的吗？"这个问题直接导致现场极度安静，薛长安轻推罗伊一下，她立刻抓住机会在他们身边说："这就和佛教一样，起源于印度发展在中国！"

罗副市长回头看了罗伊一眼，说道："丁国庆你们企业有人才啊，就这还天天跟我说企业没钱没人才！"

陈局长揪住正要开口说话的丁总回应道："哎，让人家小姑娘讲，咱俩这是抢人家的营生了，罗伊你讲，你讲！"

丁国庆反应过来："对，让我们讲解员罗伊同志给您讲，哎，她和您一个姓呢！"

接下的讲解不必言说，除了讲讲有什么设备，更多的是讲企业从一片荒芜中开垦出一片绿地，这葡萄酒酿制讲的是三分工艺七分酿制，企业是怎么培植好的葡萄酿制好的酒，还特意开了一瓶，讲讲挂壁，讲讲红酒保健知识。

领导们听得也是入神，罗伊也是越讲越来情绪，把薛长安灌输她的思想，都讲了出来。"仓廪实而知礼节，我们丁总以一颗仁爱之心，开创了公司+农户的经营模式，把自己的葡萄基地承包给农户，再以高于市场价2毛收购农户葡萄，在共同致富的这条道路上，他播种希望，倡导绿色食品、有机食品，在地方经济建设上，力争打造地方民族品牌……"

丁国庆都怀疑这是说的自己吗！罗副市长频频点头，不时地拍拍丁国庆的肩膀，投以敬佩的目光。

终于把领导送上考斯特，薛长安摸摸她的头："讲得不错，继续加油！"然后就带着陈局长走了，丁总的大奔驰也飞驰而去的时候，罗伊一屁股坐在台阶上，脱下鞋，脚跟已经出血了。

罗伊望着远去的车，一路尘土扬起，感觉薛长安明明是朝她走来，却不知为何离她越来越远，一股泪流下来，她抬起手轻轻一抹！

第15章　他乡遇新知

随后的日子里，除了家人，再没有其他人问她住得好不好，吃得好不好，陈小溪每个周末都会去找志愿者朋友，罗伊尽量躲着不去，舒婷却经常来这里找罗伊，还在她的床上呼呼大睡，然后带她去觅食！

麻辣烫的店里，香气四溢，舒婷搂着她的肩："这个地方可是我吃遍W市才找到的！今天我请！"说着就拿出了一沓优惠券。

罗伊按住这些券说："还有这种操作！？"

"当然！骑车去蹦迪，该省的省，该花的花，哎，问你个事？"

"说！"

"有男朋友吗？"

"啊！"

"啊什么啊！我听说你和左岩……"

"哎，这个事啊！"

罗伊接过服务员的大碗，说着谢谢，转身看向舒婷，轻描淡写地说："那我不能告诉你！"

"哎，你个家伙信不信我揍你！"

"信信信！那这顿你让我请你，我就说！"

"好，你请你请，以后都你请，赶紧给我好好说说！"

罗伊抿抿嘴，眨眨眼，挑起一筷子粉条，舒婷一把按住她的胳膊，菜掉到汤里，溅了两人一脸，两个人哈哈地笑着。

罗伊拿纸擦了擦脸，娓娓讲述她和左岩的事，就像是说别人的故事一样，舒婷边吃边听，到了精彩的地方还"卧槽，卧槽"地喊着。

舒婷的原则就是"有便宜不占王八蛋"，却从来没有占过任何人的便宜，至于公司的人说她鼻子尖看人，罗伊觉得无所谓，反正对她好就行，也是因为有了舒婷、李梅、薛长安的存在，才让她觉得值得留在这里，至少有了能坚持两年的信心！

李木子是个憨厚的人，每次都会去公寓接罗伊，陈小溪看着穿着一身接待服，正在照镜子的罗伊哼着说："真是羡慕啊，领导身边的小红人！"

罗伊拿起桌上的文件，转身盯着陈小溪看："你的服务期是不是快到了？你打算怎么办呢？"

陈小溪一愣，低下头说："不知道！"

罗伊坐在李木子的车里，想着这么一个五大三粗的男人，起这名，也真是让人意外啊！

李木子不停地给罗伊说着丁总找他算是找对了，他的设计理念、装修方案、材料选购绝对是最好、最便宜的，至少给丁总省了十来万。

罗伊崇拜地点着头，她的这副表情，让禁不住夸的人都很自豪。

酒庄背后就是基地，基地西边就是苗圃，一进入酒庄先看到的就是这个欧式风格的酒店，再往后便是生产车间，车间地下便是装修奢华的地下酒窖，从地下酒窖直通酒店大厅，她站在酒店的门前，看着忙碌的工人，研读着自己从牛总和杨总那里借来的书和资料。

就这样，一条参观路线，她每天都要走上很多遍，坐在酒店台阶上，看着自己的高跟鞋，心想鞋跟又磨下去一截了，我的未来是不是真要留在这里了！

抬头间，阳光下有个高高的身影朝她走来，她眯着眼，看到一个熟悉的身影，吓得赶紧站起来！

"陈春！"

"在这凉脚汗呢？"

"说什么呢！"罗伊涨红的脸尽显窘态，她强作镇静，假装优雅地穿上了鞋，瞅着陈春，"你来这里干吗，又来探听敌情吗？"

"哎呀，你对我能不能客气点？"

"怎么客气，对待你这种挖墙脚的人，我还给你跪一个？"

"良鸟择木而栖，你们波尔多没本事留住人，怎么能怨我挖墙脚呢！"

"波尔多怎么不是良木了，怎么就留不住凤凰了，你们暮春能不能眼光高远一点，不要紧着波尔多这一只羊薅，都说丁国庆脾气不好，老骂人，我看他就是耗子扛枪窝里横！"

随着酒店自动玻璃门打开，一个如雷鸣般的咳嗽声，吓得罗伊差点灵魂出窍，然后微笑慢慢回头，说："丁总您怎么来了也不提前通知一声，我，我，我正教育陈春呢！"

"嗯，是教育陈春还是教育我啊？"

丁总身后的一行人，呵呵地笑着，罗伊咬着牙，越想努力平复心情这个脸就越红。

"丁总，她……"陈春刚要开口，就被罗伊挤到旁边，然后躬身请丁总和丁总身后的一行人离开酒店，丁总似笑非笑的表情，让罗伊更加紧张！

罗伊悄悄撤到后边，问李木子丁总啥时候来的啊，李木子坏笑地说："早来了，从基地那边过来的！"

"那我刚才说的话他都听到了？"

"他听没听到，我是不知道，但是我听到了！"

"啊?！"

"哈哈，没，逗你呢，哪能听到了？"

"没就好，哎！"

"不过，你说得对，丁总就是耗子扛枪！"

"这是没听到啊？"

丁总回头看她："晚上，你跟上！"

"哦，啊！"罗伊紧走几步，低头跟在丁总身边。

酒店门口的服务员喊着："丁总好！"

经理是一个三十来岁的女的，满脸笑容，热情地打招呼："丁总您好久没有来，今天新到的新西兰牛肉……"

周云峰斜眼撇嘴："就他是个总！"

这时一旁的小姑娘，亲切地问着："周总，您好……"

罗伊惊叹着，就算是亲爹，也没有这态度，不过有这眼力见，啥都能干好！

晚宴上，李木子、陈春、周云峰、牛总、杨总还有好几个客人推杯换盏、高谈阔论，罗伊低头点菜也不忘看看丁总的表情，陈春殷勤地给各位叔叔老总端茶倒水。

酒过三巡，丁总让罗伊敬酒，这种场子上如果薛长安在一定会为她挡酒，今天遇上个冤家，陈春一顿起哄，罗伊端起一杯，猛地干掉，桌上的气氛顿时就推向高潮，罗伊稳稳心神："丁总是我最崇拜的人，在荒漠开辟绿洲，坚持有机种植，用工匠精神去酿酒，打造民族品牌，他为地方经济做出的贡献，值得歌颂！"

"好！""说得好！"众人鼓掌喝彩，罗伊微笑示意，继续说着："他是我的贵人、恩人，陈局长交代我，走到哪里都要好好干，就当给自己家干，丁总给我们这些年轻人平台，更可贵的是他给我们犯错误的机会，这些机会都是企业的损失，却是我们成长的无价之宝，丁总，大恩不言谢，我敬您！"

丁总的脑袋都被罗伊夸得红光四射，略带炫耀地举杯示意。

陈春眯眼睛，斜倚在椅子上，痞态十足。

周云峰抹了抹嘴角的油渍，龇着牙，指着罗伊问："这姑娘许下人家没？"

丁总放下筷子："没有！"

周云峰追问："有编制吗？"

丁总瞅了他一眼："没有。"

"那可得努力了，我儿子得娶个有编制的，不像那个谁他儿子……"

"薛长安。"陈春补充着，一脸无奈地看着自己的老爹。

"我儿子不成器，找个有编制的就行了，那个谁他儿子不一样，得找一个好家室的，不然连他那个寡妇妈也交代不下去，我们不一样，娶个媳妇当闺女养着，谁嫁我家，我给她一百万！"

丁总按住周云峰激动的手说："拿好你那一百万吧，我们这姑娘不急嫁，编制算什么，留在我波尔多挣年薪！"

陈春也赶紧上去安抚自己老爸，罗伊笑着迎合着每一个人，心里却五味杂陈，感觉被人羞辱了一样。

是的，自己与薛长安看似离得很近，其实是咫尺天涯。也许自己有个编制就能站在他身旁，那他是喜欢自己还是喜欢编制，就算自己不计较这些，有了编制可以和他站在一起，他那么志向高远，他那么怀才不遇，他有使命感，他有责任感，他需要一个，一个至少是健全的家庭去成全他的雄心壮志，自己不能成为他的拖累。薛长安对自己再好，也只是薛长安那个强大责任感作祟。

自己对他的这份情感不能说，不能表露，更不能被他瞧不起。更何况，现在的薛长安，不也在这个体制里吗，他不也有编制吗，而他也还不是被人明里暗里地算计，就像是一个高贵的王子伺候着一个粗鲁低俗的富商，上面的国王收了不知道多少好处，为了维系这个表面上的和谐，视而不见、听而不闻。她想象着薛长安被那个老女人欺负的样子，会不会也很狼狈呢！

她不断地安慰自己，却忍不住想着自己有个编制，至少可以站在他的身边吧，就算仰望着他，也是好过此时的自卑！

宴会散去的时候，一群人拉拉扯扯寒暄着，陈春走到罗伊身边，罗伊忍不住笑了："编制！一百万！"陈春满脸尴尬。

罗伊继续提醒着他："方小妹有编制哦！"

陈春坏笑着："上道！"

罗伊踉踉跄跄回到房里，陈小溪还没回来，想着明天是周末，也就没有联系她，躺在黑乎乎的屋里，罗伊好难受，忍不住去厕所一顿吐，头发也弄脏了，她用水胡乱地洗着。

边洗边哭："我，我，我没有编制，我没有编制，我，我，我……"

她把自己所有的委屈都归咎于自己没有编制。

带着一身酒气的陈小溪，跌跌撞撞地打开门，木木地看着罗伊，竟然忍不住地哭了起来。

罗伊赶紧抱着陈小溪："小溪，小溪不要哭！"

陈小溪也反手抱着她："罗伊，罗伊，你，你也不要哭！"

两个人耍酒疯似的，一会儿哭，一会儿笑，一会儿又唱又跳，扰得四邻不安。

舒婷打车飞一样地来到她们宿舍楼下，抱怨着："这两个疯女人，是要把楼拆了吗！"

然后给秦主任回电话："主任我到她们楼下了，这就上去

看看，应该没啥事，就是喝潮了，好的，行，我知道，好的，
好的……"

　　走进这七绕八绕、灯光幽暗的楼道，就听见罗伊那高分贝的
歌声，于是疾跑冲上楼，把楼道里站在凳子上的罗伊揪下来，又
把趴在楼梯扶手上拿棍子敲节奏的陈小溪拉回来。

　　把她们安顿在床上，才发现一地酒瓶，原来两个人，又买酒
大喝一顿。舒婷简直要疯了，把凳子、棍子都捡回来，和楼道里
观望的邻居和新来的同事道歉。

　　心想这些个新来的年轻人，怎么能做到这么冷漠的，这代人
废了吗？

　　正要关门，看到新来的一个小姑娘拿着湿纸巾、解酒药，给
送过来了，一脸稚嫩说着："舒婷姐，罗伊和小溪姐发疯了似
的，我们也不敢……"

　　"啊，那个没事，就是心情不好，没事了，没事了，谢谢你
们啊！"

　　舒婷扶起罗伊，先把解酒药给她喂下去，再去给来回挣扎的
陈小溪喂药。

　　折腾一气，凌晨三点了，搂着罗伊沉沉睡去！

　　罗伊觉得自己断片了，浑身疼得就像被人打了一样，头疼欲
裂，舒婷瞪着她，陈小溪依然睡着。

　　"说，你怎么喝成这样！"

　　"啊？"

　　"啊什么啊！"

　　"啊！你怎么在这？"

　　"这个不重要，你醒醒！"

　　"我，我难受！"

　　"难受，难受，这要让政府知道了，你，你麻烦了你！"

"我，我没有编制！"

"哎哎哎……"

罗伊想吐吐不出来，舒婷真想打她一顿，看她这么难受也就只好作罢，安抚她。

"编制是个什么东西，就是个鸡肋，没人没钱光有一身本事，就是美玉掉粪坑，粪坑镶了金边，捂着鼻子夸粪坑！"

"你，你，哈哈，你……"

罗伊忍着疼笑出声。

陈小溪还是一动不动地睡着！

"你这么说你爸也在粪坑了！"

"我就看他才这么说，他好歹遇到贵人，你能遇到吗，再说那个年代的大学生是稀缺货，现在一簸箕扣住一片人，再说有钱有背景的人多了去了，有才华能提拔，没才华也能提拔，也许比那些有本事的提得更快，这不是什么好地方，不去也罢！"

轻轻的敲门声，打断了舒婷的慷慨陈词，她去开门，那个小姑娘端着一碗粥，怯生生地说："给罗姐的，今天厨房没人，我给她们熬的！"

"萌萌，进来吧，我没事了！"

"哦，萌萌，进来，进来。"

罗伊轻轻看了一眼舒婷，高傲的大小姐怎么能认得酒厂新招来的人？

"谢谢你啊，萌萌！"

"没事的，罗伊姐，你们昨晚可吓人呢，我们都担心你！"

"哎哟，对不起了，我们就是，就是心情不好！"

"嗯，那你们好好休息我就走了！"

舒婷送走萌萌，叹气说着："你可真行，什么人都认识，哎，他们对你还都挺好！"

"是啊，这些孩子刚来的时候，我给她送过牛奶，李木子来接我的时候也把那些肚子疼的孩子捎带上，不求他们这代人能记你好，但求我心无愧吧，反正看到他们就想到苗圃的自己，是李梅、陈宇、薛……哎，是他们，说不上，我也不知道怎么表达了，反正先谢谢你！"

"你还是潮着呢，说什么谢不谢的，对你，我是心甘情愿，我和你说，我当时老佩服你了，都说你是哭鼻子，但我看你可以的，主持，弄报纸，我要在那个地方，早就不干了，你还能坚持到现在！好了，赶紧喝粥吧！"

"你喝点？"

"喝什么喝，我怕也喝大了，你呀好好歇着吧！！我得走了。"

陈小溪听着她们的对话，说不上的难受，硬等到舒婷走了，才起身。

清晨的阳光永远照不进这个被店招遮挡且背阳的公寓楼。

陈小溪起来，径直去了卫生间，罗伊让她喝粥，她也没理。出来就说："左岩回来了！"

"啊，哦，你们昨天……"

"我们昨天一起吃饭了，你为什么老换手机号！"

"我没有，我换成集团小号了！"

"哼，左岩打不通你电话，以为你不想再见他了，他连夜就走了！"

"我，我没有，我……"

陈小溪泰然自若地端起粥喝着，她不知道自己简单的几句话，如刀一样扎着罗伊。

罗伊的心仿佛在哭，很委屈，明明受害者是自己，偏偏自己成了坏人。

第16章　自知之明

秦主任安顿罗伊今天不要去酒庄先来集团，上午丁总要开会，让她也参加。

她比陈小溪早出门一个小时，神色暗淡趴在桌子上，想着陈小溪的话，觉得不对劲，难道陈小溪是因为左岩才喝得酩酊大醉，这是为什么呢！

解铃还须系铃人，她拿起办公室电话，翻着单位电话簿，拨通了左岩的号。

"喂！"

听到这一声熟悉的声音，想到刚来时左岩陪她买东西，去苗圃看她，带她去吃各种好吃的……就算是朋友离别也应该悲伤一下吧，她忍着泪，笑着说：

"左岩！"

电话那边沉默片刻后便是一声长长的叹息，两人犹如没有隔阂似的聊起天来。

"手机换号了？"

"嗯，集团小号，舒婷给办的！"

"那挺好，咱们，咱们还能常联系吗？"

"可以啊，常联系，常联系！"

"哎，那个，小溪还好吗？"

"她，她挺好啊，就是昨晚上喝大了，哈哈！"

"哈哈，她，她和我说她喜欢我！问我能不能不走！"

"嗯，啊，她，我……"

"你这苗圃女王，波尔多一霸怎么还结巴了！"

"不是，其实，我觉得不是她喜欢你，而是她需要一个留在这里的理由，你知道，我们……"

"我知道，我理解，所以你呢？"

"我觉得王琪琪更适合你！"

"嗯，她要结婚了！"

"恭喜你啊！"

"恭喜我什么，新郎又不是我！"

"啊，哈哈，对不起啊……"

匆忙挂了电话，跑到卫生间洗了一把脸，同事们陆陆续续来了，和她打着招呼，可谁也没有注意到她红了的眼睛。

集团会议室里单位的高层都在，丁总打着电话，瞪着眼睛喊着，不时地还大笑几声，罗伊看着他谢顶的头光亮光亮的，发着红光，一顿思绪乱飞，舒婷看她眼神迷离，推了她一把："还不舒服？"她慌乱地摇摇头。

丁总挂了电话，咳嗽几声，秦主任马上心领神会："下面我们开会，酒庄那儿基本装修完了，这个参观线路也基本确定了，今天就是商量一下开业仪式！老规矩，方案还是办公室出，提前开个意见征求会！"

顾问轻咳一声："大家都说说吧！"

丁总望向众人："牛总、杨总你们先说说吧！"

牛总频繁地点点头："丁总，我的意见也不成熟，你要是说销售，我可以让全国都有咱们的经销点……"

罗伊认真地做着记录，舒婷推给她一张条："别记了，他屁也没说出来，一会儿杨总也一样！"

罗伊把头趴在笔记本上笑着，顾问皱着眉头说着："还是得有点具体的措施和方案！老秦你说说吧！"

秦主任端坐了一下身子："我觉得咱们得先成立个临时的活动小组，先分分工，具体的活动策划还是依旧惯例，请个礼仪公司！"

丁总竖着眉头："请礼仪公司，请礼仪公司，就知道请礼仪公司……"

舒婷的条子又递给了罗伊："秦主任横竖都不对，他请牛羊这些外来的和尚就行！"

突然丁总大声喝道："你们就连这点墨水也没有！陈小溪你说说！"

罗伊听到"陈小溪"三个字，顿时心里一紧，陈小溪倒是镇静："我觉得秦主任说得对，成立专项的工作组，而且要确定活动主题，然后就是，嗯……罗伊是音乐专业的，应该更懂吧！"

舒婷震惊地看向陈小溪，心里头大骂陈小溪，这不是陷害人吗？

丁总用手指向罗伊，只见她颤颤巍巍地起身，说着："闻道有先后，术业有专攻，秦主任说的请礼仪公司我很赞同，我是学音乐的，可我不是搞策划的，丁总、顾问、杨总、牛总和我们的各位领导，我就说说我的想法，肯定有不对的地方，请你们多多指正，首先吧，我们要知道我们要干什么，我觉得虽然是我们的酒庄成立开幕式，却不如以我们为主，把它做成全市的活动！"

"哎，这个想法好啊！"舒婷首先发声，杨总、牛总随声附和，顾问点头，陈小溪冷眼微笑，丁总像看小孩子玩耍一样看着罗伊："你继续说！"

"虽说是我们波尔多内部的活动，我们邀请其他的兄弟单位一起举办活动，把它做成全市的活动，以我们为主，但是吧，这就和写作文一样，有主线也得有暗线，丁总您看是不是把暮春也捎带上，我们主要是酿酒葡萄，做地方龙头品牌的，他们做鲜食葡萄，做地方旅游的，咱们合作一定事半功倍的，我们策划成助农惠民旅游节……"

"和暮春合作，你也想得出来！"陈小溪瞪眼睛说着。

"我只是提提建议！"

"你这个建议就是要我们拿钱给暮春做宣传，这不是倒戈吗！"

"罗伊才不是那个意思！"舒婷着急辩解。

顾问咳嗽几下："我看罗伊的提议不错，就是缺少实际的方案，和暮春合作，也未必都得咱们掏钱，也让周云峰出几个钱！"

"是的，我们要把它做成助农惠民旅游节，主会场在咱们酒庄，旁边的景点都有咱们的品酒区，就这么和您说吧，只要一进W市，随处可见咱们波尔多的logo，随处都有我们的美酒，这样吸引更多人走进我们的酒庄，了解我们的酿酒技术，感受我们酒庄的发展，更重要的是宣扬我们企业是助农惠农带动一方经济发展的良心企业！"

丁国庆倒是出奇地安静，拍着桌子："鬼点子真不少，说得好听，这要是办成了，还不知道便宜谁了！舒婷你问问你爸，听听他的意见，不行就请你爸给策划策划！"

丁总和舒婷说话的语气真是羡煞旁人了，办公室的电话丁零零响起来，众人都不再说话，丁总又是一顿嗯啊哈哈……

丁总放下电话："哎，舒婷先不要打扰你爸了，这个活动变了！"

秦主任诧异中带着习以为常说："丁总，啥意思？"

"嗯，刚接到陈大嘴陈局长的电话，现在这个活动可要往大闹了！要办成全市活动，整体方案长安出，就是那个谁他儿子，以我们为主，主要负责扶贫旅游这一块儿，和罗伊说的那个差不多……"

会议就在丁总的一顿演讲中结束了，临了说了一句："办公室和农牧局的及时沟通！看人家需要啥咱们就干啥！"

舒婷拍拍罗伊的肩膀，瞅了陈小溪一眼，只见刘部长不停地宽慰陈小溪。

晚上罗伊就约了薛长安，说了白天的事情经过，薛长安还是点头听着："你的思路没有错，但你的位置错了，没有那个平台纵使你有千般本事也无济于事，反之，有平台，就算没什么本事也是没有问题的！"

"那就是平台的力量！"

"对，是权力的游戏！你提出和暮春合作就不行，我说也不行，但是陈局长说就行，为什么！"

"为什么？"

"和暮春合作，你们要说，那就成了上赶着去求人，就失去了主动权，我们去说，就是布置任务，他们得追着和你们合作，这个主动权就回到你们手里了！丁国庆还是很睿智的！"

"那暮春看不明白吗？"

"看得明白，比谁都明白！但是没有那个实力的时候，还是需要借用一下巨人的肩膀，这个肩膀可不是谁都能踩的！暮春的眼线长得很，他们可是精得很啊！天时地利人和，他们早就准备上了，就等着政府这一股东风！"

"难怪我说就是倒戈，你们说就是双赢了！"罗伊虔诚地表示认可。

"同样的思路方案，你说和他说效果是不一样的！"

"言轻莫劝人呗!"

"嗯,来尝尝这个菜,如果这个活动要落地,我们就要打一场硬仗了!"

其实,薛长安早就起笔在写活动方案了,他比谁都思路清晰,整个活动在他脑子里已经翻滚了千万遍。

政府的会议室里,暮春的代表周陈春,安静地坐在父亲身边,方小妹、蔡强围着贺书记,罗伊和舒婷分别坐在丁总和秦主任旁边,随着陈局和薛长安、方雪莲一同进来,大家相互问候的声音才停下。

薛长安请负责签到的小同志把方案一一发下去,大家认真地阅读着。在陈局长的开场白中,大家明白了,这次活动是以东区农牧局为主的全市助农扶贫活动;在薛长安的方案解读中,大家看着PPT演示,仿佛看到了W市农民们的喜悦喜庆。

罗伊想到薛长安说的"你说和他说"的区别,顿悟了为什么明明是薛长安在操纵全盘却是陈局长的总策划,没有那个位置纵使是说破天别人也是无动于衷的。

陈局长总结着:"大家也看到了,这次的活动分三大块,第一扶贫启新篇,乡村旅游节奇木镇贺书记牵头,具体还得方小妹和蔡强去组织实施,一定要组织动员全体村民参与,什么农产品展销、村民艺术节一定要办得有新意,有创意。

"长安在方案里提到了,要发挥龙头企业的作用,波尔多、暮春都要起到带头作用啊!这个你们都回去做好预算啊!"

丁国庆和周云峰点头应承着,罗伊和舒婷悄悄递纸条:"带头作用就是拿钱啊!"

"第二就是全市旅游形象大使选拔,方雪莲作为团委书记,应负责本次形象大使大赛的一切流程,但是请评委和奖品的费用波尔多冠名了,所以雪莲啊,你得好好谢谢人家啊!"

舒婷递回纸条："这个谢字真好啊，我都找不见词形容了！"

"第三是惠农乡村旅游文化节，是我们负责，长安和旅游局对接，做好咱们的乡村旅游工作，要邀请全省各兄弟盟市的相关部门负责人和各大媒体记者一起来参加！怎么样，大家都说说自己的意见吧！"

大家都纷纷鼓掌表示赞同，当然企业这边能有什么意见，掏钱呗，只见丁国庆咳嗽一声："陈局长，你打算让我掏多少钱呢！这个第三项，方案里写的可是要邀请明星啊，这个名单里可是不少大牌啊！"

"你打算拿多少？不是和你说了吗！还有暮春呢！"

"哎哎哎，我可比不过丁总！"周云峰急得抢着说，众人被他的口音和窘相逗笑了。

陈春为父亲解嘲："哎，不是这个意思，陈局长怎么安排我们怎么办事，放心吧，一定办得妥妥的！"

丁国庆哼笑："那让你们都出，你们干吗？好听话谁不会说！"

周云峰还是一副憨憨样："你看你，都龙头企业了还计较这个，我是没有你有能耐，这几年净亏损了，这样，那记者的吃住我包了！可我那里住不了那么多人啊，条件也不行啊！"

丁国庆斜眼看他，这扮猪吃虎的样子真是欠揍啊。

方雪莲解围说着："丁叔，这个活动啊，方案里写得挺好，选这个形象大使就是要弄得全市皆知，这么多美女云集，电视台一播，那个效果可是超乎想象啊！"

这话题算是岔开了，一提到美女，陈春接话："那个活动可以来我们暮春搞啊，我们有场地啊！"

贺书记笑着说："刚才你爸还说地方不大，这有美女你就有场地了！"

又是一阵笑声，方小妹对贺书记说着："这个方案写得真好，可以当我们的范本了！不过薛主任没有成家是怎么想到这个环节的！"

薛长安一惊，顿时红了脸："抄袭，抄袭！这三项活动都是需要波尔多和暮春的大力支持，同时也需要文化、旅游、商务等多个部门共同推动，这就是简单的方案，大家还是多提提意见！下次我们就要请相关单位参与了！"

大家面面相觑，明明这个方案写了二十多页，事无巨细地策划了每一件事还说简单。

"薛主任真是谦虚了，这个方案写得很好，很有操作性，我们这边没有什么意见！"方雪莲的话十足地肯定了薛长安，薛长安颔首一笑。

大家纷纷鼓掌。

经济基础决定上层建筑，一切美好的设想都要归在经济基础上，谁都知道要想让这个方案落地，还是需要一大笔资金的支撑！

散会后，还是老样子，"转战"第二会议。

周云峰邀请大家去他的庄园，在大圆桌上，周云峰一副没见过世面的样子，夸着自己新买的大圆桌能转圈，自己新安装的音响设备声音特大。

还让自己儿子唱首歌，陈春对自己的老爸也真是很无奈，只能说是抛砖引玉，这些都是为这次活动准备的。

罗伊和舒婷四目相对，很明显地他们早就拿到方案了，大头钱肯定是波尔多出了，而暮春却可以出很少的钱得不少的利！

陈春故意压低嗓音，发出磁性的声音，深情地唱着《想说爱你不容易》，众人拍手的拍手，竖大拇指的竖大拇指，只有舒婷小声喃喃"花花公子"。

罗伊问舒婷："你们认识？"

舒婷慵懒地说着："认识，但是没有什么交往，陈春可是出了名的花花公子，据说他追过的女孩可以排到天边了！"

酒过五巡的时候，陈春也没少喝，看着迷迷糊糊的老爹，提议带大家去看看自己的秘密庄园，于是方小妹、蔡强、舒婷、罗伊都随着陈春去了，只有薛长安和方雪莲没有动，陈局长示意他们也去，薛长安顿时明白了，这是他们四个人有秘事要谈。

等他们走远的时候，周云峰拍着自己姐夫的肩膀，握着丁国庆的手，看向贺书记，像交代后事一样说着："我是老了，陈春这个孩子看着不务正业，其实很聪明的，我啊，就把暮春交给他了，以后有事还得麻烦他舅舅和各位伯伯多给自己孩子指指路，关键的时候搭把手！再有就是给他物色个带编制的，稳定！"

原来，周云峰这些年务农落下不少毛病，再也没有精力去打理自己的葡萄庄园，唯一能做的就是不给自己独子添麻烦，他和自己夫人要去外地休养一段时间，毕竟W市的气候适合葡萄生长却对他们的身体不太友好。

众人都开始安慰这个朴实的农民，确实，这些年就算有自己的妹夫帮衬，但是自己也是很辛苦的，能从一众葡萄种植的农户中脱颖而出，他们付出的可不仅仅是心血。

第17章　心愿

陈春带着一行人，进入房后的林区，走过好几道大门，每道大门都有老头把守，看着一个老头叼着烟给他们开门，陈春收起嬉笑，指着老头："你新来的？咱们是什么单位！这里喝酒可以，抽烟不行！把烟掐了！"老头脸色瞬间铁青，也只能赔笑道歉。

今天中午，几个年轻人都多多少少喝了点酒，都有些醉意，要是平时，陈春会和颜悦色地把这个老头开除。大家都劝陈春算了，只有舒婷冷冷地看着他。

最后一道大门打开，眼前杨树、柳树、松树等多个品种的树木组成方阵，郁郁葱葱，整齐划一，高低错落，围着林子中间的廊桥水榭，这里古色古香，人工湖里全是红色锦鲤。

罗伊激动地说："好漂亮啊！陈春，你们家是闷声干大事啊！"

方小妹点头称赞："早就听说暮春有个秘密基地，一般都不让进去，今天可是开了眼了！"

"哪里，哪里，早就想请你们来坐坐，今天是个好日子，来来来，大家这边有请！"陈春一副得意的样子，引导着大家走向亭子中间，"这个亭子还没有名字，今天大家都在，赐个名呗！"

"哎呀，你们暮春这么有钱，花钱请人起个名字多好！"舒婷斜着眼睛看着陈春。陈春呵呵一笑："请别人起名字，哪有请你们起名字有意义啊！是吧，蔡强！"

蔡强嗯哈点头应和着："可不是嘛，请我们起名字不要钱，给股份就行！"

大家都哄笑着和陈春要股份，陈春激动地笑着喊着："先起名，先起名，起好名字，给股份！"

方小妹呵呵笑着："我看呀，陈春的嘴就是骗人的鬼，就是个哄人的家伙什！"

薛长安和方雪莲端坐在亭子一角，罗伊和舒婷倚靠着柱子，很认真地想着名字，方小妹侧身看着这个林园："我看这个园子古朴大方，要不就叫，奇木亭？"

罗伊思忖着："相携话别郑原上，共道长途怕雪泥！共道长亭，怎么样！"

方雪莲惊讶地起身，看看薛长安说着："哎哟，没发现，这个小姑娘，你还知道这首诗！"

罗伊紧张了一下笑笑说："没有啦，就是偶然读过！"

方雪莲来了兴致："嗯！留人不住，醉解兰舟去。一棹碧涛春水路，过尽晓莺啼处。醉春厅！"

陈春点头："都好有文化，都挺好，就是我一句也听不懂！"

薛长安起身："这些诗词好是好，就是太伤感了，不如通俗一点，希望将来这里宾客如云，络绎不绝，叫络绎亭吧！"

蔡强瞪着眼睛："络绎亭，罗伊亭！哎哟，薛大主任，一语双关啊！"

薛长安红着脸："巧合，巧合！"

方雪莲嗯哼一声："陈春啊，起名字这个事，大家就是图

166

一乐!"

舒婷哼道:"要不就叫百万亭,一百万!"

方小妹点头笑着:"对,这个名字好!谁嫁你家不是给一百万吗?这个名字又响亮又阔气!"

陈春给各位作揖:"哎哟,你们就别闹了,我是真心请你们给起名的啊!"

蔡强说着:"哎呀,不闹了,不闹了!不过,春啊!你家那一百万也不好挣啊!得有编制啊!"

舒婷还是冷眼看着:"哼,也不看看自己啥样!有编制的还在乎你这点钱,不得先看看人品吗!"

方小妹点头说着:"陈春这人品有目共睹,说你花花公子都有点谦虚了啊!"

陈春苦笑着:"各位姑奶奶可别道听途说啊,我可是个正经人啊!"

舒婷瞅他一眼:"正经人?人家薛长安才是正经人!"

"哎呀,我可算知道你们为啥这么挤对我,有个人人都夸,人人都爱的薛大主任在啊!我都得找个带编的,他不得找个天上的仙女!"

陈春莫名地激动起来,从小到大,薛长安就像一堵无形的墙,处处挡着自己的光,但他觉得薛长安就是伪君子,小小年纪就会装深沉,长大了也是一副知晓天命的骄傲样子。

"陈春,你好好说话!"方小妹提醒着他,他反倒控制不住情绪:"薛长安,你不就是死了爹吗,凭什么大家都觉得你好!凭什么……"

蔡强一把拉住陈春:"过了啊!"

陈春立马意识到自己的问题,转脸一笑:"薛主任我不是那个意思,我有点潮,我是说我陈春不成器,比不上你!"

薛长安冷冷地看着他："没事，你开心就好！"

罗伊怒火燃烧："你就欠揍，你……"

舒婷按住罗伊，用眼睛瞪着陈春，那眼神中仿佛有一团火，马上就要冲出来了似的。方雪莲大声说着："哎，这事到此为止！我们都回去吧！"

好好的一次游园却不欢而散，罗伊凑在薛长安身边："陈春嘴上没把门的，你别生气！"

"生什么气，他说得对！"

罗伊倒吸一口气，对？什么对？是他要找个天上的仙女吗？她缓缓地低下了头。

方雪莲靠近薛长安说道："你的薛大主任能甩陈春十条街，就是陈春今天打了他，他也不会气的！人生的高度不同，读书三境，薛主任已经站在灯火阑珊处了！"

罗伊含笑看着方雪莲，薛长安低头说着："这是在说神仙，不是说我！我不是天上的神仙，我只是这世间的一粒尘埃！"

舒婷斜眼看着陈春，方小妹使劲掐着陈春，蔡强安慰着龇牙咧嘴的陈春。大家各回各家，只是心情各有不同。

第二次会议，相关单位的分管领导都出席会议，因为人数限制，丁总就带了罗伊。

这么高规格的会议，幸亏是在这个小城里，不然哪有罗伊参加的份。

这里领导和普通百姓一样，没有什么架子，说话办事很和蔼，但是气质和气场在那里，大家对他们也是毕恭毕敬的！

罗伊真是长见识了，本以为薛长安的方案就已经完美无缺了，在集体讨论的时候，听了大领导们的一套说辞觉得这个方案，还有很多地方要修改。

丁国庆和周云峰认真地记录，在领导的一顿赞赏下，各家再多出二十万，办成全市活动。各区抽调人，东区负责人是陈局长，活动组的办公室主任是薛长安，其他各区由市政府统一协调抽调，从全区选人组建班子。

他们的方案修改后，保留部分项目，作为本地区特色活动，文艺演出要遍地开花，以助农惠民为主。旅游形象大使换成葡萄公主选拔，既有扶贫意义也树立旅游形象，最后的烟火晚会要不要举办还得协商。

散会后，各自回去准备，七天后再进行汇报。

于是会越来越多，越开越大，认识的人也越来越多，企业这边主要担子是压在秦主任身上，秦主任的担子直接压在罗伊身上。舒婷无奈地摊手，说自己真的是无能为力，毕竟有接待、主持和策划方案的撰写，而且丁总第一次开会带着她就表明了态度，是要精心培养她。

经历大大小小二十多次会议，一个月的不分昼夜，终于确定了最终的方案。

活动要以城市转型为主线，旅游城市建设为主题，融入乡村建设、文化发展、民生建设。调动一切资源，原本的活动成全市的文化旅游推广系列活动，旅游推介城市形象大使选拔及颁奖晚会，方雪莲负责组织，活动按波尔多的设计方案执行，暮春配合；城市旅游线路实地推介，包括城市景点旅游、乡村振兴旅游，暮春与波尔多是重点参观对象，农牧局与文化局负责；W 市音乐节，当然是请了很多明星的那种，音乐节的烟火环节也敲定了，这项活动就在波尔多庄园举行，宣传部负责指导波尔多开展工作。

说罗伊忙成个陀螺一点都不为过，原来薛长安的方案里，执行都是政府去做，现在弄成全市活动，执行很大一部分落在了企业。

这就是意味着，企业出钱企业办事，办不好都不行，真是一山更比一山高啊。

租借的舞蹈大厅里，报名参赛的美女云集，模特老师一遍又一遍地编排比赛的队形及最后的展示环节，罗伊站在后边看着她们："我要是有这身材、这么白，该多好！"舒婷看着又矮又黑的她说："你是她们的领导，自信点！你这么黑是因为种葡萄晒的，依我看，你就是葡萄公主！"

"哎哟，我谢谢你啊，就你把我抬举得这么高！"

"那是，人捧人高嘛！你现在这个色，再往黑涂涂，就是一颗紫灵灵的葡萄！"

"这话说的，听着不像夸我啊，哎，得让她们快点排练了，不然又多一天费用！愁死了！"

舒婷摇摇头，不自觉地笑着。

没一会儿罗伊的电话就响起来了，舒婷点头说："你这破电话，一天不停地响，赶紧给我换个音乐，闹腾！"

接了电话，乘着丁总给她派的车，匆忙赶到酒庄，罗伊接待丁总带来的客人，一天十来趟，根本接待不过来，趁着丁总没上车，她抢在丁总前开车门，央求丁总："丁总，这太忙了，求您了，再招几个人来嘛！"

丁总怒斥着："还几个人？"

她也没皮没脸地继续讨好："我看见酒厂灌装车间有个小姑娘，形象好气质佳，求您了，把她抽调过来吧！"

丁总看着她一副早有预谋的样子，似笑非笑说："你这下套的本事倒是学得不错，小李，走了！"

看着丁总远去的车影，她哀叹着："唉，还得坐通勤车回去！"

第二天萌萌就到她身边报到了，她把自己写的解说词给萌萌，还有一堆资料："萌萌，好好干，我看好你啊！"

"罗伊姐你真厉害，写这么多，我可怎么背啊！"

"没事，不用背，多讲几次就会了！"

罗伊的电话又噼里啪啦地响开了："萌萌，姐姐有事，先走了！"

接起电话，传来一阵刺耳声：

"罗大小姐，这里场地布置完了，您不过来审查！"

"陈春，你想害死我吗，不找陈局长，不找你丁叔叔，也得找秦大主任啊！越级找我，你是怕领导不打死我吗！"

"这不领导没讲你先讲！试试话筒响不响嘛！还知道越级了，薛长安没少教你嘛！"

"你还好意思提薛长安，打人不打脸，你……"

"哎，我错了，我错了，你在哪，我来接你！"

"在你对面，波尔多酒庄！"

"一分钟，等我！"

走进暮春罗伊都惊呆了："你这是要过年吗！这花红柳绿的！"

"什么呀，这可是我爸花了好多钱请人设计的！"

"请的什么人啊，仇人吗！要唯美大气，你这葡萄地就是最好的背景为啥不用呢！"

"哎，要不说罗大小姐聪明呢！"

"咱们去葡萄地看看！"

"没诚意啊！"

"好吧，好吧，去新弄好的葡萄采摘园，这要踩死苗子，我爸得把我头拧下来！"

站在陈春家的采摘园里，罗伊冥想了一会儿，说："你看咱们就抽前五行葡萄用用，每垄三十米，站十个公主，让摄影师一行一行录制，每行分两组从两边出来展示，展示完了就按队形站好，怎么样？这边搭个舞台，这主席台，这观众席，这抽奖区，这要请所有能请到的媒体，酒香也怕巷子深……"

罗伊认真地说着，陈春谄媚地笑着。

终于迎来大赛那天，罗伊、舒婷、陈小溪招呼着十几个单位的职工，穿着自家统一的制服组成方队，有序入座。

"罗主任，不认识了啊？"

"李梅、陈宇，哈哈，我就等着你们呢！"

"哎呀，少来！"

"罗伊，丁总叫你呢！"

"来了，这个老头真烦人！"

"快去吧！"

一阵寒暄后，罗伊蹬着高跟鞋冲刺一样跑到丁总面前："丁总，您吩咐！"

"给评委的钱准备好了吗？"

"准备好了，舒婷拿着呢！"

"嗯，一会儿你代表企业上台讲话！"

"我，我已经给杨总准备了发言稿！"

"他代表单位，你代表我！"

"我？好的！"

罗伊紧张得腿不停地抖，看着自己出谋划策的流程一项项地过，看着电视台、电台的记者围成密墙，她满脑子想词，书到用时方恨少啊！

终于到最后一个环节，突然有人握住了她的手："别害怕！随便说！"

"谢谢您！雪莲姐，你可是我们特邀的评委啊！"

"我哪懂这些，瞎评分，薛长安他们在镇里搞活动，我得赶过去，就先走了！改天，我请你吃饭，一定要来哦！"

"荣幸之至，一定，一定！"

罗伊的紧张被方雪莲的邀请驱散，站在台上，先把主办方、各级部门、相关单位都谢一遍，再谢谢广大群众的支持，和这一百多位报名的佳人，然后就开始了对企业的吹捧，对暮春的吹捧，对丁总和周云峰的吹捧，别人的吹捧是虚头八脑，她的吹捧是实心实意的赞美！

听得丁国庆头更亮了，不停地点头，周云峰红着脸，咧嘴笑着，不时地竖竖拇指。

下台的时候，罗伊的腿还在抖，幸亏陈春扶了她一把，说："谢谢你啊，把我老爹夸那么好！"

"不夸不给钱啊，必须得夸啊！"

"我家那一百万啊，你赚定了！"

罗伊一愣："这个钱我可不敢赚，我没编制！"

陈春："你这小嘴巴，不比那个编制强啊？"

这时舒婷走过来说着："怎么还说上一百万了！"

"陈春说他家有一百万，问你赚不赚！"

"哎哟，他家的钱啊，一千万我也不稀罕赚！"

"别这样啊！舒婷，咱们可是打小就认识啊！"

"你俩打小认识？"

"不认识！丁总叫你呢，赶快过去，小心他又骂你！"

"噢！"

等罗伊走了，陈春收起一脸顽皮，很严肃地盯着舒婷："舒大小姐，你别总是一副趾高气扬的样子行不行！吓人！"

"我扬了吗？哼！"

陈春看着舒婷远去的背影，头转向左边，然后斜着拧正，无奈地摇摇头！

薛长安在镇里搞乡村展销会，一边是秧歌，一边是唱戏，忙得不可开交，村里嘛，就要土。薛长安、方小妹、蔡强忙着帮村民推销葡萄、瓜果、蔬菜。

贺镇长和陈局长一人端着茶一人拎着一串葡萄，贺镇长感叹着："也不知道那边活动办得怎么样了！"

陈局长失笑："挺好，我刚去过了！有丁国庆在出不了错！"

"这活动越闹越大了！咱们的这些企业真争气啊！"

"大就对了，别看咱们W市小，人口少，遇到事啊，还都是往上冲的，咱们W市以后还要办更大的活动呢！咱们的这些企业大有可为啊！唉，功成不必在我，只是咱们看不到了！咱们老了，还得这些年轻人顶上啊！"

"是啊，这些年轻人啊！敢想、敢干！这些小家伙啊，不知道能不能体会到你当初的苦心啊！"

"唉，他们要能体会到就不是他们了，咱们当年理解、体会过谁的苦心啊！"

"大学生嘛，肯定不一样！你看我这里的方小妹、蔡强，实话实话，那是撑着全镇的工作呢！"

"是呀，你看看，薛刚他儿子，长安，就是咱们未来的接班人，有机会好好推荐，推荐他！"

"呵呵，长安是这批孩子里最优秀的，无论思想还是能力，都是最突出的，和方雪莲撮合撮合，珠联璧合！"

"我觉得也是，先找个机会撮合撮合他俩！这孩子可怜啊，父亲走得早，孤儿寡母的，确实不容易啊！"

"哎呀，一会儿还得去丁国庆安排的招待宴呢！我先去安顿这些孩子，别出岔子了！"

暮春这边活动结束，罗伊让舒婷他们先走，自己留下看护东西，舒婷告诉她一会儿招待宴别忘了，她点头应和着，一回头，一个人影闪过，她感觉有人在偷偷看她，她脱了鞋，蹑手蹑脚走进葡萄园，一个熟悉的身影让她差点哭出来。

招待宴会上，丁总提酒说着："这次罗伊可是大功臣啊，人呢？叫过来！"

秦主任一脸歉意地说："这孩子累趴下了，和我、顾问都打招呼了，回去睡觉了！"

"哎，快让她睡吧，是该好好睡一觉了！明天还得继续干呢！"

然后安排舒婷主持活动，舒婷心里一个劲骂罗伊："打个电话就完事了，说不来就不来，我给你顶多大的雷你知道吗？"

陈春倒是不客气地像个代东，陪着父亲四处敬酒，他父亲还不时地宣传自己的儿子，给他物色有编制的对象！

罗伊和王总静静坐在葡萄垄上，听王总给她讲了离职的前因后果。

"那葡萄苗子根本就没有掺假！非说是我让放的石头加重量！非说我收黑钱，我就是个搞技术的，人情世故我怎么懂！还有你为什么会调回单位，那是有人告你黑状，幸亏你是个志愿者，你要是个普通职工，恐怕是难以保全了！我也是一直想找个机会和你说一说……"

听着王总的话，罗伊不禁湿了眼眶。

薛长安找到她时，她正坐在田垄上，望着远方出神。

薛长安悄悄地坐在她身边，也看向远方说："累了？"

"没有，只是见到一个老朋友，解除了一些误会！"

"你才来几天啊，就有老朋友啦！"

"没事，我就是觉得企业里太复杂！"

"复杂？天下熙熙皆为利来，天下攘攘皆为利往，终归逃不过一个利字！只有小孩的世界才是单纯的，走吧，参加宴会了！"

　　"我不去了，我和舒婷打过电话了，让她帮我请假！"

　　"那好，我也不去了，带你去吃饺子！"

　　"哎，方书记不是去找你了吗？"

　　"她和陈局长走了！"

　　"你不去没事吗？"

　　"没事，我就说明天还有音乐节，我手里还有很多事……"

　　罗伊迅速整理自己的情绪，瞬间把自己调整得欢天喜地，起身跟着薛长安走，却没注意到大门口站着的罗志兵一直看着他们。

第18章 关于你

音乐节安排在晚上举行，白天来自全国的百名记者参观W市，头车里负责沿线讲解的讲解员一个个身姿高挑，都是方雪莲精心挑选、训练的，薛长安被临时抽调全程陪同。

罗伊和萌萌早早就等在波尔多酒庄门口，看着一辆辆考斯特开进酒庄，整整齐齐地停下，讲解员们开门，下车，再做出统一"有请"的姿势，罗伊和萌萌都不自觉地挺挺身子，也学着做同样的姿势。

薛长安走到她身边："不必紧张！"

"师哥，我看到那些讲解员，我感觉自己好差劲！"

"现在不是找差距的时候，还有，长得再漂亮也比不过肚子里有学问！"

说完便轻推罗伊一把，罗伊站在了众人面前，面带微笑，心想："我不漂亮，也没有学问啊！"

一路标准式微笑，后槽牙都疼，带领大家从采摘、除梗破碎、发酵、灌装再到地下酒窖，一路走到酒窖上的酒店，从种植讲到企业发展与城市转型，从个人经历到企业命运，声情并茂的讲述特别打动人心，随行的讲解员也听得津津有味。

方雪莲拍拍罗伊肩膀："讲得不错，有机会，能不能培训培训这些讲解员啊？"

"我吗？"

"当然了！"

"那我还得再努力，努力！"

"呵呵，真谦虚！你是薛长安的师妹啊！改天一起吃个饭，还有叫我雪莲姐，亲切！"

"嗯！"罗伊诚恳地点着头。

薛长安也上来拍拍她肩膀，她皱眉看着薛长安，没想到，薛长安趁人不注意朝她做了个鬼脸。

她从来没有见到过薛长安这么调皮，也不禁笑出声，朝他悄悄地摆摆手。

晚上的音乐节市里虽然是宣传部负责，但实际操办还得市文化局，豪华的明星阵容，都是红极一时的大明星，丁总和政府要员都被安排到前排入座。

因为企业的赞助，员工们也被安排到靠前的位置，罗伊和舒婷负责企业的现场引导，挤来挤去被挤到最后了。

看着一排一排武警战士把现场都围了起来，舒婷惊叹着："这也太夸张了吧！"

罗伊指指不远处的消防车和救护车说："这么大型的活动什么最重要，安全！"

"安全啊！一会儿放烟火，别把咱们的苗子炸死了！""放心吧，烟火在隔壁沙漠呢！"

"啥？"

"为了安全起见，他们把烟火放到葡萄基地南边的那片沙漠里了，这里正好能看见，但是离近点更好看，咱们现在去，一会儿就能身临其境地看烟火了！"

"走走，现在就走！"

"等等，我去叫方小妹他们！"

方小妹、陈小溪、蔡强都被罗伊用手势招呼到观众后排了，陈春也一路追了过来："干什么去？"

"要你管！"舒婷不客气地说，演出音响声音大太，陈春也没听清："你说啥？"

大家都朝他招手，他便追了上去，半路碰到刚安顿好记者的薛长安，看到他们一行人朝南边走去也跟了上去！

因为离得特别近，一行人没走多远就看到了一座沙丘，此时鞋里都是沙子，索性就都脱了鞋，罗伊弯腰脱鞋的时候，看到一双大脚停在她身旁，抬头一看，薛长安正低头看她，她的心顿时乱了节奏。

众人爬到山头，不远处一片由石头铺成的广场上一排一排的钢管焊的炮架子整齐摆放。

离开演出现场，也没音响的吵闹，舒婷突然喊着："好美的星空啊！"

大家抬头看着，满天的繁星，清澈明亮，如果没有演出的镭射灯会更美，一阵炮火响起，浓烟升起，漫天的繁星被璀璨的烟花掩盖。

烟花铺满了整个天空，大家都激动地欢呼着。

方小妹带头许起愿，众人相视一笑，也都许着愿，唯有薛长安望着天空。突然舒婷大喊着："加油，舒婷加油！"

蔡强跳起喊着："啊，蔡强加油，早日上岸！"

方小妹用手扩音："啊，加油！早日上岸！"

陈春不甘示弱地喊着："暮春加油！陈春你要好好努力！"

罗伊也把手放到脸颊大喊着："薛长安，加油！"

薛长安跟着喊着："罗伊，加油！早日上岸！大家，加油！W市，加油！"

"加油啊，W市加油……"

179

美丽烟花散去，落下的都是燃烧后的尘土与浓烟，大家的呼喊得到了热烈的回应，都被呛得咳嗽起来，然后都笑得前仰后合。

快要入秋的时候，李梅和陈宇忙着收葡萄，送到酒庄的时候，会来找罗伊聊会儿天。

现在的苗圃已经成了库房，苗子都移植到基地，在基地与酒庄中间扩建着员工宿舍，还有大食堂，李梅现在兼职管理食堂，来的时候都会给罗伊带点好吃的。

今天带的东西有点辣了，罗伊边吃边流眼泪，陈宇笑着说："就这点鸡腿，不至于！"

"哼，这是鸡腿的事吗？这是咱们的革命友谊！"

李梅给她递上水杯说着："真是不一样啊，咱们罗大小姐都有自己的办公室了！"

罗伊呛了一下，陈宇逗着她："嗯，比咱们的好多了，咱们那个是集装箱，人家这个可是钢筋水泥！"

罗伊哼哼着："这可不是我单独的办公室，这是接待室，丁总说过两天再给我招聘三个讲解员，以后还招更多的美女呢，咱们企业将来可是国际大公司！"

"哎哟喂，这是被洗脑了吧！"李梅瞪着眼睛看着她哼笑。

"没有，你看，这一摞都是我收集的资料，咱们波尔多可真是个大企业啊！前景一片光明啊！小企业靠老板魅力，中型企业靠管理制度，大企业靠什么！"

"靠什么！吹牛!?"陈宇附和着。

"切，文化！"

"文化！"

"对啊，企业文化就是企业认同，企业信仰！为什么有些人伟大，就因为有信仰，因为文化认同！"

"李梅，你这鸡腿没下药吧！"

"没有啊，就是辣了点！该不会辣坏脑子了吧！"

"没有！哎呀！难怪丁总说要给你们找大学教授上上课呢！"

"大学教授？没听错吧！我们不是大学生吗?！还得听课啊！"李梅嘲笑着，陈宇也摇头鄙夷着。

"等着吧，我们现在就要打造企业文化！"

"快走吧，这个家伙调到办公室，魔怔了！"

原本哭得最凶最想离开波尔多的罗伊，变成现在这样，真离不开薛长安的谆谆教导，在不知不觉中，一切像是都变了，一切又都没有变。

城里宿舍住着集团公司的员工和酒庄里生产一线新招聘的员工，酒店那边的宿舍里住着种植葡萄的员工和酒店的员工，李梅负责那里的管理工作，给罗伊留了个床位。

罗伊固定住在城里，但接待晚了也会留宿在酒庄，还是酒庄和办公室两头跑，这种日子表面上走到哪里都能有一处房檐，其实风雨飘摇，罗伊也真是过够了，这种居无定所的日子，让她很期盼能有一个属于自己的家，能安定下来的家。

拖着疲惫的身子回到宿舍，陈小溪正在挑灯夜战，备考公务员。

她正在洗漱，一瞬间觉得浑身痒痒，伸手去一摸，全是水疱一样的皮疹，奇痒无比。

咬牙挺过一夜，浑身都被自己挠得伤痕累累，陈小溪要陪她去医院，她喃喃着："哎，不用了，真不用了，你还得复习呢！"

"你不也报名了，这马上就要考试了，你还天天那么忙，你就是累的，那个报纸你就别弄了，接待也推出去，好好复习，也不至于闹病！"

"我这个考试恐怕参加不成了，我没有复习，也没有时间去考试，哎呀，谢谢你啊！"

"谢什么谢！明天我陪你去！"

罗伊得了荨麻疹，因为是星期天，只有值班医生，就说她免疫力低，也没有办法，开了一堆营养品，罗伊叹气说着："这是荨麻疹啊！怎么还得这病了呢！"

陈小溪撇嘴笑笑："医生不说了吗，这种病通常和情绪有关系，你最近是不是压力大，情绪不好啊！"

罗伊点着头："也许吧！"

陈小溪拍拍她肩膀："我有点事就不回去了，你自己行不行啊？"

"没事，你先忙，谢谢你了！"

"和我还客气什么，我先走了！"

罗伊独自返回宿舍，拨通了舒婷的号，接到罗伊的电话她匆忙赶来："咋的啦，我的大小姐！"

"出水痘了！"

"我看看！"舒婷看了一眼，赶紧给她盖好被子说着，"你要起水痘就得被隔离了，还起水痘！这是皮疹，热了就退，冷了就起！"

"我一定是被苗圃的蚊子咬坏了，那些蚊子都有毒！"

"有屁毒，你就是累的！又讲解，又出报纸，又写方案，又……"

"问题是啥也没干明白啊！"

"可拉倒呗！没干明白，你还想明白啥！还有这个家常年不见阳光，酒庄又阴冷，你不得病才怪！"

"陈小溪不也没事吗，今天她还陪我去医院呢！"

"她陪你去的医院？这个家伙对你可没那么好心！"

"那都是成见，她对我挺好的！"

"你要这样想我就不说啥了！但是啊，你现在可是她的对手啊！"

"我和她又没有利益关系怎么能成对手！"

"同样的志愿者，你现在是谁，你现在是苍蝇掉血盆里了，丁总身边的红人，哎，丁总哪次吃饭没带你，我都嫉妒了，她能没想法！还有，你也报考公务员了，你们还是一个寝室的室友，一个战壕的战友？切，傻子！"

"我……哎，我和她都不是一个专业的，我能和她竞争到哪里啊，还有，丁总带我，那不是工作需要吗？"

"哎哟，笑死我了，工作需要！"

"当然了，丁总亲口说的，以后还要给我挂酒店副总，方便接待呢！"

"也是啊，他家的企业，他说你是你就是！罗主任，你知不知道你现在是赤裸裸的炫耀啊！别说陈小溪了，我都想掐死你！"

说罢就上去掐半躺在床上的罗伊。

"哎呀，不闹了，我现在身上真的好痒痒，痒得我都要哭了！我要请假回家看病，这里的医疗条件不敢恭维啊！"

"这个我支持你，在这里看病，和百度查病一样，没一个准的！"

于是舒婷答应帮她请假，她收拾东西，准备回家看病，接到薛长安的电话："复习怎么样了！"

"嗯，没怎么复习，反正也考不上！"

"还没考就放弃了，这种精神不可取啊！"

"不是，我起了一身的疹子，我想回家看看病！"

"起疹子？"

"嗯，医生说是荨麻疹！"

"那个是很痒的！"

"奇痒无比啊！我都不行了！"

"你现在在哪里？"

"波尔多公寓宿舍！就在木材厂旁边！"

"等我，十分钟！"

没一会儿薛长安就拎着一袋药，按照罗伊发的地址，在漆黑的楼道里摸索。

罗伊一身粉色的睡衣，散落的头发，呆滞的目光，让薛长安觉得好笑，把药递给她说着："这是炉甘石！痒的时候就抹！这是疏风祛邪的药，按时吃，这个是维生素，提高免疫力的！"

"谢谢，师哥！"

薛长安看了一圈："谢什么谢，对你照顾不周，这里的环境不是很好，你要是住不下去，不如合租一个离公司近的房子！"

"哎呀，不用了，反正服务期也快到了！到了我就回家了！"

"也许到时候就改主意了，也许这里有值得你留下的人！"

"也许吧！"罗伊想说，只要你开口说喜欢，我便是赴汤蹈火也要奔向你。

薛长安匆匆和她告别，让她好好抹药，奇痒让她来不及看说明书，就全身地抹药。

没等病好利索，陈宇就传来消息说牛总卖假酒被抓了，丁总迁怒于杨总，要开除他们，但是他们手下的人不干，说留不住杨总，他们也不干了，现在正在宿舍闹罢工，李梅正在给他们讲道理，不过好像行不通！

正在化验室里检查酒品的罗伊转头问萌萌："他们闹事你知

道吗？"

萌萌赶紧摆手："我不知道啊！"

安顿好萌萌，罗伊脱掉高跟鞋，百米冲刺地赶到现场，一群穿着工服的小年轻聚到酒庄宿舍的平台前，领头的是个年纪稍微大点的男生。

罗伊平时和他们处得还不错，作为集团的团委书记，还组织过几次活动，他们见到罗伊都安静下来。

罗伊大声地问着他们："你们在干吗？"

几个年轻人也走到她跟前："我们就是要杨总留下来！"

李梅和陈宇也挡在罗伊前边，罗伊走出来说着："留下杨总有很多种方法，现在这种是违法的！"

"什么法不法，我们表达诉求就违法了？"

"表达诉求，可以派代表找领导，你们现在在干吗！在扰乱社会秩序，破坏企业生产！"

几个年轻人面面相觑，那个年长的走过来："罗伊，你不要吓唬他们！找领导？我们去哪里找？领导认得我吗？"

"你想让领导去局子里认识你吗？你们来这里是挣钱的，是证明自己能够自食其力的，你们有情有义，你们重感情，你们是我们波尔多的骄傲，这个企业需要你们，需要阳光一样的你们，需要团结一致的你们，企业能给你们发工资，能让你们晋升，能给你们人生方向，你们呢，把企业当什么，育婴所！你要知道，这里是你们实现梦想和人生价值的地方，企业做任何决定都不是拍脑袋的，它要对你们负责，对社会负责，它就是一个驮着石碑的王八，付出所有还不得好名声！"

罗伊越说越激动，最后她的即兴演讲吓唬住了这群年轻人。

陈宇问李梅："这还是那个哭鼻子吗？！"

李梅悄悄地摆手："估计没少让丁国庆洗脑！"

　　一群人安静了不少，但是提出要和丁总当面谈。罗伊点头，妥协说："我去请丁总，你们想想怎么说，说什么！而且不能都去，选几个代表吧！"

　　眼看就到中午了，罗伊拿出五百块钱轻轻对李梅说："给大家加餐！"

　　"不要，这点钱我还是能对付出来的！"

　　"拿着，就说丁总每周都会加鸡腿给大家的！"

　　说罢，便去酒店找李木子，李木子正在修门，见她一路小跑，泛着泪光要回城，赶紧吩咐手下好好干，便带着她急匆匆赶回集团，车上她简单说了一下事情的经过，李木子叹气道："你是天天跟着丁国庆，那些孩子呢，别说和丁国庆说话了，就是见一面都难！"

　　罗伊顿时醒悟，李木子说得没错，自己的起点就高，自己有强大的政府做背景，还有这么好的平台，成就自己，而自己却不自知！

　　罗伊小心地敲着丁国庆办公室的门。"进来！"

　　"丁总！"

　　"哎，你怎么回来了！我正找你呢！我那个酒庄的办公室，抽时间给我布置一下！"

　　"没问题！李总带我去看过了，您的办公室真是高大上，太气派了！"罗伊恭维着，"您什么时候搬过去啊？"

　　丁总正低头写着什么："就这一两天吧，你是有什么事啊？"

　　"没，没有，就是酒庄那边的小年轻们想和您谈谈！"

　　丁国庆一听酒庄，摔下笔，瞪着眼睛看着罗伊："他们想和我谈谈！谈什么？"

　　"他们说杨总……"

"杨总个奶奶，他们想干干，不想干都走！"

"不是这个意思，他们都知道丁总您重情重义，但是您就像高高在上的天，他们就像没娘的孩子，渴望您能施舍他们一些恩泽！他们没别的意思，就想见见您！"

丁国庆面色凝重，叫来司机带着罗伊来到酒庄，罗伊早就发短信让他们等在酒庄会议室。

丁国庆一进会议室，这些个小年轻顿时没有气势，蔫秧似的低头不语。

罗伊坐在丁国庆身边："丁总特意从集团过来，就是想听听大家的声音！大家有什么就和你们在这个企业最亲的人，像我们父亲一样的丁总说说啊！"

丁国庆目光如炬，浑身散发强大的气场，不怒自威："你们不是要找我吗？有啥想法，都说说！"

几个年轻人哆哆嗦嗦地表达了半天也没表达清楚，倒是让丁国庆来了一场企业文化建设的讲演，把他们唬得激动不已！

"我们就是反映一下，我们的实际情况，我们，我们现在挺好的，特别感谢罗伊姐，让我们认识到事态的严重性！"

"对对，我们就是年轻不懂事，我们没有别的意思！"

罗伊听着他们的话，都想站起来扇他们一巴掌："你们和我说的啥，和丁总说的啥！"

果不其然，事后他们都后悔地去找罗伊：

"我们想说车间某人当了组长就欺压我们……"

"这个组长德不配位！……"

"还有，我们的待遇能不能提一提，这个……"

罗伊都要疯了，你们不是说杨总的事吗？你们不是要留下杨总吗？不是还要和他一起共赴生死吗？现在都在说什么啊！我是你们的投诉中心吗？波尔多是我家开的吗？

看着这群年轻人，她愁苦地摇摇头！

和这群年轻人也混不出什么名堂，你的苦心经营在他们看来不及一顿美餐，罗伊躺在床上辗转反侧，想着应该跳出这个与自己不匹配的圈子，以后与自己无关的事一律不插手，不沾边。

第二天她就起晚了，错过了早班车，她只能乘坐线路车去酒庄，好在留了那个司机的电话，问清了几点发车。

上车时她又看到了那个"青年文明号"的牌子，心思活了起来。

对啊，我为什么不能给波尔多申请"青年文明号"呢，既然孩子们不懂事，那就带着他们朝前跑啊，你不给他们指明方向，还怨他们水平低吗？自己当选集团团委书记的意义是什么，不做点什么怎么能行呢？

罗伊一路盘算着这个事，她请教薛长安，结果薛长安替她约了方雪莲出来，一个精致的小包间里，方雪莲笑着："这顿饭应该我请的，都说了要请你吃饭的！"

"哎呀，别和她客气了，她有事求你呢！"

"我就一个小小的团委书记，和她还是平级的，我能帮上什么啊！"

"您别这样讲，您是我们的领导啊！这不有事请教您吗，我想给波尔多申请青年文明号！"

"什么，青年文明号！这个好啊！好几年没有人申报了！"

"可是我不知道大概流程，也没有经验！"

"这个不重要，重要的是你的想法！"薛长安及时补充着。

在方雪莲的帮助下，波尔多酒庄生产车间顺利地拿到了市里颁发的青年文明号牌匾，授匾仪式上，兰书记给予波尔多非公企业团建高度的评价，然后丁总热情地款待了随行的团干们。

兰书记和丁总商量："丁总，我们这个团代会啊，还得您多多支持！"

"一定，一定，那我这个非公企业的团建工作干得还行不？"

"行啊，这非公企业波尔多也算是出类拔萃了！"

"那都是我们罗伊工作干得好！这个志愿者当得好！"

"没，没，没有，是丁总领导得好，W市建设得好！"听到丁总的夸赞，想着曾经哭闹的自己，罗伊羞愧地笑着。

"这次的团代会，在委员的候选名单上，必须给波尔多一个名额！"兰书记微笑承诺着。

于是在差额选举的名单上有了罗伊的名字，小组会上这些非公企业的团干有认识罗伊的，也有不认识的，但是看到波尔多三个字时，基本都知道了该选谁！

本是陪榜的罗伊顺利在团代会上当选为委员，波尔多赞助了十件干红，罗伊知道这是丁总的面子，也知道没有波尔多哪有她这个团委书记，也知道没有薛长安，恐怕她就已经回家了。

舒婷拿着被杜美美退回来的账目去酒庄找罗伊。

地下酒窖里，罗伊正在擦地，舒婷哼的一声，着实吓她一跳，随即喊着："人吓人，吓死人的！你怎么来了？"

"哎哟哟，还人吓人，吓死人！我怎么来了？我不来你就得回去！给你，好东西！"

罗伊挺直腰，皱眉接过来一看赶紧又塞回舒婷手里："我去她大爷，这又哪里不行了！"

"这都是上次活动赞助的费用，走政府流程没法入账，只能挂在企业，这些都是要明细的，这些是要公章和票据对上的，这些……"

"打住，这钱也不是我花的，不给报就不给报呗！"

"你信不信我打你，这些钱都是我和公司借出来的，还有不少你垫出去的钱呢！报不了就自己贴，你赶紧去找你的那个精神导师，给我想办法！"

"我的不要了！这个杜美美这么坏，看将来谁会娶她！"

"你的不要了我的还要呢，还有啊，真有瞎子看上她了！"

"什么？"

"人家长得漂亮啊，而且啊，人家目标明确，就要找个有钱人，这回如愿了，找一个大她好几十岁的男的，家里老有钱了，现在人家都穿着貂，用鼻子尖看人了！"

"哎呀，我的妈呀！"

罗伊和舒婷边说话边走出地下酒窖进入车间，穿过生产线回到办公室，罗伊拨通了薛长安的办公室电话，简单陈述了一下事实便挂了电话。

"等着吧！"

"这就完事了！"

"嗯啊，你不说了他是我的精神导师吗！那必须是相当厉害的！哎，对了，我再看看那堆账！"

罗伊翻到一张薛长安的身份证复印件，如获珍宝地看了半天，指着上面的身份证号，欣喜地说："亲爱的，你看这是不是他的生日啊！"

舒婷也拿过来看了半天："这小伙子还挺帅的嘛！"

俩人正在研究着薛长安的身份证，薛长安的电话就回了过来："我和丁总沟通好了，事情办妥了！直接找出纳报账就行！"

放下电话，罗伊拿手机翻着日历，然后眼里放光地看着舒婷："人家薛大主任帮了你这么大的忙，你不打算表示一下？"

舒婷撇着她："还帮我忙！好像这里面没有你的钱似的！"

罗伊一把搂着舒婷的肩："那这样，等穿貂的那个小姐把钱给你了，咱们就请薛大主任赏脸赴宴怎么样！就用我的钱！"

舒婷转头看着她："那你得赶紧订地方！"

罗伊走到窗边指着对面说："地方就在那儿！"

舒婷紧张了一下："为什么是暮春？"

罗伊看着她："他身份证上的日期，按照阴历算，今年他的生日是圣诞节啊！"

舒婷看着她："罗伊，我发现你才是个鬼精灵啊！但是能不能换个地方，不要暮春！"

罗伊眨眨眼："你怕陈春啊？"

舒婷哼了一声："谁怕谁啊！我怕陈春那个唯利是图的人黑你一笔银子！"

罗伊诡笑着："谁黑谁还不知道呢！"

第19章　生日快乐

圣诞节还未到，街上却已满是红红绿绿的圣诞老人和拉着雪橇的麋鹿，暮春集团的大院与葡萄园里，挂满了红灯笼。

陈春边开波尔多干红边说："我们暮春不过这个洋节日，你们波尔多，洋酒庄啊，也不过吗？"

罗伊看着手机："不过，我们丁大爷也有自己的信仰，所有洋节日都不过！"

舒婷默不作声地摆着盘子，没一会儿李梅、陈宇、方小妹、蔡强、陈小溪都前后脚地进来了。

薛长安带着方雪莲来时，大家已经就座了，只留了两个主位。

和大家一阵寒暄后，两人纷纷入座，几番推杯后，罗伊和舒婷说去加几个菜，两人刚出了屋就黑了灯。

众人唏嘘间，一阵微微的烛火映着罗伊的脸庞，伴随着"祝你生日快乐……"的欢乐节奏，舒婷和罗伊端蛋糕，缓缓走向薛长安。

灯光再次开启时，除了方雪莲和薛长安，大家都很镇定，一起向薛长安说着："生日快乐！"

舒婷说着："前两天报账，我们看了薛主任身份证复印件，推算着你的生日在今天啊！特意和大家给您准备的惊喜！生日快乐，薛主任！"

方小妹也说着："怎么样，我们怕你不来呢！罗伊说只要我们准备好了，她给你打电话，你准来！"

蔡强举着杯子说着："就想给你惊喜，但是方书记，不好意思啊！我们没事先通知您！"

方雪莲哭笑不得说："那我这还误打误撞地赶上了，哎呀，可是薛长安不是今天过生日！"

薛长安眼里噙着泪："以后我就今天过生日了！"

方雪莲说着："他的身份证日期登记错了，而且他过的阳历生日！"

"哎呀，罗伊还按着阴历推算了半天！"舒婷叹气地说着。

罗伊很懊恼地说："对不起啊，哪有改生日的，今天就当庆祝团代会圆满成功吧！"

陈春摇摇头："我就说你瞎搞，非不听，要不这样，就当我过生日！"

"不，就是我过生日！"薛长安斩钉截铁地说着，"我十多年没许愿，现在补上！"

方雪莲摇摇头拿起酒杯说着："来，先干一杯！"

"谢谢，谢谢大家，我已经很久很久没有过过生日了！今天算是我此生最开心的一天！"

"为什么不过生日呢！"陈小溪喃喃地问着。

"没有人记得，我自己也忘了，我父亲去世后，我就再没有过过生日！形式而已，大不过意义！谢谢你们啊！"说罢目光看向了低着头的罗伊。

李梅过来按着罗伊的肩，安慰她："没事！"

陈宇撇撇嘴："下次过个对的不就行了！"

说罢，便将罗伊背后藏的礼物，掏出来塞给薛长安，薛长安腼腆地笑着，拿着礼物抚摸着，问道："你们服务期到了有什么打算！"

"我们应该会回家吧！"陈小溪笑着回答着。

罗伊支支吾吾："我，我……"想说："我倒是想留下了，留在你身边，可我只会给你添麻烦，连陈春都得找个有编制的，你不得找个有家世、有背景的吗？"半天没有说出一个字。

薛长安点点头，举茶杯敬酒，方雪莲笑着举起酒杯说：

"这个城市，值得你们留下！"

陈春接着话："就是啊，我们这么多小伙伴，还留不住你们这两个，来干一个！你们都干了，我一会儿还得开车送你们回去，就不干了啊！"

大家一阵欢笑，只有罗伊心里不是滋味。

薛长安开车送方雪莲回去，陈春把离得最近的方小妹、蔡强、李梅、陈宇送回去，又回来接舒婷她们，直到把她和陈小溪送回时，天都出星星了，罗伊拿出钱说着："谢谢你啊！"

陈春邪魅地一笑："给什么钱！"

"说好的，饭钱、酒钱和车钱！"

"这个就免了，你呀，撮合撮合我和方书记。要成了，我给你十万！"

"你拿着吧，方书记岂是你这花花公子能染指的！"

"哎，你，你和她说说嘛！"

陈小溪红着脸，也笑着摇摇头，跟着罗伊走进大门。

方雪莲一路也没有和薛长安说话，临下车时说："不上来送送我吗！"

"噢，好的！"

方雪莲独自租着房子，进入屋内："生日快乐啊！"

薛长安笑笑："小孩子们的心意，不要取笑了！没事我先走了！"

"你等等！你喜欢罗伊吗？"

"我相信这个世界上有一种超乎爱情、亲情、友情……"

"废话！就问你喜不喜欢！"方雪莲其实是一个很霸气、很果断的人。

"喜欢！"

"那我呢！"

"敬仰！"

"我明天就给组织部提交辞呈，我能为你放弃一切虚无，我卸下这身累赘，你对我还是敬仰吗？"

"雪莲，不要这样，这不是累赘，是使命，我不值得！"

"你值得，即便是硬逼着你和我在一起，你也会是一个好丈夫、好父亲，因为你有责任感，还有你说的使命感！你不是喜欢罗伊，你是喜欢被需要的感觉，而罗伊无时无刻不需要你！你是在她身上找存在感！"

"是吗？我只是羡慕她，她真实，她会哭，会犯错，她有血有肉，她活得才像一个人！"说罢便转身离去。

方雪莲异常冷静，倒了一杯红酒，静静端详着，心里想说的话终于表达了，如释重负，剩下的就是等待，等薛长安回头，等薛长安给她一个答案！

她也告诉自己这是第一次也是最后一次，自己现在的身份只能刚毅果敢，只能严肃认真，只能……太多的只能了，她一口干掉杯里的酒，突然笑了起来，这么多年的努力竟是要活在套子里，这就是薛长安说的使命吗？

清晨，方雪莲干净利索地走出楼道门，就看见薛长安站在车边，抽着烟，见到她，微微一笑猛吸一口，烟头倒着弹进了垃圾桶，然后打开副驾驶座位的门，做出请的姿势，方雪莲也抿嘴一笑，径直走向他。

舒婷急急忙忙拨通罗伊的电话："傻子，你猜我今天看见谁了？"

正在酒庄整理文件的罗伊："谁？"

"薛长安！"

"然后呢！"

"你个傻子还然后呢，你猜他和谁在一起？"

"大姐啊，我今天有个重要的接待，丁总让我准备的文件都找不到了！我现在没有心思……"

"我看见他和方雪莲一起吃饭了！"舒婷不等她说完就一字一顿地说着。罗伊控制着自己的慌乱，假装镇静地说：

"哦！他们很早就认识了，一起吃饭正常啊！"

她明白自己的迟缓将会给她带来怎样的遗憾，她也明白，自己也许从来都没有机会，所有的暧昧都是荷尔蒙的幻想。自己的将来都是未知，自己如果不能进体制就连和他站在一起的资格都没有，自己确实给不了人家答案，还不许人家自谋出路吗？

电话那边舒婷气哄哄地说："不管你了，机会永远抓不住！从你张罗给薛长安过生日，我就知道你喜欢他！你啊！明不明白女追男隔层纱？"

罗伊她努力地抿着嘴，极力地控制自己的情绪："我怎么不知道啊，没有办法啊！连陈春都要找个有编制的，那薛长安，薛主任啊，不得找个有家世背景的！人得现实点！入编，那可是千军万马过独木桥，而且又限制户籍，又限制学历的，我现在就连站在桥边的机会都没有！"

"傻子，我替你打听了，你们志愿者只要在W市服务期满两年的，都可以参加W市事业单位招聘，不限户籍！"

"真的！你怎么知道的？"

"真的，陈小溪打电话我偷听的！我就知道她不会告诉你的！"

"哎，你说得对，我们说不定真是竞争对手，对我这个对手没必要客气！"

"傻子，清醒点吧！别最后薛长安没得到，编制再跑了！"

是啊，别自己辛苦两年，啥也没有，先把今天的接待完成，再说其他的吧。

罗伊在心里默默念叨着：薛长安，今生君恩还不尽，唯有来世化春泥，有些债欠下了，永远无法偿还！对不起，我是真的爱你！可我怎么和你表达呢！我一个素人，一个只会给你添麻烦的人，有什么资格与你谈论感情呢！

波尔多集团里都说罗伊是领导身边的红人，她也默认了，毕竟事业上再没点起色，真的是要在W市没有立锥之地了！丁总说了，在企业混好了也一样，那些政府的都得巴结他们，她一样可以获得尊重。

丁总出入个场合都带着罗伊，一时间罗伊也学着电视里的那些白领，装模作样地假装成熟。

冬天的阳光总是刺得她睁不开眼，想着去年的今天自己还在苗圃，现在的生活是不是犹如上天了，她想联系薛长安，却不敢，真的不敢！

有一日顾问把罗伊叫到办公室，说今年的联欢晚会你主持工作，秦主任辞职了，罗志兵成了办公室主任，但他不熟悉工作，让罗伊先干着！

罗志兵？罗伊脑子嗡的一下炸开了似的。

"他不是个叛徒吗？怎么又回来了？"罗伊问着舒婷，只听舒婷大骂着："狗腿子，说是去暮春追王总，劝王总回来，拿着暮春一些不值钱的文件去丁总那里痛哭！丁国庆这个老糊涂，竟然也受不住糖衣炮弹！会干的永远干不过会说的！"

罗志兵一副谦虚卑微的样子，对每个人都很诚恳、热情，只是这种诚恳与热情中无不透露着虚伪。

都说秦主任是被撬走的，罗伊去暮春找陈春，被保安拦着不让进，陈春正在开会，没有听到她的电话。她只能在大雪里等，给陈春发了一条信息："为什么不接电话，赶紧出来接你姑奶奶！"

穿着特制的讲解服—— 一袭红袍，静静地看着暮春对面的波尔多，欧式与中式结合的建筑，李木子大夸特夸自己的创意，确实是，真的很有一番韵味，难道自己将来就要留在这里了，留在这里也挺好，希望可以领到企业的退休金。

陈春看到罗伊的未接电话，吓得一哆嗦，又看到信息，赶紧说自己肚子疼，要去厕所，一出办公室，一个踉跄，心想完了又要让这个姑奶奶夹枪带棒地讽刺一番了！

急急忙忙跑出去的陈春看到背对自己，望着波尔多的罗伊，真是一幅美好的画卷，他不忍心打扰却又不敢不打扰："罗主任！"

轻声喊着，罗伊一回头，他的脸瞬间红了："真美！"

"什么真美？"

"雪景真美！"

"油嘴滑舌！你们暮春有点职业操守好不好，波尔多是把你家房子点了吗！怎么老是要挖它的墙脚！"

"你说什么呢，我们怎么没有职业操守啊！我们暮春现在人才济济啊，挖什么墙脚啊！"

"秦主任！"

"什么秦主任？哎呀，他啊！那不是我们干的，我们不干这缺德事！"

"不是你们还能是谁？"

"大小姐，你以为W市就波尔多和暮春两个企业啊！他去了那个新成立的农业公司叫什么来着，我也忘了！"

"什么！还有新的农业公司？"

"哎呀，这城市要发展，就要有竞争，W市又不是美国，搞垄断啊！还有，不是我说你们波尔多，人力资源就是个零，没有好的CEO，没有先进的管理理念，都是外来和尚会念经，早晚得出事！要不你赶紧来暮春，我的位置给你！"

"哼！"

"哎，别走，真别走，去找李梅他们，我请你们去'小辣椒'！"

"不去！"罗伊瞪着眼睛，陈春一副委屈模样。

"小辣椒"火锅店，方小妹、蔡强、陈宇、李梅高兴地点着菜，罗伊拿着酒，陈春打着电话。

往日再现，罗伊不禁感慨，罗志兵都成主任了，李梅不屑地说："陈春，你这是不是也经历背叛了？"

"哎，这小子就是个滑头，除了会说，哎，就是你想到哪他说到哪的那种，能说到你心坎里的那种，正经工作全靠抄袭！这种人我们暮春不稀得要，他被我爸骂了一顿赶出去了！"

"当年不是你挖走的人吗？"李梅变了脸色。

"哪里是我挖走的，是他找了我好几次，我一心软就同意了，他说他娶媳妇没钱，还要给家人治病啥的，我还给他多一千块的工资！因为这个我都被我爸骂了！"

李梅叹气着："现在什么都不好干！其实罗志兵也是踏踏实实、勤勤恳恳的人啊！一定是你们企业管理不善！"

罗伊无奈地说着："我也觉得罗志兵挺好的，就是怎么爬得这么快啊，办公室主任了！直接接了秦主任的班！舒婷现在认为罗志兵就是虚伪，就是巴结！以后的日子她可怎么办啊！"

陈春戏谑着："还关心舒婷呢！人家是局长的女儿，还用你关心！倒是你，服务期满了怎么办？"

"能怎么办！凉拌！"罗伊无奈地说着。

蔡强夹了一口菜："春儿，我们志愿者要想发展得好，唯一出路就是公考！"

方小妹点点头说："其实我觉得，罗伊要比咱们多条出路！企业也不错的！"

陈宇放下筷子："企业怎么和政府比呢，朝不保夕的，现在有丁总撑着，将来呢？"

李梅笑着："将来有他的儿子撑着，然后子子孙孙无穷尽也！"

哈哈哈，大家笑着，陈春继续着自己话题的："罗伊，你还笑，人家方小妹定向分配，啥也不用担心，蔡强那是学霸，考个公务员轻松加玩耍，你呢！"

"我！我讨吃要饭！真是哪壶不开你提哪壶！丁总说了，企业发展好了不比在政府差！还有薛长安也说了，就算服务期满了，我没地方去还可以续签，就算不续签，政府也不会赶我走，你这心操的！"

罗伊表面义正词严，内心却是忐忑不安，陈春说得对，他也是担心自己的未来，罗伊何尝不想入编，这样至少有了能和薛长安站在一起的资格，而现在，这一桌的人谁也体会不到她的焦灼。

李梅看着罗伊沉着的脸："陈春啊，你这么担心人家罗伊的未来，是不是怕她没编制，挣不了你家的一百万啊！"

罗伊回头就掐了一下李梅，李梅哎哟地喊着，就听罗伊咬牙切齿地说："说什么呢！漫说没编，就是有编也不嫁这种纨绔子弟！"

"哎哎，不嫁就不嫁呗，咋还人身攻击呢！"陈春没有面子地小声念叨着。

陈宇摆摆手："赶紧吃吧！这个编制就那么重要啊？要我说，朝廷无人莫做官，进都不要进！"

方小妹赞许地说："还是陈宇通透啊！"

陈春呵呵一笑接过话说着："这话我认同，别人我不知道，我就知道那个薛长安，他爸要是在世，他现在，别说当区长了，市长都没问题！"

蔡强也点点头说着："哎，这个体制就是看着香，吃着臭，里面的人想出去，外边的人想进来！"

罗伊想着舒婷说过的粪池镶金边，不禁笑了起来，却故作淡定问蔡强："薛长安很委屈啊？"

蔡强看着她："何止他委屈，体制里啊，就是二八定律，忙的忙死，闲的闲死，从来没有公平可言，提拔的也永远不是干活的，只要领导眼不瞎，耳不聋，那个安惠玲何德何能，能坐到那个位置！"

方小妹坏坏地一笑："这就是女人的优势啦！"

大家都心领神会地一笑，陈宇叹气着："确实女人有优势，你看罗大小姐不就一路哭着成了丁总身边的红人吗！"

"陈宇，你是不是不想活，怎么说到我身上了！"

那天晚上，罗伊没有回城，拎着酒就住在了李梅的宿舍，两个人回想着当初的日子，李梅轻推着罗伊："我觉得这个陈春喜欢你！"

"他啊是个女的都喜欢！"

"别这么说！虽然大家都说他是花花公子，但是他在苗圃和基地干活那个样子，一看就是受过苦的，家庭条件那么好，还那么能吃苦，我觉得他不是纨绔子弟！倒是你们说的那个薛长安，城府深得很！"

"薛长安是有城府，但是他的城府都是自保，上学的时候他的理论和思想就很独特，你是没有和他深接触，只有走近他，你才是知道什么是见识，什么是格局，什么……"

"哎，打住，打住！你现在是被他洗脑了！你喜欢他吗？"

"我，我喜欢！"

"哈哈哈……"

"笑什么？"笑你这苗圃女王、波尔多一霸还有这么……这么，这么的时候啊！

"呵呵，是不是已经找不到形容词形容我了？"

"哎哎，对对！哎，我是觉得陈春不错，你要同意我就撮合撮合你们！"

"哎呀，你咋越说越来劲了！我明年还不知道是个什么光景呢！今天大家都说体制不好，那是在安慰我，他们一个个的人精似的！"

"那是安慰你？这你都能看明白，没白跟着丁总啊！"

"哎呀，别说我了，咱们单位这么多大好青年就没有你喜欢的？"

"没有！我其实还是喜欢那一百万啊！"

"哈哈，那您得进体制，这可名额有限！"

"哈哈，其实我现在真的很满足，企业怎么了，企业也很好的，你看现在这条件，想想那会儿咱俩还住大棚呢，你被陈局长的电话吓得哇哇大哭，哎，说起你这个哭啊，我当时真是服了！那眼泪就像不要钱似的，哎，说来就来……哎，你怎么又哭了……"

那一晚，罗伊莫名地哭了一夜鼻子，李梅竟也跟着哭，第二天陈宇拿着解酒药和葡萄糖进了她们屋，替她们收拾出两个空的白酒瓶。

第20章　人各有苦

说是让罗伊主持新年晚会的筹备工作，可她还有酒庄那边的接待工作，无疑是又多了一份看似很受重视实则没有功劳的工作。

还是年轻不谙世事，觉得自己前途大有可为，于是不要命似的向前冲着，白天讲解接待，晚上拿着丁二总的笔记本电脑写着活动方案，灵感来了都可以凌晨两点不睡觉。

随着波尔多酒庄的建立，企业有了自己的场地，大酒店里，一个厅一千多平方米，基地也建起了职工宿舍和大礼堂。罗伊站在酒庄门口，不禁感叹："铁打的营盘流水的兵！"

顾问把地址选在了职工食堂，罗伊特意去集团，把方案拿给舒婷看，为了方案的保密性，她把舒婷叫到丁二总办公室，丁二总常年在基地，这间办公室被罗伊理所当然地"霸占"着！

她和舒婷商量着在方案设计上添加了一些利于团结职工的游戏小环节。

罗依坐在电脑前，舒婷趴在她身后，这一幕恍如昨日。罗伊想起，她俩鼓捣红头文件，罗伊被顾问骂的事情，回头看着舒婷："同志，你还记不记得我刚来因为不会电脑被顾问骂？你也在跟前的啊！"

舒婷直起腰，翻翻眼睛："当然记得了，要不说我就佩服你，你看你，现在这电脑水平，公司除了小杨，是不是数你厉害了？"

"少来，哎，你看这里要不要改改！"

两人谈话间，罗志兵走了进来："听说你方案写出来了，给我看看好不？"

舒婷不屑地说着："你听谁说的？"

"哎呀，不要这样小气，我刚才在门口听你们说的嘛！哎，我是正巧路过，不是偷听啊！"

舒婷斜了他一眼："没写完呢！"

罗伊倒还客气地说："正在改，改好了第一时间给你，罗大主任！"

罗志兵可是知道面前这两个女人，嘴巴一个比一个厉害，现在这样和他讲话都是客气的，真要对他冷嘲热讽自己还真受不了。

"不着急，不着急，就是怕顾问催得紧，没事我和他说说！"

罗伊站起来盯着他："好呀，罗志兵，你和顾问说？说什么，说我一晚上没睡觉，熬通宵写方案，还是说你罗志兵怕我写不好，要自己来啊！"

罗志兵赶紧说："哎呀，我的罗大小姐，我是真没有那个意思，你忙，啊，你忙，我先走了啊！"

等罗志兵逃似的出了办公室，舒婷忍不住笑着："还是你嘴皮子利索，我啊，还得和你学学！"

罗伊仰着脖子看着她："不行不行，还是你更胜一筹！"

舒婷长叹一声坐在椅子上："哼，也不知道你在苗圃和他怎么相处的！"

罗伊继续坐下看着电脑："也不知道陈宇和他怎么相处的！

不过说实话，那会儿他也挺好的，我坐过他新买的电动车，对我也还不错！"

舒婷靠着椅背望着天花板摇头："哎呀，我可是一下下也见不得他啊！看见就恶心！"

罗伊看看门外："哎，谁和我说的来着，隔墙有耳！"

罗伊靠近舒婷："亲爱的，薛长安，薛大主任曾经说过，哪怕你的分管领导是个傻子你也得对他恭恭敬敬，因为你得尊敬选他的人！"

听了这话舒婷的眉梢都要立起来了："薛长安是什么单位，他们等级森严，他们唯唯诺诺，我可不信他那一套，你也别说个人修养的问题，我觉得遇到傻 x 领导就说明选人用人的人有问题，最好的办法就远离这个地方！"

"那你是不是要走啊！"

"我舍不得你！"

"我还有这么大魅力啊？"

"当然，放眼整个波尔多，我还和谁关系好？"

"那我荣幸之至，其实，舒婷，我一个人来到这里，如果没有遇到你们，我也早就走了，不知道为什么来了这个地方感觉谁都是我的贵人！"

"哎呀，我的小可怜，和你说，别看 W 市这个地方小，这些年建设可是突飞猛进啊，就是得益于这里的人文环境，你不用看别的，你就看波尔多和暮春。我呢，其实选择朋友很谨慎的，好朋友就那么四五个，都是生死之交，包括你啊！也就奇了怪了，就看出来个罗志兵，虚头八脑的，见了就想揍一顿！"

罗伊噌一下就站起来，要往外走，舒婷忙问："你干吗！"

罗伊头也不回地说："揍他一顿！"

"哎哎哎，你回来！"

　　罗伊到底还是把方案给了罗志兵，不过只给了一半，说后面的内容还要想想，罗志兵研究老半天，很多细节都没看懂，就拿着早请示晚汇报地找丁总。

　　丁总对罗志兵很是赞赏，一时间应酬也不再带着罗伊，而是选择带着罗志兵。

　　舒婷咚咚地敲着罗伊的宿舍门，罗伊刚开了一个小口，她就挤了进去，四下看看说着："陈小溪呢？"

　　罗伊打了个饱嗝说着："她每个周末都找那些志愿者玩！"

　　"那你没跟着？"

　　"我跟着干吗啊，他们说的都是机关的事，我也搭不上话，去干吗！"

　　"那也跟着去，你这天天搞接待的不比他们见过的领导多啊？"

　　"哎呀，全世界就你认可我，我得好好谢谢你。"

　　"本来就是嘛，还有啊，你呀，没有好饭吃了！"

　　"啥意思！你不带我去觅食了？"

　　"不是我不带你，是丁国庆不带你了，你的那个好伙伴，罗志兵已经把你啊，取而代之了！"舒婷边说边无聊地翻着她的书。

　　罗伊给舒婷端了杯水，哼哼着："代就代呗，风水轮流转，这好饭也得轮着吃！"

　　舒婷也哼哼几声："听说你又喝多了！"

　　"哎，这事这么保密，你是怎么知道的？"

　　"罗志兵早就把你的风流往事传到领导耳朵里了！"

　　"我有什么风流往事，不就是眼泪多点吗！"

　　"切，你要小心这种人啊！他说你嗜酒如命，说你……"

　　"说我什么！"

"说你男女关系不检点！"

"我去他大爷！咱们在这天天加班，他跑到领导那里邀功请赏，还造谣生事，这还是苗圃共患难的好兄弟吗！"

"是啊，你这个好兄弟可不咋的，要是有一天他欺负你好姐妹你怎么办？"舒婷搂着她的肩，她眨眨眼："欺负就欺负呗！忍一时风平浪静，退一步海阔天空！"

舒婷一把推开她，用硕大的眼睛瞪着她，她离开站起来："我现在就去揍他一顿！"

"哎哎，拉倒吧你，中午麻辣烫！"

"好嘞，他爱咋咋的，我换衣服！"

当时的罗伊能那么不在乎别人对自己的评价是因为评价她的人，都不在她的眼里，她不屑一切与自己相关的流言蜚语，她就一个志愿者，服务期满还指不定在哪里，她有的就是选择，如果没有退路，她也许就是局中人，会关心一切与自己有关的风吹草动，人啊，一旦成为局中人那么一点小的波动都会让自己伤筋动骨。

她不在乎罗志兵怎么对自己，只是嘴上骂骂，也不会真的找罗志兵麻烦，可舒婷绝不会受一点委屈的。

丁总来办公室找罗志兵要文件，罗志兵赶紧起身："丁总，您喊我一声，我过去就好了，您还亲自来一趟！"

舒婷低头不吱声，心里骂着"马屁精"！

丁总点点头："没事，我闲着也是闲着，那个方案弄得怎么样了？"

"丁总我正在写，我想把单位的成绩一一梳理一遍，咱们波尔多是地方的骄傲啊！"

舒婷皱眉看着他，心想着："方案不是罗伊熬夜写的吗，啥时候成你的了。"

"没事，打出来我看看！"

"好的丁总，哎呀，哎哎呀，这个电脑今天是怎么了，对不起啊丁总这个电脑中病毒了，您先等等，我一会儿就把电脑重新做一下系统！"

"好，一会儿送我办公室！"

"好好，马上！"罗志兵跟着丁总出了办公室，见四下无人便解释着，"丁总，方案本身已经写好了，都是舒婷她们乱下载歌曲，电脑中病毒，文件都丢了，我现在重新写呢，我回头把那些七七八八的视频网址关了！"

"嗯，嗯！"丁总不耐烦地应和了几句。

回到办公室就见舒婷阴沉着脸，噔噔打开电脑说："我弄坏的！"

"哎，不是这个意思！"

"罗志兵，你他妈的还要不要脸，我能把电脑弄坏！你疯了吧！我刚才看了你的浏览，全他妈的黄色网站！还有方案是你写的？你他妈的真不要个狗脸！"

"舒婷，你个女孩子家说话不要太难听啊！"

舒婷破口大骂着罗志兵，惊动了所有办公室的人，陈小溪赶紧拨通罗伊的号："你在哪里赶紧回来，舒婷和罗志兵吵起来了！"

罗伊今天正好有接待，刚送走一拨客人："小溪啊，你先把舒婷拉开，我现在回不去，班车还有一小时发车，我看看李总在不在，要快的话半个小时就回去了！"

罗伊脱了高跟鞋，一个飞奔满酒店找李木子，李木子正在安顿工人给丁总办公室安密码门，就被罗伊央求着要回城，李木子也是无奈了，安顿好工人，一百多迈的速度把罗伊送回公司。

舒婷和罗志兵已经被叫到顾问办公室，罗伊站在办公室门口想偷听一下，被丁总一拍肩膀叫到了他办公室。

"过来！"丁国庆声音浑厚有力，吓得罗伊一哆嗦，赶紧回复："噢！"

"那边接待完了？"

"嗯，旅游局的，他们说过几天来找您，协商一下旅游景区的事！"

"你留他们电话没？"

"留了！"

罗伊心想上次没记人家商务局电话，差点被你骂死，再不长记性，真就得给自己修坟了！

丁国庆常常和罗伊说什么当合格的秘书就得眼观六路，耳听八方，谁谁谁的秘书就能一边打电话，一边写材料，还能把别人说的话提炼出重点，顺便把他们谈话中的电话号码记下来。

"你现在两头跑是不是有些困难啊？"丁国庆仰头询问着罗伊。

"谢谢丁总，没有！"罗伊努力地笑着，掩饰自己的真实想法。

心里想着，没有个屁，你知道我来回一趟多费事，你知道你让我公司、酒庄的两头跑有多不方便，我又不会开车，单位通勤车和自己的时间又对不上，再说，你又不是不知道，那个破地方，班车你等等看，腿都跑废了！幸亏我聪明机智，收集了不少黑车司机和那个公交车驾驶员大哥的电话，没少奉承李木子，不然，哼，你现在能见到我？

丁总点点头："知道你不容易，年轻人就是吃苦的时候，陈大嘴天天拿他掏大粪那点破事教育你们，我还一个人盖起一间大瓦房呢！"

罗伊很想问问那间房塌了吗，但是保持一脸崇拜地说："什么，您一个人盖了一间房子啊？"

丁国庆得意地点点头，继续说着："你和罗志兵都是从最基层出来的，你觉得他怎么样！"

"挺好的！吃苦耐劳！"

"嗯，这孩子家庭出身也不好，在单位就是凭着自己的努力，自己的认真劲……"

丁总说的话她都没有心情听，她担心着舒婷，直到丁总说了一句："那罗志兵我是了解的。"

罗伊才回过神来，心说："什么，你了解！确实，他那彩虹屁下来，你能受得住！你那看人的本事真叫一个绝！"却依然笑着说："是啊，我们都是基层一线的小兵，幸得您的抬爱，您对我们是有知遇之恩的，我都不知道怎么报答您！"

"报答谈不上，不要怨我这个老头子就不错了！今晚招待北京的客人，你跟上！老二也好久没见你了！"

"嗯，好的，是啊，好久没有见到二叔了！"

罗伊回到办公室，舒婷正气呼呼地收拾东西，却不见罗志兵。"怎么回事！"

"没事，有些狗你就得打他一顿，不然老是乱叫！"

再看罗志兵笑嘻嘻地和舒婷道着歉，舒婷也是对他一脸漠视。

晚宴餐桌上，推杯换盏，罗伊忙着点菜，端茶倒水，再次回到位置上，只见罗志兵嬉笑着给北京的客人敬酒，落座后的吃相着实吓了罗伊一跳。

难道丁总对他的偏爱源于同情？罗伊斜眼看着罗志兵，丁国庆咳嗽一声提醒她敬酒，罗伊立刻恢复微笑状态，不仅敬酒还唱了一首女声版的《鸿雁》，丁二总激动得起身伴舞，一时间现场的气氛被推到极致，罗伊再一次夺回了陪丁总吃饭的机会。

晚宴结束，丁二总送罗伊回宿舍，车上丁二总特意和罗伊坐在后排，他叹着气说："罗伊啊，企业有企业的难处啊，老三他是把所有的事都揽在自己身上，这些年，你也看到了，企业是越闹越大了，欠的外债也是越来越多了，他也难了！还有啊，咱们单位现在最难的就是留住人才，他想栽培年轻人啊，他年轻的时候也是性子刚，没少受打压，他不想你们走他的路，他选这个罗志兵去办公室了，也是培养你们年轻人，唉……"

丁二总絮絮叨叨地说着，罗伊闷声听着，丁总真的很伟大，很值得敬重，他是一个企业家，更是一个儒商，他征战商场，还能保留一颗仁爱宽厚之心，确实不容易，自己那些在心里悄悄骂他的话，现在如硫酸一样泼回了自己的心里。

在酒庄的大礼堂，年会顺利地进行着，今年邀请了不少领导，也都陆陆续续到了！

酒庄停车场里满是车，罗伊先请领导参观生产车间、地下酒窖，再到礼堂参加年会。趁着品酒的时候，和薛长安打了个招呼，而薛长安一直温柔地注视着她。

顾问从容淡定主持着全局，罗志兵忙前忙后地上蹿下跳地没有干出点实在营生。舒婷和罗伊交替主持、催场、对接、迎来送往，忙得都没有喝水的时间。

年轻人们辛苦排练的节目终于可以在各级领导面前展示，个个都很卖力，罗伊、舒婷、陈小溪、小杨四个人也是加班加点挤出时间排练一个顶碗舞。

晚宴上，本来没有交谊舞的环节，丁总一时兴起，让罗伊加上这个环节，她找着合适的三步、四步舞曲，当华尔兹响起时，前台领舞竟然是李梅和罗志兵。

银行的一位领导邀请罗伊跳舞，刚跳一半，丁国庆就举着酒杯过来，这位领导心有不甘地和丁总回到座位。

舒婷笑着趴在罗伊耳朵上说："丁总生气了啊！"

"啥！听不清！"罗伊的耳朵被音响震得是真没听到，可陈小溪却听了个清楚，下一曲的时候，陈小溪主动邀请丁总跳舞，丁总很高兴地点点头。

薛长安也礼貌地邀请着罗伊，两个翩翩起舞，罗伊仿佛看到了大学时代那个风度翩翩、阳光明媚的少年郎。

一曲结束，丁总拍着她的肩："看什么呢，再来一曲！"

罗伊笑着点头，不舍地放开了薛长安的手，薛长安也很礼貌地做了个请的动作。

舞步旋转间，丁总说着："主持得不错啊！我替你打算了！以后想留在集团就留在集团，不想留在这里就去当个地方的销售经理，以咱们波尔多的实力，能许你一个好未来！还有就是找一个有钱有家教的孩子，能给你个安稳的生活也行！"

罗伊很想擦擦丁总溅到自己脸上的唾沫，可想到丁总替自己如此细心地打算，觉得自己何德何能让这么多人关心自己，诧异的眼神里满是激动与感谢，就这样呆呆地盯着丁总看着。

晚会结束时，薛长安走到她身边，告诉她陈局长夸奖她了，罗伊内心翻江倒海却依旧笑着说："这我得谢谢你，没有你的提点哪有现在的罗伊！"

薛长安微微一笑："小丫头，鬼灵精！"

等罗伊和陈小溪回到宿舍都已经十一点多了，刚洗漱完就接到李梅电话，叫她去一个烧烤摊，她本不想去，听到陈宇的声音："就咱四个人！"

她叹了口气出去了，一进去就看见罗志兵搂着李梅肩，她顿时明白了什么，说着："你俩！"

李梅羞红了脸说："哎，这不是叫你出来坦白实情吗？"

陈宇摇摇头："别看我，我就是个两千瓦的大灯泡！"

罗伊也摇摇头，一屁股坐在陈宇身边说着："我这里一直都是坦白从严抗拒更严！"

李梅扭扭捏捏地说着："我们也没有什么……"

罗志兵红着脸，看样子是没少喝，爽快地说着："是我主动的，我这家庭也不好，农村出身，处处受制，陈春他们是富二代，你穷极一生追求的东西都是他们唾手可得的！"

李梅推他一把："说这些干什么？"

罗志兵按住她的手继续说着："穷人想在富人之间混口饭吃真不容易啊！你以为我想当狗吗，我现在这样我自己不难受吗？"

罗伊反问着："你都办公室主任了，你难受什么呀，还有人生来就不平等。"说到这里时，她觉得自己有些矛盾了，曾经她还信誓旦旦地说"人生而平等"，也还是眼也不眨地继续说着："罗志兵，你觉得你是穷人吗，有些人没有钱但精神富有，你能说他是穷人吗，人得有信仰啊，别的我也不知道，就知道薛长安曾经和我说过，和平年代的到来才有几年啊，吃饱肚子才几年啊，那平不平等的能差到哪里去，你不要这样妄自菲薄！"

罗志兵笑笑："罗伊，我从来都没觉得你是个单纯的姑娘，不要和我说理想信念，仓廪实而知礼节，我不知道你的家庭情况，但是我们绝对和你不一样！"

"怎么不一样，不都是祖国培养出来的大学生吗？"

"真不一样，农村出来的孩子和城里长大的孩子，真的不一样，思想、眼界还有这个做事情的方法都不一样，而且还很自卑，这种自卑是深入骨髓的，你知道我为什么去暮春吗？"

"挣得多！？"

"其中之一吧，你知道基层的员工和丁总说句话都哆哆嗦嗦，你却可以在他身边轻松自如，为什么啊？"

罗伊想说，哪里轻松了，哪里自如了，罗志兵却在自顾自地继续说着："这就是人生的起点不同，你是志愿者，你身后是谁啊？我呢，为多挣那几个钱，去求人家陈春，他看着平时和我们一样，关系好得不得了，其实差距大了去了！"罗志兵端起酒杯，猛喝一口，又拾起话茬：

"他每天出去应酬，一顿饭就是我好几个月的工资，他还说这是小钱，有时候他的一个眼神都让我，都让我很无助，这种无助就来源于我的自卑！人生不由你选啊！我只能卑躬屈膝，摇尾乞怜！"

罗伊气得说不出话来，也端起酒杯一饮而尽，心里想"都是你自找的"。李梅赶紧抢了她的酒杯说着："你真想把你酒鬼的名声坐实啊！"

"哎，不说这个我还想不起来呢！听说罗志兵到处说我工作生活作风不检点，嗜酒如命！"

罗志兵摇摇头："哎呀，我这个人是自私点、虚伪点，可我没说你啊！我哪敢说你啊！有李梅的面子我横竖是向着你的呀！"

罗伊很无语拿起酒杯就要继续，陈宇一把按住她说着："看来你树敌不少啊！"

罗伊气得直跳脚："我就是个志愿者，老挤对我干吗！你们行，都能为自己打算，我呢，我才是前途渺茫，我……我回去了！"

陈宇也起身说着："我送你！"

罗伊也不知道是气的还是冻的，反正瑟瑟发抖，脸上的眼泪都冻成冰，回头看着陈宇说："这么晚了你怎么回去啊？"

"这么晚了我能回去吗？"

"哎，你们怎么回来的？"

"通勤车啊！"

"要不你去我们宿舍将就一晚吧！"

"哎呀，你这是要将我置于不义之地啊！"

"呵呵，我给你开间房吧！"

"好啊！"

"哎，这你倒是拒绝一下啊！"

"哈哈，我这点工资和罗志兵一样，还得攒着娶媳妇呢！你们宿舍附近有个网吧，正好把你送回去，我去那间网吧，打个通宵！"

"我也想去！"

"你啊，算了吧，已经落了个嗜酒如命的名声还要再背一个夜不归宿的美名啊！"

"哼！哎，罗志兵，和什么陈春比，他来波尔多是谋生计，陈春只是来游戏人间，其实陈春还算是上进的，没有败坏家产，也许将来真能子承父业有一番作为！"

"你挺认可陈春啊！我看他对你挺好的！说不定这一百万你能挣上！"

"哈哈哈，陈宇啊，你弟弟陈春是要娶一个有编制的，我是谁啊，志愿者！罗志兵说他自卑，我又何尝不是呢！"

"你这种种表现可一点也不自卑啊，高傲得很啊！"

"呵呵呵，只要没有参照物，这个自卑就不显现，你呢？自卑吗？"

"哎呀，人生追求不一样，有啥自卑的，世上本无事，一切都是庸人自扰！还有陈春也不一定非要那个编制，他和舒婷好过！"

"什么，你说什么？"

"我的女王陛下，我的都是小道消息，我就是给您提个醒，对你不好的人未必真不好，对你好的人也未必真好，臣恭送您回宫！"说罢就挥手打车，无奈小城太小，车太少，不是有人就是交接班不接客。

罗伊按住心中的好奇心，想着陈宇这么端端正正的人，怎么会说别人的是非，而自己再问一定吃瘪，于是叹气着说："这个小城真好，打车起步价是我家乡的半价，城市也小，估计起步价就能跑遍全城！"

"哎，你这损人我就学不会！"

"嗯，你说话说半截是要做噩梦的！"

"你别这样啊，我最怕做噩梦啊，还有再打不着车你就成冰雪女王了！"说着脱了自己的大衣就要披给罗伊，罗伊按住他的手，眼里泛着光说："我就你这么一个御前大将军了，可不能冻死了！"

"哎呀，我就知道这么多，你这样也没有用！"

"哼，你是福尔摩斯吗？哼！"

然后跳到路边，散开头发，挥着右手，一辆车打着左转灯就靠近他们，陈宇瞪着眼睛："真行啊！使这招啊！"

"这叫性别优势，薛长安教我的！上车吧！"

说到薛长安，罗伊不禁内心一抖，原来这个人已经深入自己的骨髓，而自己只能远远仰望。

陈宇愣了愣，不屑地说："你这性别优势得看用在谁身上！"便跟着上了车。

第21章 小插曲

找了一个不太忙的周末，罗伊约了舒婷去她俩常去的麻辣烫店，也拿出一沓优惠券，舒婷笑着："真上道！"

罗伊点头应答着："这不是和您学习吗？"

"这可是优良传统啊，要深入学，广泛学，认真学！"

哈哈，两个人选好菜递给服务员，一起说道："番茄味的！"

舒婷点头说着："真能吃对口味啊！"

"那是，哎，你就没有事瞒着我？"

"我能有什么事瞒你，我就是个透明人！"

"真的？"

"真的！"

两个人边说边找了一个靠窗的位置坐下，罗伊斜眼看着舒婷，问着："那个周陈春呢？"

"不认识！"

"哎，你这不老实啊！"

"哼，就知道瞒不住你！"

"那还不老实交代，我都把左岩的事和你说了，你城府挺深啊，这么久了都没有和我坦白过！"

"行，今天我就全都交代！不过你得告诉我，你是怎么知道的！"

"陈宇告诉我的！"

"谁？"

"陈宇！"

"他看着挺老实的，原来也是个八卦先生啊！"

"我和你说啊，你想陈春不告诉他，他怎么会知道，你要怨就怨陈春吧！"

舒婷瞅了她一眼，不紧不慢地说起了她和陈春十八岁时的往事，罗伊听得泪眼婆娑，舒婷只是笑一下，侧过头，轻轻抹一下眼泪。

"这么多年了我第一次撕开伤疤给你看，男人啊，如果连如何爱我都要我去教，那不如放手，我冬天喜欢吃糖葫芦，夏天喜欢吃冰激凌，每次上街都要买。可他没有一次，没有一次说停下来，都是自顾自地走！可他对别人呢，你知道那个每次都把鱼肚子给她丈夫吃，她丈夫还说你赢了，也不知道到底是谁赢了，那个家伙对自己老婆挑剔得很，对萧红的厨艺大加赞赏，我不要你觉我和你好就可以把所有的坏都抛给我，再喜欢也不要继续了！

"你也一样，我知道你喜欢薛长安，可你没有勇气面对他，你老是怕说了就连朋友都没的做，你是志愿者，你是独生子女，唯独你不是体制里的人，服务期一满何去何从自己都不知道。

"但我告诉你，只要你他妈进了体制你就被钉在十字架上了！"

舒婷越说情绪越激动，罗伊赶紧转移话题，不能再继续谈论陈春了，但也得顺着舒婷的话说：

"这你就偏激了啊，人生总得有希望吧，我是真想进体制，可人家未必要我，我不进体制就连站在薛长安身边的资格都没有，还有，我喜欢薛长安吗，我那是崇拜，我那是敬仰！"

"嗯嗯，可那都是爱，确实不是喜欢！孩子，抓住机会，女人啊不要找一个替你洗衣服照顾你的保姆型老公，要去找像薛长安这样打开你格局，提升你思想的boy！傻子！"

"打开我格局，提升我思想的，会找我这样一个没有编制的傻子吗？"

"那倒不能！"

这时服务员端着两个黄色的大盆上来，热气腾腾的香味四溢，可两个人似乎都没有了胃口。

罗伊嬉笑着："哎，那你上学的时候一定认识薛长安了！"

"他比我大两届，他在学校就是神一样的存在，学霸！不知道为啥高考失利！"

"那左岩呢！"

"你，还没忘了他啊！"

"就是随便问问！"

"嗯，真随便啊！"

"哎呀，不说算了！"

"好了好了，我们上的都是实验中学，说白了就是高干学校，他们都是普通的高中……"罗伊想着："是啊，出身不同，圈子不同，他们怎么能认识呢！"

回到酒庄，罗伊想起薛长安说的，不要探听别人的秘密，一切都与你无关的理论，觉得自己又开始无聊了，真不应该去打听人家的往事。

她慢慢地走下地下酒庄，坐在装饰成欧式古典的品酒区里，听着钢琴曲，旁边也放着一架新买的棕色三角架，便起身上去弹起了《梦中的婚礼》。

突然有人给她鼓掌，一看是薛长安，心头一紧："师哥你怎么来了？"

"很惊奇吗？看来我们很久没有见了是不是？"

"是很久不见了！你每天那么忙！我现在基本在酒庄，集团有事我才回去！"

"这里多好啊！"薛长安四下看看，"你在这里，真的挺好，明年服务期到了，还要走吗？"

"不知道啊！"罗伊边说边给薛长安倒了一杯红酒，薛长安接过红酒笑着说："公职人员可不能酒驾的！不过今天我没开车！"

说罢便慢慢地品起酒来，"今天也算我偷得浮生半日闲！"

罗伊静静地看着薛长安，犹如看一尊佛一样，说不清的感觉，让她心如鹿撞，还是强行让自己冷静："你没开车，怎么来的？"

"坐你们丁总的车！"

"啊，丁总来了，我得上去了，不然他找不到我，会骂死我的！"

"哈哈，没事，他先去基地了，一会儿过来！赵书记要来W市调研，波尔多是重要参观企业，我今天是提前下来踩踩点！我们为这个事已经忙了半个月了，波尔多的讲解就先定了你！"

"我？"

"是啊！"

"赵书记，啊，这么大接待一般不得丁总亲自讲啊！"

"越规格大的越是需要配备专业的讲演，企业的领导就是个陪同，我给你准备的资料发你邮箱了，你好好看看，内部资料，注意保密！"

波尔多又开始了各种模拟接待，打扫卫生，天天把地面擦得锃亮，机器上面也不放过，罗伊带着萌萌也忙着打扫卫生，丁总把她从上面叫下来："谁让你干这个的，下来！"

"一会儿市里领导和接待办的都要来，你准备准备！"

"丁总我接待这么大领导，我紧张！"

"紧张！你还有紧张的时候，好好讲，没问题，越大的领导越和蔼可亲，他们都把人民当亲人，你就是他们的亲人，快去换衣服，这谁的工装，有合适的换一套，穿成个麻袋了。"

罗伊慌慌张张地去换讲解服，在赵书记没来之前，岂止是波尔多这样，整个W市都在精心准备。

罗伊明天进行实战，然后一群领导围着她改词，你一句，他一句，刚熟悉的版本就要改，丁国庆看着罗伊："别听这些个死脑筋说的，你想咋讲就咋讲，法无定法！"

说是那么说，知识储备是必须有的，只有有了强大的知识储备才能有随机应变的能力，才有可长可短，可繁可简，可严谨可生动的讲解能力。

昏暗的宿舍里，陈小溪挑灯夜战公考，罗伊挑灯夜战讲解词。

那一天，罗伊早早站在酒庄门口，只见车来车往，停车场上停满了车，区里的领导也守候在大门外，丁总和陈局长反复地在接待路线上巡视。

一个小工工服上有片不起眼的葡萄酒污渍，丁总指着罗志兵："你这工作怎么干的，赶紧处理了！"

罗志兵卑躬屈膝地赔笑着，赶紧安顿小工去换衣："没事，没事，有我顶着呢！"

随着警车的鸣笛声，一辆考斯特缓缓驶入，罗伊也不知道怎么就被挤到了领导身边，她和丁总一左一右地伴在赵书记旁边，什么市长、书记都跟在他们后边，只是偶尔上前应几句话。

丁总说得没错，大领导很和蔼，不停地问着企业的发展情况，有没有什么困难，同时走得也很快，丁总很从容地跟着应答着，也不忘让罗伊讲几句，罗伊反复背的稿子，终是没有用上几句，她把自己所有的稿子压缩成几个重要、重点的句子讲了出来，而这些都是她深信不疑的信念，是无论见了谁都确认无误的内容，此时她要彻底把自己融化在波尔多，融化在W市之中！

"我刚到这里的时候，这里都是一片荒芜，短短一年这里就变了模样，波尔多在沙漠中开辟绿洲，同时坚持有机种植，这个有机证书也是需要三年的土地质检报告，还有定期进行抽查，确保有机肥，零污染！

"丁总是W市扶贫的先进代表，开创公司+农户的种植模式，通过把自己葡萄园租赁给地方农户种植，然后以高于市场价2毛的价格进行收购，切实带动了地方农业产业的发展！

"波尔多要做百年企业，做好民族品牌，借助W市得天独厚的地理优势与良好的人文环境，波尔多用好葡萄酿好酒，用W市的大爱酿造有温度、有情感的琼浆，口感与品质不输国际大品牌，W市的红酒总有一天可以走出国门……"

赵书记笑着看看罗伊，转头对丁总说："你这些年确实不容易，但是千好万好，记住食品安全，生产安全，要树立安全第一的思想！"

丁国庆弓起身子，点点头。

看着远去的考斯特，丁总拍了拍她肩膀，说了一句："好好干！"便起身离开了！

罗伊嗯地应和着，一会儿接待办主任也拍拍她肩膀："真厉害，和那些讲解都不一样，自然生动不做作！"

"谢谢！"罗伊微笑着，心中窃喜着，直到薛长安站在身边和她说："小丫头，讲得怎么样？"

"师哥你在哪里啊，我怎么没见到你？"

"小丫头，你以为谁都能进去陪同吗！人员有限，你们波尔多也就你和丁总，也就区里那几个主要领导了！怎么样，发挥到正常水平就行了，一般领导也不怎么听的，他们的关注点和咱们不一样！"

"我就说了三句话，其他都是丁总在和领导交流，别的领导他们也就问的时候，探过头来回答几句！"

"行，这也算见过大世面了！不枉你在波尔多这几年！有时候就是这样，你费心准备了很久，人家也最多听一句，或是干脆就没想听，还是心态最关键，功也不一定不会唐捐！"

"嗯，晚上有空吗！我想请你吃个饭！"罗伊正处于激动冲昏头脑的时候，她很激动，她知道这种激动对于别人来说是没有价值的，但对于她真的很重要。她想和自己最想在一起的人分享这种喜悦，这种有着成就感的喜悦，然而，这份喜悦也只属于她自己！

薛长安愣了愣："今天不行，这接待完了，市里很快就会下整改意见，我估计今晚得通宵出材料了！"

"市里有这么快啊？"

"当然了，你以为W市这些年是怎么发展起来的，都是靠这些干部职工五加二，白加黑，没日没夜，马上就办，立刻执行，辛苦打拼出来的！"

"这么辛苦也提拔不了！"罗伊小声念叨着。

"小丫头，这周末吧，等我电话，我请你，乖啊！我先走了！"

告别了薛长安突然觉得自己心里空落落的，就像一下子从喧闹的舞会中回到冰冷的无人的房间，长叹一口气后，罗伊转身回到酒窖收拾现场。

她想着当晚就和薛长安表明自己的心迹，无论自己配不配都要试一试，告诉他自己要留在这里，为了他也要留在这里，自己想和他分享一切，然而，当薛长安如约邀请她的时候，她却没敢说，也没有说的冲动。

只是在幽暗的灯光下，听着薛长安讲他的政治理论，自己只能静静地聆听，含情地凝视，冷静下来的自己，原来这么怯弱！

新年的礼花，砰砰地响着，今年堂弟一家也来罗伊家过年，大家喝着罗伊手提肩扛带回来的红酒，谈论的话题都是"你服务期满怎么办？""你什么时候找个男朋友啊？""可不能找当地啊！你不是喜欢军人吗！你爸爸的好朋友就是部队的，给你介绍一个……"

院子里，堂弟安慰罗伊："姐，志愿者挺伟大的，背井离乡，都说生鸟难入笼，我看你混得也不错！比我强，我这毕业了，工作都没有着落！"

"那你也考志愿者试试呗！"

"哎呀，我的好姐姐，我这学习成绩别说考志愿者，能糊弄毕业就不错了！"

"人生啊，指不定哪条道道就走对了，你就干你喜欢的，说不定将来还成就一番大事业呢！"

"我喜欢养猪，我从小就喜欢小猪崽！"

"呵呵呵，我支持你，别说你养猪了，你就是当头猪，我也支持你！"

哈哈哈，姐弟俩笑成一团。

转眼到了阳春三月，W市的天气已经转暖，酒窖里储酒必须保持恒湿恒温，所以还是有些阴冷的。

最近在招聘员工，舒婷没让罗伊失望，在这一批应聘者中，硬是选出了三个高挑可人的小姑娘，磨着顾问把人给了她。

萌萌回到原来的岗位，罗伊带着新人熟悉着环境，新来的小姑娘很聪明，都在恭维着罗伊，她也分辨不了真假，反正全盘接受。她也把自己编写的讲解词和收集到的全部资料都给了这些"年轻人"。

结束了一天的工作，正在等着通勤车，夕阳下的酒庄和葡萄园都披着光的余晖，罗伊脸上也被晕染了颜色。

一辆熟悉的黑色轿车停在她面前，罗伊斜着眼睛，不屑哼了一声："你来干吗！"

陈春没皮没脸，把头探出车窗："接你啊！"

"滚一边去！"

"哎，你这人，我可是好心好意来接你的啊！你要骂我可就太，太，太过分了！"

"哎哟，那我真谢谢你了！那请您回去吧，我们波尔多的豪华巴士马上就要到了！不劳您大驾了！"

"哎哟，那你等吧，你们波尔多那个破车已经坏在半路了，估计你再等一个小时也等不来！"

"你个坏人说什么呢！那车新买的怎么还能坏？"

"我说，你上车说话行不行，我和你说话呢……"

陈春边说边下了车，把罗伊强行塞进车里，不远处的几个等车年轻人都捂着嘴笑。

陈春戴上墨镜，把音乐调低，一脚油就带着罗伊出发了，没走多远就见一起交通事故，波尔多的通勤车打着双闪，一辆小货车的车头深陷进去，警察正在询问着。

"陈春停车，我们的班车，我要过去看看！"

"好我的大小姐，这是单行道，看不见中间的隔离带吗？你是不是也想我被追尾啊！那不有警察吗？"

"哎呀，那我现在是不是得谢谢你啊？"

"那倒不用，你别骂我就行！"

"啥时候能处理完？那些小年轻怎么回去啊？我得联系舒

婷，让她赶紧安排别的车来！"

"我说，你这心操的，你们波尔多已经紧急抽调休假车过来了，你的好姐妹早就安排好了！"

"你别和我说是她让你来的！"

"不然呢，你以为？"

"那这么说，你俩和好了？"

"呵呵，哎呀，我就知道陈宇从不会让我失望，我，呵呵呵……"

"笑什么笑，再笑诅咒你做噩梦！陈宇没让你失望，小心舒婷让你绝望！"

"哎，别，我和你说，咱俩也算在苗圃共患难过，有些事，你得帮我！"

"哼哼，行，帮你，怎么帮！"

"其实啊！我是看着那个车出事的，我就想这是老天给我的机会啊，我就下车，鼓动师傅报了警，给舒婷打电话，让她安排轮休的车来，然后让司机说有个热心市民帮忙处理，我接过电话，假装不知道是她……"

"不要讲了，你以为舒婷是傻子啊，小心她以为是你故意制造车祸呢！"

"你咋这么聪明，怪不得全波尔多舒婷就认准你了！"

"说吧，你们约在哪里了？"

"这个不知道，薛大主任订地方呢！"

"你给我停下，咋还有他呢！我不去啊，你停下你……"

"别别别，你听我说……"

走进一家烧烤店。舒婷已经和薛长安聊得正欢，不知怎么，罗伊涨红了脸，却也勉强笑着说："春风吹破琉璃瓦，你看我这脸冻的，就是去年在大棚里落下的毛病！"

舒婷摸着她的脸，小声询问："陈春说你组的局？"

罗伊一闪身子："我……嗯，我就是……陈春出来和我点菜！"

罗伊掐着陈春胳膊："怎么成我组的局？"

陈春龇着牙："哎，疼疼疼，说我多不好意思！"挣脱罗伊，随手拿着菜单递给她。

罗伊瞪着眼睛接过菜单："那说我就好意思？"

陈春倚靠在吧台，像看小宠物一样看着她："哎呀，不计较这么多！"

罗伊合上菜谱就要打他："什么，你！"

陈春掏出卡抵住菜谱："今天随便点，我出钱！"

罗伊瞅了他一眼："哼，坏人，我今天吃不死你，老板哪个最贵！一米七八大龙虾？"

老板一笑："姑娘，这么黑人不好哇，我一米七八，要不吃我哇！"

"哎……"罗伊抬头哭笑不得看着老板，陈春则哈哈大笑，对老板说："够兄弟！"

第22章　很高兴认识你

罗伊和陈春推搡着走进包间，舒婷和薛长安正聊得开心。

陈春拉出椅子按着罗伊坐下，随后又自己抽出一把椅子斜着身子坐进去，痞相十足："说什么呢？这么开心！莫不是又在骂我吧？"

舒婷朝他翻了个白眼："哼，你太瞧得起你自己了！"

薛长安给他们边倒水边说："也没什么，就是W市最近起来几个新项目，还有，你们暮春那个旅游项目也落地了！你小子，看似玩世不恭，实则年轻有为！"

罗伊哼哼着看向陈春："就他！还年轻有为！"

舒婷默不作声地喝着茶，陈春朝她偷瞄一眼，坏坏地一笑："能得薛大主任夸奖，倍感荣幸啊！"

罗伊心里想着，陈春确实不简单，以前光顾着和他打闹玩耍了，都没仔细琢磨这个人。今天这个饭局，陈春不就用的一石三鸟的手段吗？

舒婷喊着服务员上菜。

看着一盘一盘的烤串，罗伊和舒婷高兴地吃着，陈春给薛长安递上一支烟，薛长安摆摆手，陈春会意地点点头，撤回手里的烟。

罗伊拿着一串板筋喂给舒婷："哎，哎，这个好吃！"

舒婷也不嫌弃地吃了一块儿，罗伊又继续吃着，两人相互交换品尝着，罗伊边吃边问："通勤车你都安排好了？"

"放心吧！我请卢师傅去的！"

"哦，那我就放心了，不过也巧了啊，陈春你怎么会在第一现场啊？"罗伊顽皮地看向陈春。

薛长安夹着菜："也巧了啊，事发时还有空给我打电话，让订个地方，再接上舒婷！"

陈春正要说什么的时候，舒婷擦擦嘴，看着罗伊："也巧了，陈春说你今晚请客！"

薛长安放下筷子看向陈春："真巧了，以我对罗伊的了解她不会临时起意组局吃饭，也不会让别人订地方！"

罗伊继续说着："真巧，以我对陈春的了解，他那厚脸皮会这么折腾，一定是因为某人！"说罢便看向舒婷。

陈春嘿嘿一笑："都是巧合，巧合啊！今天我请，我请啊！"

舒婷的心快要跳到嗓子眼了，还很镇静地说着："你请客啊！这么大费周章是怕我们黑你吗，老板，菜单！"

老板俯身拿着菜单过来，戏谑地说："周总，给，看还要点甚了！"

陈春抬头一脸无奈，罗伊起身问老板："你们认识啊？那你是怕自己多挣钱了还是怕他打你呢，说我黑他！菜单给我！"

老板同情地看看陈春，把菜单递给罗伊，舒婷和罗伊叽叽咕咕地点了牛排、小龙虾，还说要给陈小溪她们打包多带几份。

要不是薛长安说他看看菜单，估计今天陈春得哭着出去。

吃完饭，罗伊特意要求薛长安送她回去，还把舒婷塞进陈春车里，悄悄和陈春说："我可没白吃你的饭啊！"

陈春探头一看："够意思，下次还请你！"

薛长安问罗伊："时间还早，着急回去吗？"

"不急的！反正明天我轮休。"

"那我带你去河边走走！"

"好啊！"

站在河边，这里修起了花篮墙，配置了长长的景观灯，还有新栽种的树木。

薛长安看着远方说着："这里越来越美了，W市也越建越好了，你这服务期到了怎么办？"

罗伊叹气说着："不知道，真不知道！"

薛长安微微一笑："不说实话，你都知道帮着陈春追舒婷，会不知道自己的未来！"

罗伊顿时红了脸："哪里，我没有！就是吧，哎呀，我……"

薛长安看着她的囧样，呵呵笑着："小丫头，无论你怎样，放心，有我在都会护你们周全的！"

虽然薛长安说的是"你们"，但罗伊听到这话还是高兴得差点跳起来："我就知道，你是这个世界上最伟大的人！"

日后每当罗伊回想起薛长安的这句话，都无比激动与欣慰。

回到宿舍，罗伊把打包的烧烤给正在挑灯学习的陈小溪。

陈小溪打开包了好几层的饭盒，边吃边说："你真幸福，总有人请吃饭。"

罗伊摇摇头："陈春请别人吃饭，顺便带上我的，我就是个蹭饭的，这可不是剩下的啊，这是陈春特意让后厨单独给你做的！"

"真的？陈春还记得我？"

罗伊点着头，心想："波尔多有几棵草他都记得的！"

"他有女朋友吗？"陈小溪边吃边问。

"有，算有吧！"罗伊真不知道怎么回答。

"其实嫁给他也挺好，他爸不是说了吗，谁嫁他家就给一百万！"

罗伊换了睡衣："这一百万不好挣，要编制啊！"

陈小溪点点头："那你得努力了啊！"

罗伊"啊"的一声，看向陈小溪说着："这我可高攀不起！"

陈小溪笑笑："未必，对了，市里有个青干班，都通知我们这批志愿者参加了，估计也有你！"

"什么，青干班？什么是青干班啊！"

"就是培训年轻干部的培训班！"陈小溪像煞有介事地说着，"你这么出名肯定有你。"

报到那天，陈小溪和罗伊坐着公交车到了指定宾馆，结果差点迟到，门口签了到，急急忙忙闯进电梯，到了会议室，不大的会议室被布置成教室，里面已经坐满了人，两个人悄悄坐到后边，听着点名。

"苏哥。"

"到。"

"你这名字挺占便宜啊！"

众人哄笑，陈小溪有点激动，迫不及待地想和苏哥打声招呼，罗伊撇撇嘴。

老师继续点名，听到"薛长安"三个字时，罗伊的瞳孔都放大了，陈小溪推了推她。

终于点完名了，苏哥不时地回头看向她们，薛长安却一直端坐着。

开班仪式上的流程一项项地进行，罗伊低头和舒婷发着短信。因为她要来培训，接待工作就让舒婷帮她安排，舒婷还得不时地问她怎么操作。

听着台上激情的开班词和众人源源不断的掌声，她抬起头望向薛长安的背影。

第一节课，授课老师站在教室中间，说着："我们这次培训和以往不同，更注重实际和实操，你们都是大学生，近代史、相关历史渊源也都懂，咱们就讨论讨论W市的发展，谁先说？"

"我觉得教育是民治根本，应该先重视教育……"

"我认为经济基础决定上层建筑，还是要搞经济……"

"还是得有个好领导，带领大家……"

大家都不认生，各抒己见。

老师边走边听，遇到好的就把学生名字和意见记下来，走到第一排薛长安的位置停下来。

"要不你也说两句？"老师谦虚地征求薛长安的意见。

他微微一笑站起来，转过身看向大家，目光坚毅："谢谢武老师给我这个机会和大家分享我一点不成熟的想法，首先就是人的问题，以人为本，设计者也是执行者，执行者参与设计，即使闭门造车也能出门合辙；其次就是用推己及人的理念做好服务，无论是医疗教育还是衣食住行都能做到推己及人，与人方便与己方便；第三还是人，是每一个人，像划龙舟一样，心往一处想，劲往一处使，这个城市一定能驶向更远更广阔的天地！"

一阵沉寂后，便是雷鸣般的掌声。

午饭是自助餐，薛长安被围在教室请教问题，罗伊想挤进去都没机会，于是和陈小溪先去打饭。

等薛长安来到餐厅，罗伊朝他不停地招手，他看到罗伊给他打的饭菜都是自己爱吃的："我这待遇不错啊！"

陈小溪崇拜地说："薛主任你真厉害，这个思想就很先进！"

薛长安摇摇头："谢谢，谢谢，哪里哪里！"薛长安心想还有些想法真不能说，说了会得罪一片人！

罗伊看着苏哥带着几个志愿者径直走向他们，低声说："薛主任，你的崇拜者来了！"

苏哥向薛长安介绍着一个高大健硕的男生："薛主任，这是我的朋友，高达……"

"你好，你好……"薛长安熟络地和他们打着招呼。

下午的课是另外一个老师上课，只是薛长安坐到了罗伊旁边，陈小溪和高达坐在一起。

临下课时，老师说着："明天是CS实地作战，你们一男一女为一组，自行分配作战。"

高达想着和大家交流一下感情，一下课就招呼几个熟人晚上去他房间里玩扑克。陈小溪很是响应，拉着罗伊，罗伊看向薛长安，薛长安也点头表示会跟着去。

这一晚上，不苟言笑，端端正正的薛长安也换了便装，和大家打成一片，罗伊四个二带两王要炸的时候，被拿着牌，歪过身子看她牌的薛长安一把按住，拍了她一下："咋还四个二带两王要走呢？"

陈小溪也趴过来看她的牌，原来她不会玩，陈小溪抱怨着："我就说你怎么老是逼死上家，放过下家的，原来你不会玩啊！"

大家都被这气氛感染，一个个笑得肚子疼。

第二天大巴车把他们拉到营地，大家换了迷彩服，统一集合，就听教练说："没有规则，除了结队的两个人是一组的，其余的都是敌人，眼前的公园里藏了武器和徽章，武器是有墨水水枪，和补充墨水的瓶子，被打中即为受伤，要害部位就是牺牲，一人牺牲全组团灭！一小时内集齐徽章最多的团队胜！一小时后回到这里，提前两分钟进入现在这个广场的，任何人不得再追，其他时间这里也是战场！听明白了没有？"

反正明白不明白的都说明白，一声哨响大家各自散开，没有意外，陈小溪选择了新认识的高达，薛长安带着罗伊。

别人都是着着急急找武器，他俩溜溜达达逛公园，时不时也会捡到水枪，突然有人朝他们开枪，薛长安一把把她搂到怀里，一看是陈小溪和高达，罗伊喊着："玩真的啊！"

高达举着水枪："不然呢！"

薛长安冲了上去："那就不客气了！"

高达牵着陈小溪就跑，于是一场混战开始，罗伊负责侦察和收集徽章，薛长安负责掩护和进攻！

罗伊猜想如果是她会把徽章藏到哪里，用这方法找到不少徽章也遇到不少敌人，薛长安手臂受伤，罗伊左腿中弹，薛长安看看表："还有十分钟结束战斗！"

罗伊蹲在地上说着："我们已经有四十多个徽章了，但是没有弹药了，要不现在躲起来吧！"

薛长安点头："好，我们退到那边大树下！"

两个人背靠背躲进大树下，没等他俩做好防护，陈小溪和高达也朝这边跑来。

两边都举着没有水的水枪对峙着，罗伊说："马上就结束了，咱们合作！"

于是四个人笑着围坐在树下，罗伊觉得什么硌屁股，一看是墨水桶，陈小溪也发现了，双方又开始"厮打"起来。

两边都逃出大树，各自为营，却被别的队发现，朝他们跑来，几个吓得慌忙逃跑。

跑到一处假山后面，罗伊喘着气："跑不动了，不行你先拿着徽章跑吧！"

薛长安也很严肃地按着她抖动的手："你放心，我再不会丢下你，不和你说了嘛，定会护你周全！"

说罢，把水桶灌入水枪喊着："来吧，拼了！"

带着罗伊朝集合广场冲了过去，一时间很多人都朝广场跑着，还有弹药的人举着枪疯狂扫射，薛长安也不示弱，让罗伊在他身前跑，他对着身后的人呲水！

看着被墨水攻击得遍体鳞伤的学员，教官笑着说："其实你们本可以不用这么受伤，只要都不进攻，不捡武器，只找徽章，一样可以胜利！"

众人哗然，其实当每个人都拿起武器的时候就都输了！

第三天的培训是到南区的工业园参观，一辆大巴车上，历经昨天的事，大家都很沉默，还是带班老师有经验，组织大家拉歌。

一路歌声到了南区。

刚进南区就被警车拦停，众人纳闷之际，带班老师告诉大家，是南区的领导来接大家了！

一路警车开道，引路，每个人都感受到南区的热情，跟着讲解员，看着先进的生产车间和节能减排的视频宣传，罗伊戴着安全帽，一边走一边记，一个中年男子走过来问她："你看看我这的讲解员有没有你讲得好！"

一句话把罗伊都问蒙了，薛长安上前和他握手打招呼。

薛长安告诉罗伊这是南区的一把手，现在到处挖人，只要有点作为和能力的青年他都要收入麾下，所以现在的南区各方面建设都走在了W市前列。

参观结束，顺便把结业典礼也在南区举行。

不用考试，每个人上课的表现和回答问题的情况就决定了成绩，回去一人再交一份心得即可。

南区的领导安排了宴会，只需要他们临时准备点小节目，看着南区的同志抛砖引玉似的上台表演，陈小溪喊着："罗伊，罗伊！"不明就里的众人都跟着喊"罗伊，罗伊"。

罗伊被狠狠呛了一下，薛长安给她递了一杯水，喝了几口，涨红了脸上台唱了一首《兵哥哥》。

苏哥、高达都站起来鼓掌，薛长安意味深长地笑着。

第23章　破镜之谜

回去的路上，陈小溪说要去苏哥那里借几本公考的书，让罗伊先自己回去。

宾馆的走廊里大家相互告别，留存电话。罗伊在大厅里四处张望，这几天的相处让她莫名地悸动，心里满满都是薛长安，嘴角都不自觉地上翘。

她想着不管他是开车也好，坐公交车也好，总归是要从这里过路的。

薛长安和一行男男女女挥手告别，看着不远处的罗伊，笑着向她走来。

罗伊感觉自己像是被光包围了一样，阵阵暖风让她不知所措。

薛长安问她："你回哪里？"

罗伊慌乱地"啊"了一声，薛长安皱眉继续问着："陈小溪呢？"

罗伊咽了口口水："她去苏哥那里借复习资料，说晚一点回去！"

薛长安还不时地和旁边返程的学员打着招呼，回头朝罗伊一挥手："走吧，我送你回去！"

在薛长安车里，罗伊真想问问他介不介意做自己的男朋友，嘴巴却像中风僵住了一样，什么也说不出来。

薛长安看她神情恍惚，问她："怎么了，不舒服？"

罗伊结结巴巴说着："我就在想这次的培训！"

薛长安轻瞄了她一眼："要不就你聪明，看出端倪了！"

罗伊心想，有啥端倪，没看出来啊！

薛长安自顾自地说着："今年的青干班是想老带新，所以让我们也参加了，因为是尝试，也就没有明说！罗伊啊，城市发展建设，需要年轻力量，故步自封，在自己有限的认知里无限地自以为是，是很可怕的！W市真的很有远见，很有魄力，你这服务期满了还不打算留在这里？"

罗伊看向薛长安，看着他刚毅的脸颊轮廓，内心涌起滔天般的自卑。此时的她好理解罗志兵说他在陈春身边的感受，支支吾吾地说着："我也不知道，是真不知道！"

薛长安笑笑："上次区里开会，你们丁总还和陈局长说你呢！"

罗伊嘴角抽动："说我什么？"

薛长安看她一眼："丁总和陈局长说你既开放又保守，是个好材料，要把你彻底留在波尔多！"

罗伊长叹一口气："真难为丁总为我考虑周全了！"

薛长安摇摇头："我觉得你还是不要把前程都放到波尔多，有机会还得混个编制，女孩子得有个安身立命的资本！"

罗伊脑子嗡的一声，如过电一般："是啊，我没有安身立命的资本，我没有编制怎么配站在他的身旁！他也应该有人疼，有人帮的，他那么优秀，应该拥有更好的未来，而我只能给他添麻烦！"

于是，强忍着挤出一抹灿烂的笑容："那是，我一定努力考个编！"

薛长安宠溺地看向她："我们罗伊这么棒，一定没问题的！"

迎着朝露，彻夜未眠顶着黑眼圈的罗伊坐李木子的车去酒庄。

李木子看着罗伊："哎呀，你最近怎么了，天天萎靡不振的！"

罗伊有气无力地说着："谢谢你啊，李总，今天特意来接我，我没事的！"

"还说没事，我带你去吃个面，新开了一家如意面馆，保证如你心意！"

"哎哟，我吃不下的！"

新开的面馆充斥着人间的腾腾热气，罗伊吸溜得直冒汗。

李木子问："好吃吧！"

罗伊叼着面条，点点头，李木子憨憨笑着："我想拜托你个事！"

罗伊立刻放下筷子："这面我不吃了！"

"哎，我不拜托了，你吃，你吃！"

罗伊撇撇嘴，拿起筷子继续吸溜："说吧，啥事，我要能帮上你也是我的荣幸！"

李木子眼睛放光："你舅舅不是那个……"

罗伊被狠狠呛了一下，差点面就从鼻子里出来，猛喝几口汤："原来你每天殷勤地让我搭你的车是因为我'舅舅'。"

李木子眉头一皱："那也不是，还是顺路搭把手的事！就是，那个暮春有个旅游项目，你看……"

罗伊真是哭笑不得："你啊，找错舅舅了，这个事你得找陈春他舅舅，我那个舅舅是假的，我也就接待过两次，他只不过和我一个姓！"

李木子瞪着眼睛："啊！真的假的，我……"

罗伊朝他眨眨眼："你啊，也不用去找陈春他舅舅，直接把陈春揪过来，现在暮春都是他说了算，你明着和他要项目，他敢不给你？"

李木子沉思了一下说："陈春倒是见过几次，看着挺随和，可是暮春里的人都说他，摆架子，苛刻，抠门，不好打交道！"

罗伊笑着说："咱俩说的是一个人吗？"

罗伊还是答应李木子帮他和陈春说说项目的事，但也不保证暮春这个项目会给他，这也让李木子很高兴，表示以后天天接送她。

罗伊趁着中饭的时候拨通了陈春的电话："陈总，忙吗？"

"我去，太阳从西边出来了，罗大小姐亲自给我打电话！"

"陈春啊，我有事求你帮忙！"

"哎呀，要不你还是骂我吧！你这样我容易闪了腰！"

"滚！"

"哎，对了，就这样！"

"和你说正事！"

"说说说，别说正事，啥事都行！"

"你说的啊，李木子你认识吧！"

"认识啊，就是把丁老头办公室装修成总统套房那个人！"

"嗯，听说你们暮春有个旅游项目……"

"让他来我办公室！"陈春突然语气严肃，罗伊有点心虚了。

"好的，谢谢你了！"

"呵呵，也就是你了！谢什么！"

罗伊又莫名地眼皮直跳，赶紧通知李木子去找陈春，李木子以极快的速度到卫生间里洗漱一番，拿着标书出了门。

罗伊给舒婷打电话，把这个事情详详细细地给她描述了一遍，舒婷听到陈春答应见李木子，半天没有回应，罗伊喊着："舒婷，舒婷！"

舒婷心里翻江倒海："听到了，听到了，罗伊，陈春其实不是你看上去那个样子，他为人很苛刻的，而且涉及他家族利益的事情，还很冷血！他没有拒绝你，他什么意思？"

舒婷居然慌张起来，罗伊也看不到舒婷神色凝重，还继续开心地说："舒婷，谢谢你啊，他那是爱屋及乌，他托我帮他追回你，也是欠我人情的！你呀，别犟了啊，好好地珍惜眼前人啊！"

舒婷回到家里，书香门第的陈设，很古朴，很简约，她静坐在书桌前，看到桌上一沓个人简历，都是家里给她安排的相亲对象，她忍不住哭了起来。

今天爸爸妈妈去参加婚宴，送出去的礼钱都等着她往回收呢，可是她也有自己的思想与选择，只是现在比较迷茫。

她拨通了陈春的号，陈春一看这个号码，立刻让秘书和李木子对接，自己拿着电话进了里屋。

"你！"舒婷鱼刺扎嘴一样，说出一个字。

陈春长出一口气，然后顽皮地一笑："哎，你和罗伊真像啊，平时牙尖嘴利，遇到事就咿咿呀呀！"

"哼，你是不是喜欢罗伊？"

"是！"

"那没事了，挂了！"

"哎！你怎么不问问，我喜不喜欢你？"

"你爱喜欢不喜欢！"

"舒婷，我……我爱你！"

电话两头都沉默了，许久陈春这边传来嘟嘟嘟的声音。

舒婷在卫生间里泣不成声。

陈春站在院里点了支烟，抽了两口便摔了烟，回到办公室彻夜查看李木子的标书，安排人查李木子的公司以及近些年干过的工程。

次日，陈春到了波尔多，看着罗伊指导着几个新来的讲解员，他眼睛都成了一道弯。

罗伊一回身好像看到了陈春，又定睛一看，果真是他，安顿几个小姑娘自己练习。

走到陈春跟前时，他已经蹲在树下，罗伊唏嘘着："这不是暮春的周大公子吗？"

陈春点点头示意她也蹲下，罗伊穿着裙子自然是不方便的："你起来！"

陈春懒洋洋地起身说着："李木子的事，我办不成，这是阳光工程，他的资质也只能靠个人关系忽悠丁国庆，暮春的项目他接不了！"

"噢，那也谢谢你！"

"谢我什么？"

"谢你没有当面拒绝我啊！"

"哎呀，你呀，真让人头疼！我看了他的资质，给他介绍了另一个工程，过几天会有人联系他签合同的！"

"陈春，你和我刚认识你的时候不一样！"

"你和我刚认识的时候也不一样！哭鼻子！"说罢便弹了罗伊一个脑瓜嘣就跑，罗伊喊着"坏蛋"追着他。

突然罗伊电话响了，她停下来，气喘吁吁地接着电话："喂，小溪怎么了！"

"罗伊，办公室让咱们搬出单间，去集体宿舍！"

"什么？为什么啊！"

"不知道，我先回去收拾东西了，你也早点回来！这波尔多是没法待了！"

挂了电话，罗伊噘着嘴，感叹自己命运多舛，说罢眼泪就要掉下来，陈春上前用树枝逗她，她也不吱声，也不顾形象地蹲在地上，陈春也安静下来，蹲在她旁边，罗伊喃喃着："公司不让我和陈小溪住单间了，要我们去集体宿舍！"

"本来就是，波尔多也不是什么大企业，效益也就一般般，再不整合资源重用贤臣，就离倒闭不远了！"

"你个乌鸦嘴！"

"真的，哎，你管他呢，你要不要来我这儿，钱多事少，单独一个套间，一日三餐不重样，怎么样？"

"不去！"

"够刚啊！"

"要是舒婷是暮春未来的老板娘，她会不会养我啊？"

陈春变了脸色说着："会啊，当然会啊，问题是，你得先让她当上这个老板娘，不然就你来当！"

"你啊！活该追不到舒婷，嘴欠！"罗伊掏出嗡嗡响的手机看了一眼，"暮春未来老板娘来电话了，要不你接？"

陈春赶紧摆手闪到一边。

接起电话，就听那边喊着："哎，赶紧回来，你们那破烂阴暗不规则的单间小公寓被收回去了！"

"刚才陈小溪和我说了！我要不申请搬到这边的集体公寓吧，省得两头跑！"

"哎呀，那边不是住满了吗？再说那边的条件更不好！"

"有什么不好呢，大棚我都住过了！"

"傻子，你要不找人看看吧，得罪谁这是！"

"又有人告我黑状？"

"傻子，真傻，陈小溪这次绝对是属于连坐！"

"啥意思，我听不懂！"

"有人去三嫂那里说你，也不是啦，说丁总吃饭总带你……"

"我去！我去他大爷，我……"罗伊气得都想摔了手机，"我就剩这么几天的服务期了！到期我就立马滚蛋，不劳烦这些个碎嘴子！"

"你离开波尔多时，也是我离开之日！真他大爷受不了这个罗志兵……"

挂了电话，只见陈春一撇嘴："暮春随时欢迎你！"

晚上回到宿舍，看着陈小溪收拾物品的背影时，罗伊内心充满愧疚，低着头，不言不语地收拾自己行李，在大棚的时候，她的行李从来都没有完全打开过，来到集团，她把这间小公寓当家一样，每一处都有自己东西。

陈小溪无奈地叹气，罗伊忍着泪收拾着自己的行李。

第二天，她俩打扫干净这间见不到阳光的房子，去了集体宿舍。

一间不大的房间塞满了三层铺，每天最忙的就是卫生间，罗伊负责接待需要化妆，可她现在连洗脸都费事。

陈小溪喃喃着说："酒庄那边不是有宿舍吗？怎么还往这安排这么多人？"

"酒庄的宿舍是酒店员工的，偶尔安排基地和苗圃的人，现在也住满了！这里都是酒厂生产车间的！"

"还有几个月了，我一天也不想在这里了！"

"小溪，对不起！"

"对不起什么，你没有什么对不起的！是波尔多对不起咱们！咱们拿的是政府的钱，波尔多只需要出一点点费用就能随意榨取咱们的价值！还好意思翻腾闲话！做人都做不好，还做什么事！"

罗伊真的从心底里感谢陈小溪在这个时候向着自己。她觉得自己也坚持不住了，想着尽快到服务期，尽快回家！

舒婷给薛长安打了电话，告诉他罗伊和陈小溪被挤进集团宿舍，他急忙赶去找罗伊。

"喂，罗伊！"薛长安轻声唤着她的名字。

"师哥！"罗伊委屈得哭了起来。

"我在楼下等你！"

罗伊边走边哭，下楼时，委屈的眼泪喷涌而出，薛长安将她轻揽在自己臂弯下。

"在别人看来的小事，对当事人来说，真的不是小事，是压垮骆驼的致命稻草！丫头！没有过不去的坎，我现在就去找丁国庆！"

"师哥，别，别去找他，我不要在这里待着了！我要回家！"

"呵呵，回家啊，怎么回？是自己衣锦还乡呢，还是重返故里呢？"

"我！我就是回家！"

"丫头，树上的小鸟长大了就要离开父母的巢穴，从此天涯海角，风雨飘摇，除了自己新组建家庭，以前的那个家就再也不是家了。"

"我，我还，我还没翅膀呢！"

"都来这里了，还说没翅膀！我打听好了，8 月区里要招聘一批事业编制，以前都是内部招聘，今年对外开放 50%，你好好努力，一定能考上，我们罗伊没有问题的！到时候咱们一身荣光地离开波尔多，好不好？"

"那我再坚持几个月!"

"再坚持几个月,这样,我不去找丁国庆了,你先把手头工作都整理一下,安排个合适的接班人。我联系方雪莲,你先抽调到她那里,正好请她指导指导你!至于波尔多这边,局里面和他们说,陈小溪一直都很清醒,你们是政府的志愿者,不是他家长工!"

"那陈小溪怎么办?"

"只要你不在风口浪尖,她就平安无事!"

"真的!那是我连累她了!"

"真的,但不是你连累她,在波尔多你俩是捆绑销售的,你们是一起的!还有,你去方雪莲那里,只能保证你早上时间充裕,中午吃个好饭,其他的,你要自求多福了!"

丁国庆很不情愿地同意罗伊抽调去团委,临走时还不忘嘱咐她赶紧回来。看来他是不知道罗伊现在的境况,罗伊也没说什么,只是答应去学习学习,很快就会回来。

舒婷倒是很开心她去:"薛大主任就是有办法,他对你可是真好!你呀,要不傻就抓住机会啊!"

罗伊无奈地看着她,心想:"来来来,机会给你,抓一个我看看!"

正如薛长安所说,罗伊去团委报到的第一天,陈小溪就被三嫂邀请回家里吃住了!

第24章 天涯各路

薛长安原本打算亲自把罗伊送过去，想想还是算了，让她自己去吧。

陈春斜眼看着陪自己舅舅来视察的薛长安，趁着自己老爹陪自己老舅进庄园的时候，蹿上去按住薛长安："听说你把罗伊安排到方雪莲那儿了！"

"怎么，不可以吗？"

"你这样做不好吧？"

"哼，陈春，你想干吗！"薛长安冷笑几声。

陈春有些不悦："别装了，你对罗伊啥态度？"

"没态度，怎么你有什么想法？"

"没想法！就想揍你一顿！"

"为了罗伊？"

"不然呢，我去找你们陈局长，求他协调一个志愿者给我，都定了罗伊过来，你倒好，横插一脚！"

"陈春，八月有个教师招聘你不会不知道吧，她去方雪莲那里，方雪莲能指导她，来你暮春，你想干吗？"

陈春压着火说："你清楚你在干吗就行！"

说罢便气呼呼地走了，薛长安长叹一口气，拿出笔记本转身追着陈局长。

247

罗伊特意换了身黑色职业装，毕竟去那个地方上班得严肃起来。

没想到，方雪莲从电脑到办公室钥匙、食堂饭卡，全部都给她准备好了，一应俱全，而且把她安排在自己的办公室里，特意选了靠窗的位置。

罗伊走进来的时候，她从办公椅上起来，先带她走了一圈科室，再回到她办公室说："你就在这里办公了！"

"我，在这里吗？"

"当然，缺什么少什么随时和我说！"

"谢谢您，什么也不缺！有什么工作尽管吩咐我！"

方雪莲笑笑没有说话。

中午方雪莲问罗伊怎么吃饭，罗伊说单位有食堂，其实这个点回去指定是没有饭了。

方雪莲笑着："和食堂说一声，你不回去了！姐姐带你去吃好吃的！"

罗伊受宠若惊："姐姐？"

方雪莲很泰然地点点头："对，姐姐！不要您，您的，私下请叫我一声姐姐！走，姐姐带你去吃W市最好吃的煲仔饭！"

罗伊像一个小孩子似的跟着方雪莲，接下来的日子，方雪莲带着她去书店选书，让她陪逛街选衣服，宛如亲姊妹一般，却什么工作都没有给罗伊安排，就让她静静复习，时不时地还指点一下。

因为罗伊报考的是教师，方雪莲有空还会给她讲讲复习要点："这个教师类的招考能考什么，教育学、三学六法、德智体美劳、心理学、知情意行，再加上点教学教法、法律文规，还能出了这个圈吗？要想考个好成绩就得把你变成考官，你觉得应该考哪些啊？"

"方姐你真厉害，真太厉害了！总结得真到位！"

"我给选了三本书，两本是参考的，最关键的就是那个厚书，分章节分类型的真题3000道！好好做做！"

方雪莲翻着日历，突然问罗伊五四青年节就要到了，有什么意见，罗伊说想着给波尔多酒庄的年轻人组织一场相亲活动，方雪莲点点头："是啊，W市要想留住人啊，就得从各方面给这些年轻人提供方便！还有什么好想法和我说说！"

"其实也不成熟啦，就是想着在波尔多酒庄搞这个活动，然后第一个环节是拉歌环节，让大家都先熟悉熟悉，也算热热场，然后再让大家讲讲自己的故事，最难忘的事，最开心的事，然后就是游戏环节，小青年们最喜欢这个了！"

"嗯，挺好，能不能写个方案啊，写成全区的活动，地点就在波尔多！"

"这个啊？"

"不方便吗？"

"也不是不方便，是得和丁总说，因为这个活动需要丁总给点赞助！"

"哎呀，我还以为多大的事呢！你好好写方案，其他的交给我！"

罗伊的方案也是费了一个下午才写出来，方雪莲拿着看了看点头说着："挺好，咱们现在去会会你的丁老总！"

出了办公室门，一个身材高挑、高颧骨的女的，和方雪莲熟络地寒暄着，罗伊也点头说着："赵姐好！"

出了大楼，罗伊看着方雪莲："你们相处得真好！"

"没有，她比我大十岁，你说要是你有没有想法？我也不是不知道她心里的委屈，不服气，但是面子还是要给的，表面功夫还是要做足的！"

罗伊心悦诚服地点着头，见到丁总的时候，她还是有点紧张，丁国庆倒是和往常一样："怎么，出去几天都忘了回家了？"

"没有，丁总，这不我也很惦念您，回来看您了么？"

"哼，看我？看我带着她，怕不是又打什么灰主意吧？"

"丁叔叔，我们能有什么灰主意，这不，抽调罗伊这么久，也得回报一下您啊，想着给咱们波尔多来点实际的！"

说罢就把方案递给了丁总，丁总一看言语措辞就知道是罗伊写的，说着："光这些不够吧，再组织上人品品酒，聚聚餐，你这预算太少了，能够吗？我再给你多拿2万！"

"谢谢丁叔叔了！"

"那倒不用，这个活动办完了，罗伊就回来了啊，不能老这么抽调着。我这里还缺人呢！"

"这您放心，我还能把人扣着不放吗？"

"好的，丁总活动一办完我就回来！"

活动开始之前，方雪莲组织开协调会，看着手下的人拿着方案提出一堆问题，再不就是推诿扯皮，这个弄不来，那个不会弄，方雪莲一拍桌子，罗伊狠狠吓了一跳。

方雪莲字字铿锵地说着："如果我们干工作就是应付差事，不管结果，那还干什么！怕担责、怕功劳是别人的，你们还怕什么！怎么就不怕工作干不好，活动做不好！我再说一遍，不是问你们干不干，是问你们怎么干！不是光干了就行，必须干好！来我这里应付差事，永远说不过去！"

众人低头不语，还是赵姐，笑着看向她说："孩子们都不懂事，我们干工作就没有说凑合的，干就干好了，干不好，糊弄干，我这关就过不了！"

说罢，目光转向众人，继续义正词严地教育下面这些背景深厚的人："还有，这是请大家提建议，不是要否定活动的！不是问你们要不要干，而是问你们怎么干！这个活动但凡有一个环节给我掉了链子，都写三千字检查！"

会议在赵姐的调解下结束了，方雪莲命令式地让罗伊和她去吃饭。

罗伊在餐桌前，小心翼翼地给方雪莲夹菜，方雪莲阴沉的脸瞬间转成微笑模式看着她："吓到你了？"

"嗯！"

"不要怕，对待人就要和平，对待神就要敬重，对待狗就要用棒子！"

"方姐，你，你挺会骂人啊！"

"唉，在这里，只要不撕破脸皮都好办，你谁也动不了，着急了，比你都能耐大，干工作全凭良心了！还有我们的队伍，只能前进不能后退，只能升不能降，最多就是平调！你以后要是上岸了，可不能和他们学！"

"那是一定啊！我一定努力工作，快乐生活！我看她也挺配合你工作的啊！"

"她以前比我都雷烟火炮，干工作那是说一不二。这个事情别说干了，就是干不好都得从上骂到下！奈何鸡群里怎么站只鹤，白天鹅在鸭群里只能受尽屈辱！有时候真不能怨谁谁不努力不上进不工作，她也曾经满腹理想！哎，吃饭，吃饭！"

"方姐，你真的很伟大，能推己及人，也能力挽狂澜！"罗伊心里的佩服真是说不出来，只能胡乱地搜索可以用到的词。

只见方雪莲轻轻一笑："哎呀，夸不出来不要硬夸，现在形势不同了，还想躺着不动啊，大环境只能越来越好，记住，一灯引千灯，灯灯相映，才能繁星满天，选一盏好灯出来不容易，选灯的人首先得自己亮！"

罗伊很认真，继续很崇拜地点着头，方雪莲却是宠溺地看

251

着她。

方雪莲慢慢地和她讲起了往事，在那二线城市里，她分配到一个偌大的办公室，一屋子的女人，每个人的办公桌，布满尘土和堆着文件，她把自己办公桌收拾得整整齐齐，同事给了她一台根本不能用的电脑，总把文件、订书机之类的往她桌上放，还让她保管好，总是不和她打招呼就把她的办公用品拿走！

那段日子真是灰暗，上面只求平安无事，下面更是无所事事，同事大都是中专毕业子承父业，要么就是谁家的亲戚，反正像她这样想做点什么的人横竖是在这里待着憋屈，满腔的报国之志，满心的创业干事都比不过上面的一句："这事你不懂！""就按某某说的办！""就这样吧！"

这段往事，方雪莲和谁都没有讲过，但是她愿意说给罗伊听，罗伊眼中，她就是一个很谨慎却又很勇敢的人，是一个很精致却又很果断的人，是一个雷厉风行却又温柔可人的人，总之不是她能高攀得上的人。

但是，人生有四幸，出生遇到好父母，上学时遇到好老师，上班遇到好领导，婚姻遇到好伴侣，罗伊想着自己现在，很幸运，在苗圃遇到李梅、陈宇、李师傅、周陈春这些小伙伴陪伴她，鼓励她。工作中能有方雪莲、薛长安、陈局长、丁总指引她、点拨她。

罗伊开开心心地往宿舍走着，陈春不知从哪里出来，立在她眼前，把她实实在在吓一跳。

咖啡屋里，香气弥漫。

罗伊喜上眉梢地和陈春说："快点联系舒婷，让她也过来！"

陈春阴沉着脸："我找你有事，你叫她来干吗！"

"那这样不好吧，就我和你！"

"哎呀，学会避嫌了！"

"当然，你满肚子坏水！"

"你呀，也不知道是单纯还是眼拙，满肚子坏水的是薛长安！"

"哼，你自己待着吧！"罗伊怎么能听别人说薛长安的不是，起身就要走，陈春按住她说着："哎哎哎，我错了，错了，错了，乖，坐下啊！"

"哼，你要再说他坏话，我就让舒婷一辈子不理你！"

"这可太狠了，哎，想不想听薛长安以前的事啊？"

"不想听！"说着不想听，却拧正了身子，把耳朵送了出去。

陈春被她逗笑了，想再戏弄她一下又不敢造次，只是缓缓讲起来他们在学校的事。

"薛长安和我一个班，他可是学霸，舒婷比我们小两届，却是校花，那时候，我爸妈种地，我舅舅在农村挑粪，薛长安舒婷高干子弟啊，我那会儿也是流着鼻涕，穿身破衣服，身上还有股粪味，他们见我都躲着走，你别笑得背过气啊，呵呵……！"

罗伊听着陈春的自黑，笑得窝在沙发里：

"你现在可不一样了，有钱，有钱，有钱！"

"这话听着，感觉你不是夸我啊！"

"哈哈哈，我得把这话记下来说给舒婷！一股粪味！"

"你差不多行了啊！我和你说这个，是要告诉你，离薛长安远点，不是什么坏事啊！"

"陈春，周总，谢谢你！"

"别这样，吓人！"

"真的，谢谢你，别看你一直欺负我，其实一直在帮我，你是好人！我觉得你很可爱，怎么别人都说你苛刻，冷血！"

陈春收起自己的顽皮样,正正经经地端坐着,眼神也逐渐犀利,让罗伊打了一个寒战。

陈春谈判似的,戾气上升:"如果不这样,暮春的未来会怎么样?我不在乎别人对我的评价,我可以为了利益低到尘埃里,也可以为了尊严让别人高攀不起!"

罗伊赶紧打断他:"行了,行了,表演结束,好吓人啊!"

陈春像泄了气的皮球一样,瘫在沙发上:"商场如战场,生意场上的我就是刚才那副德行,而我在你们面前才是最放松的!"

罗伊点点头:"那真实的你呢?为了家族利益……"

陈春叫停罗伊的话:"家族利益,舒婷和你说的吧?"

罗伊赶紧摇头:"没有,没有!"

陈春一声冷笑:"舒婷啊,就是她聪明,女人太聪明不好,她一直说我找她是为了门当户对,她觉得我陈春万花丛中过,为什么非要回头找她舒婷呢?就是为了暮春,为了家族利益,非得找个有社会地位,家世清白的女人!说我陈春是商人,我爸都没有我这脑子,她还说白居易早说过商人重利轻别离!她把我看得太透彻了!"

罗伊喝了一口咖啡,她感觉一阵痛楚从喉咙划过,静静地看着陈春,他到底遭受了什么,他内心一定很矛盾吧!

陈春叹了口气,点了支烟,正当薄雾从鼻腔泄出的时候,一个穿着黑白服务裙的小姑娘过来:"先生您好,不好意思,这里是不可以抽烟的!"

嗲声嗲气地,也没挡住陈春掏出一沓钱:"现在可以抽烟了吗?"

罗伊张大嘴巴,想冲上去按住那沓钱。

小姑娘眼睛一亮,拿着钱:"谢谢先生,本店将为您免费续杯并赠送果盘，先生请稍等！"

罗伊用脚踢着陈春，陈春依旧面无表情，等小姑娘走了，才龇牙咧嘴地揉着腿。

笑着继续吞云吐雾："你觉得我还冷血吗？苛刻吗？不要从别人嘴里了解我！"

"陈春，我想回去了，咱们啊，咱们啊，人鬼殊途啊！"罗伊实在受不了他这个折腾劲。

"你给我坐下！"陈春掐了烟，罗伊赶紧捡起来："这么贵，别浪费了，再抽几口！"

陈春被她逗笑了："傻丫头，舒婷叫你傻子一点也不冤，薛长安让你去方雪莲那里，是让你找差距的，不要总是那么傻，清醒点！"

"你为什么对我这么好？"罗伊很认真地问着陈春。

陈春顽皮一笑："爱屋及乌！"

因为陈春的话，罗伊又几晚上睡不着，她觉得陈春在胡说八道，又觉得胡说八道得对。

终于熬到活动如期举行，现场被李木子布置得温馨典雅，罗伊朝他竖竖大拇指，不停地夸赞着，李木子挠挠头："罗大小姐，你又没睡好，这大黑眼圈！"

"呵呵，没有，没有！"

"那个事谢谢你啊！"

"客气，客气！"

"那，今天这费用可得给我结了啊！"

"哎呀，放心，丁总掏钱，少不了你的！哎，不是让咱的通勤车去市里接这些报名的人吗？怎么还没回来啊？"

李木子："走了两辆班车，估计是城里的人多，坐不下！"

话音刚落就见警车开道，方雪莲的黑色商务车打着双闪跟在后边，随行的便是波尔多的两辆通勤车，上面打着："唯爱今生·与君共度——波尔多浪漫之旅"。

陈春不知道什么时候站在罗伊身旁，说着："阵仗挺大啊！"

罗伊吓了一跳："你怎么来了？"

陈春指指陈宇："我小弟带我来的！"

"还你小弟，"罗伊不屑地说着，"这个活动要交报名费的！一会儿把费用交一下！"

"咋还有费用呢？咋不和陈宇收呢！"

罗伊冷笑一声，朝着车队走去："花花公子当然要收费了，不然怎么对得起你家的五百万啊？"

"我咋又成花花公子了，哎，咋还成五百万了？"陈春正要上去再回几句嘴，却看见薛长安从车里下来了。

活动一项一项地进行着，罗伊特意请舒婷主持，一身晚礼服尽显高贵，陈宇凑到罗伊身边："我发现你挺坏啊！"

"哎，此话怎讲！"

"我就给你透露一点小道消息，你就让她主持，给谁看呢？"

"你怎么和女王陛下说话呢！我怎么知道陈春会来？"

"你还不了解他，咱们炖只鸡他都得亲临现场要碗汤，我看你就是故意的！"

"陈宇！"

"怎么啦？"

"女王陛下今天就赐婚给你，说相中哪一个啦！"

"唉，你死了这份心吧！你的御前大将军马上就要被发配边疆了！"

"啥意思！"

"啥意思，你不知道？我被单位派到200公里以外的万亩葡萄地了！还有罗志兵和李梅也要去北京销售了！"

罗伊看着他，红了眼睛，她知道这是必然的，人生就是一场场相逢与告别，她原以为自己会是第一个离开这里的人。

陈宇看她不动声色，以为她不相信，于是说着："他俩就在基地那个小屋里，一会儿就来，不信你去问问！"

在冷餐宴会上，男男女女相互交流着，罗伊招呼着大家边吃边聊着，陈小溪带着高达和小杜还有集团的几个年轻人围坐在一起，小杨则陪着舒婷，帮她拎着裙子。

罗伊抽出身子走到陈宇这边，挤了一下陈宇，陈宇无奈地后撤一下，她看着李梅："你要去北京了？"

"你这消息不灵通，全公司基本都知道了！是不是舍不得我啊？"

"哼，舍得，你们走得越远，飞得越高，我才高兴呢！哼！"

"哎呀，今天不能哭鼻子啊！我们俩可是舒婷安排的托，一会儿还得去领礼品呢！礼品送你好不好！"李梅压低了声音说着。

罗伊苦笑着，看着他们走上台，小声和旁边的方雪莲说："方姐，这效果行不行！"

方雪莲点点头，看向薛长安，薛长安叹着气："唉，我也得好好看看有没有合适的！"

众人不信地笑着，只有罗伊，神情复杂地盯着薛长安的背影呆呆看着。

陈小溪收获了不少玫瑰花，有人也向罗伊抛来绣球，薛长安都一一按下说着："她太小了，未到婚嫁年龄！"然后转头对罗伊说，"编制重要还是爱情重要？好好学习！怎么想的搞这种活动！"

罗伊眼泪就在眼眶里打转，却还故作矜持："这不是配合W市人才储备计划嘛！"

活动结束时，舒婷正在收拾东西，突然陈春站在她身边说着："怎么办啊，忘不了你呀！想来想去，还是咱俩最般配！"

舒婷停了手边的活，愣在那里，转身回头看着陈春："怎么办？你说怎么办！你得找个有编的！"

陈春心里一紧这是他们分手时，他甩下的狠话："呵呵，这么记仇啊！编制是什么，粪坑镶金边啊！"

舒婷一笑说着："这话要让方雪莲和薛长安听到，你就没有明天了！还有，陈春，我和你，早就没有明天了！"

陈春抿抿嘴说："这样好吗，我改掉我富家公子的坏习气，你……"

"我什么不改，我就是我！"

"嗯，你就是你，你什么都不需要改，你就做你自己，我改！"

舒婷一字一句地说着："错过就是错过了！别指望我能回头！"

陈春没皮没脸地说："你不要回头，你继续走，我跟着你！"

罗伊恍如隔世一般，看着此情此景，她万万没有想到这场活动是他们人生最后的一次相聚，第一次的相识就是靠着这些冷餐和啤酒，最后的告别也在这样的冷餐宴会。也许从此以后就是，天涯陌路，各奔前程！

第25章　备战

罗伊再次回到波尔多时，李梅和罗志兵已经在去往北京的列车上，开心地看着窗外，奔向大城市，就像奔向另一个世界一样，从此自己不再是没有见过世面的村里人，自己也能到那个开车半个小时不会拐弯，高高耸立的大城市了！

陈宇跟着丁二总在荒漠地里，布置着以色列的滴灌，好不容易把一片荒漠种植得郁郁葱葱，没想到又被安排到另一片荒漠，他抬头看看万里无云的蓝天，感觉怎么也看不到自己的未来。

陈小溪和高达在图书馆里，刻苦地钻研着，苏哥建议她搬到他那里，他准备给这一批准备报考的小弟弟、小妹妹集体补课，陈小溪给罗伊发了一条短信，便搬出了公寓。

办公室来了新的同事，主任也换成了苗圃催罗伊起床的那个周阿姨。

罗伊回去找丁国庆的时候，正巧舒婷刚办完辞职手续。

罗伊扁着嘴，盯着对面走来的舒婷，眼泪又开始打转。

舒婷雀跃地奔向她，搂着她的肩："走，带你去庆祝庆祝！"

舒婷带着罗伊去洗浴中心，拿出单位招待剩下的一瓶酒，偷偷把酒灌在水杯里，大摇大摆地拿着两个精致的镂花水杯走进碧海蓝天的大门里。

两个人在鲜花池里泡了半个多小时，又去桑拿，不谈任何事情，只享受这难得的潇洒，然后去自助餐厅边吃边喝。

舒婷冷笑着："这个周阿姨没有什么文化，全凭和丁夫人关系好，私企里就是这样，人员的流动，人才的流失，任人唯亲！现在想想，告你黑状，害你的人不一定是罗志兵，说不定就是她！这些没水平的女人一上了四十岁就爱搞这些！"

"爱谁谁吧，走到哪里都这样，现实，现实是谁也改变不了的！说不定咱们到了那个年龄还不如她们呢！"

"你快行了吧，咱们是接受过高等教育的，老了只会安安静静独享生活，才不会没羞没臊满世界披丝巾呢！就像我妈，我和她出门都嫌丢人，她不停让我拿相机给她拍照，五六个胶卷都是她的照片！"

"你有妈妈真好！"罗伊心里升起莫名伤感，但还是笑着转移话题，"他们那批人就喜欢集体生活，咱们不同，独生子女，都很独立，哎，你等着，用不了几天了，我也离开！"

"你离开？你去哪里？"

"当然回家了，我不回家我能干什么？"

"哎呀，你回家能干什么？你不要上岸吗？"

"我哪能考上啊？我万一考不上我不得回家吗？"

"哎呀，有薛长安在你还怕考不上？"

"哎呀，他是谁啊，文殊菩萨啊？"

"罗伊！"一个磁性的声音从罗伊身后传来，她感觉全身过电一样，缓缓地回过头舒婷晃晃悠悠站起来。

"陈春，哼，真不枉你这花花公子的名声啊！这都能碰上！"罗伊嘲讽着，舒婷也哼哼着。

陈春长吸一口气："哎，你们来可以，我来就成花花公子？"

舒婷瞅他一眼，拿起水杯，拉着罗伊就要走，却被陈春伸手挡着："不吃回本就要走啊！"

舒婷倒退几步，与陈春四目相对，罗伊识趣地说着："我吃回本了，我先走了，休息区等你啊！"

陈春继续盯着舒婷说着："去吧，薛长安在那儿！"

罗伊迈出的脚瞬间收回，淡然地坐回位置："好像还欠点啥！"

舒婷也坐了回去："你们俩怎么凑到一起的，不是大相不和吗！"

陈春坐到她们面前，用手捏着她们剩下的一块儿炸鸡就塞进嘴里："巧了！碰巧遇见你们信吗？"

"不信，你的话我一句也不信！"舒婷还是冷冷地怼着陈春，罗伊心里忐忑不安，想着怎么不被薛长安发现就能全身而退，舒婷突然握住了她的手。

只见陈春撩着眼皮说："你想带她走啊！那怕是不行了！薛长安就是来找她的！打了多少电话你不接，你不知道他会担心吗？那电话当表使得了！"

看似责骂罗伊，却句句指向舒婷，罗伊也是纳闷了："陈春，你吃了九转还魂丹了，敢这么和我说话，信不信把你骨头拆了！"

陈春一副死猪不怕开水烫的架势："我信，你罗大小姐还有什么不敢的，大澡堂子里酗酒，你们要干吗！"

舒婷转头看着罗伊："去和薛长安打声招呼吧，能追到这里，肯定有啥急事。我一会儿去找你！"

罗伊瞪着陈春，拿着水杯就要走，却被陈春一把夺过："我明天还你个新杯子，这个给我了！"

罗伊气得踢了他一脚，扭头就走，他龇牙小声念叨着："这都是为你好！"

罗伊低头走进休息区，只见薛长安也和陈春一样，都穿着男士的浴袍，很轻松地躺在那里。悬着的心落下来，走到他身边，如犯了错的小孩，安静地站在他身边。

随着一阵酒香飘来，薛长安睁开微微闭着的眼："好巧啊！"

"对不起，我！"

"为什么说对不起！"

"我不该来这种地方，不应该喝酒，我……"

薛长安笑着看向她："来，坐这里！"

罗伊战战兢兢地坐了过去，只听薛长安说着："这种地方，可以来，也可以偷偷带酒进来，没什么的，我不也来了吗？"

罗伊低头，小心地偷看薛长安："你怎么……"

薛长安笑着看着她："你想问，我怎么会来这里，怎么会和陈春在一起？"

"嗯！"

"我也不知道，陈春非要我来，说你也在这里，还说舒婷辞职了，你们一定会小喝几杯，一定会去碧海蓝天的，我就想看看你们酒后会不会去碧海蓝天！"

"没有！我还没喝呢！陈春就来了，那自助餐也才吃了两口！再说你怎么知道我们会喝醉啊！你吃没吃饭啊？"罗伊心虚地说着话，薛长安瞪着眼睛看着她："我吃过了，你还挺遗憾啊！"

"我没有！我就喝了一点点！真的就一点点！"

"什么时候考试，你知道吗！"

"我知道，这不舒婷离职了，我陪她散散心！"

"你陪她散心？她爸是谁？她的前途不必担忧，你呢？我送你去方雪莲那里是为了让你玩几个月吗？"

"我知道，知道你让我去她那里是让我找差距的，让我彻底看清了我自己，我就是废物，她像是天上的神仙，我就是尘土里的蚯蚓！更让我看清了，我不配你，连喜欢你都不配！"罗伊心里五味杂陈，真想把这些话抛出来，但是没有这个勇气，淡淡地说着："那我和舒婷打个招呼就回去。"

薛长安起身走向她："小丫头，出来玩也不是不可以，下次带上我可以吗？"

罗伊睁大眼睛："嗯，但是没有下次了，没有了，我这就回去学习！"

薛长安看着她的小表情，继续说着："陈春，陈春对你挺好啊！"

罗伊慌忙摆摆手："没有，没有！"

薛长安哼哼一笑："陈春不干侦探可惜了，我还纳闷他今天非要请我吃饭，非要我请他洗浴了！说我的卡再不用就过期了！估计你们的行程啊，他也盯得一清二楚！"

"他是奔着舒婷使劲呢，你怎么还办洗浴卡啊！"

"小丫头啊，我不抽不喝酒，天天加班，有时候好几天地连轴转，再不放松一下，估计都领不到退休金了！而且，有时候也需要应酬一下！招呼一下这周大公子！"

"呵呵，我明白！"罗伊嘴上服服帖帖的，心里想这个陈春，到底想干吗！

于是眨眨眼睛："那我就先回去了！"

"等会儿，丫头，你去方雪莲那里，她都和你说什么了？"

"没有，她和我讲了她的工作经历，很鼓舞人！"

"呵呵，看来她真把你当朋友了，你要多和她学学！"

罗伊很无奈，终于忍不住说出了真实想法："你送我去方雪莲那里不是要让我看到我们的差距吗？"

"那倒不是，是想你去学习学习，学习她的为人处世，她的思想，还有她让你看《宣言》这本书了吗？"

"没有，不过那本书看不懂的！"

"没关系，有些道理不需要懂，做就可以了，她曾经给我推荐一本书《耶路撒冷三千年》，我也只能看懂一点点，她却可以全篇解读，她的文学、历史、哲学修养可不是谁都比得上的！"

罗伊觉得薛长安在这种地方和她说这些，有点不搭，但还是点头说着："嗯，雪莲姐将来一定前程似锦！"

薛长安转头看看她，又看向不远处走来的两个人，说："你的前程也会不错的！"

舒婷和罗伊走进女宾区，陈春点了一壶茶和薛长安并排继续躺在沙发上，陈春点了一支烟递给薛长安，薛长安接过烟，深吸一口："这里好像不让吸烟！"

陈春点着自己的烟："规矩是死的人是活的！你和罗伊说了！"

薛长安轻吐一口烟："没有！"

陈春冷笑着："哼，都说周陈春是个花花公子，殊不知你薛长安才他妈的一肚子坏水！"

薛长安也冷笑着："是啊，我他妈的就是个浑蛋！"

陈春深吸口烟，吐着浓浓的白烟："那你打算怎么办？"

薛长安摇摇头："她必须上岸，波尔多也不是长远待的地方！"

陈春邪魅地一笑："波尔多啊，全靠老将硬撑，还非要弄万亩葡萄园，也太胆大了，万一资金链断了神仙也救不了！"

薛长安也深吸一口烟："有机葡萄，有机种植，哼，老祖宗用了几千年才把葡萄的糖分转化成酒精，人们都一瓶雪碧又给添回去！哼！"

陈春也哼哼笑着："喝红酒，不喝文化，不喝品味，品不了干红的回甘，也享不了红酒的益处，丁国庆，还非要坚持有机，那个超出成本十几倍，现在红酒市场价钱压得那么低，他能挺到今天也是奇迹！"

薛长安转身看向陈春，朝他竖了竖大拇指！

舒婷和罗伊在出租车里，舒婷推着低头不语的罗伊："怎么见了薛长安，就成霜打的茄子了？"

"哎呀，今天诸事不宜！怎么会遇到他呢？"

"有啥不宜的啊，少儿不宜啊？"

罗伊推了舒婷一下，舒婷倒是没有不好意思，反而笑着继续说："你俩不合适，最好都早点彼此暴露本性，早点断了念想！"

"说什么呢！是我齆齉喜欢他，他可没有那个意思！"

"傻子，你的心思我看不出来啊？"

"看出来？看出来什么啊！是谁让我抓住机会的，是谁啊？"

舒婷舔舔嘴唇："此一时彼一时，时不我待啊！你，是不是独生子女？将来父母老了，你能不管？还有你确定你能上岸，你确定你能留在这里，你……"

罗伊转头看向她："都不确定！然后呢！"

舒婷拧止身子，望向窗外不再言语，想着在碧海蓝天里陈春给她分析着罗伊和薛长安。

"那个丫头陷进去了，薛长安就是个巨大的温柔陷阱，用他的无微不至，体贴入微，还有那高山仰止的思维模式，把你带进他的世界，把所有的好都给你，舒婷，你知道这多可怕吗？"

陈春的话如惊雷一样炸醒了舒婷。

"不怕你对我好，就怕你对我太好，然后一下子又把我抛弃！"

"薛长安是什么人，有追求的人，他想要的罗伊给不了！"

陈春对舒婷的这番输出，让舒婷对他多了几分欣赏，也许真是当时年少无知，也许当初陈春说自己退了两级就是来找自己的那句话是真的。

但是陈春这么处心积虑地为罗伊安排、考虑，到底是为了自己还是家族利益，还是什么别的不可言说的秘密呢？

那晚不仅罗伊彻夜未眠，舒婷也辗转反侧。

此后的日子，罗伊白天忙单位的事，不敢想未来，不敢不去面对，她想找人倾诉，想找到解决问题的办法，按照以往惯例，这时候应该去找薛长安，他会给自己梳理得明明白白，而现在她该怎么办呢！先用工作和学习麻痹自己吧，有些问题想不到好办法的时候，就先放一放！

周末她也没有调班休息而是静坐在地下酒窖里复习，陈春走进来："哎，这里这么阴冷，小心冻出毛病来！"

"冷静啊！这么热的天，正好冷静冷静！你怎么来了，舒婷呢？"

"哟，你那好姐妹发誓不吃我这回头草了，我不得赶紧撒撒网，看她的好闺密复习得怎么样了，那一百万到时候能不能分我点！"

这要换作以往，罗伊一定会让他"滚蛋"，然后狠狠捶他两下，可是这次她头也不抬地继续做着习题。

陈春继续厚着脸皮靠着她坐，她只是往旁边挪挪，陈春翻着白眼充满无奈地说着："你别一棵树上吊死了！上岸那个东西，可遇不可求，那人也一样！"

说罢，把一个带着暮春logo的水杯放到她面前。罗伊看着那泛着土气的logo，摇摇头，继续做着题，陈春一翻身，半蹲在她对面，她抬起头看着陈春的眼睛，也不知道是冻的，还是真的委屈，眨了两下眼睛这眼泪就溢了出来："怎么办啊，我要上不了岸，是不是就不能站在他身边了？"

陈春猛地一捶桌子，站起狠狠地说："傻子！你就是上了岸他也不是你的！"

说罢便气呼呼地走了！

罗伊抹了抹眼泪，继续翻着书，一张罗伊母亲的照片从书中掉落，她捡起照片，流着泪轻轻地摸着。

考试前一天，罗伊检查着自己的物品，整个寝室叽叽喳喳的都是杂音。罗伊努力地闭着眼，静着心，还是抵不过这群年轻人的嬉闹声。

她收拾好东西走进一家宾馆，开了一个单间，因为她知道明早的卫生间她是挤不进去的，服务期这两年真是受够了这蹩脚的生活。

在宾馆浴室里，她痛痛快快地让水直冲向自己，原来舒婷才是最了解她的人。她们都喜欢水流过身体的感觉，只有洗得干干净净才觉得舒舒服服。

她们也都喜欢美食，可这些年罗伊却是饥一顿饱一顿的，就算跟着丁总混顿饭吃，也不敢尽情享用，都得端茶倒水，提杯敬酒。唯一值得庆幸的就是丁总给她无限的平台，让她可以有所作为。

服务期的结束就是要决定她命运转折的时刻，她向往那个庄严的地方，明明有人不断地告诫她不要去，可因为薛长安在那里，她想试一试。

她拿着吹风机嗡嗡地吹着头发，卫生间外，她的手机不停地响着。

出来看到是薛长安的号，她回拨了过去，他没有接，罗伊轻声一笑，挂了电话。等到薛长安的回拨："丫头，你在哪里？"

"我在乐天宾馆！"

"怎么还去宾馆了，和谁在一起啊？"

"就我自己，寝室太吵了，我想再复习一下！"

"乐天宾馆！房间号短信发给我！"

说罢便挂了电话，罗伊把房间号发给薛长安，没几分钟他就敲响了房门。

罗伊惊喜地问着："这么快吗？"

薛长安向里面看看，递给她一沓资料说："内部资料，注意保密！我先走了！"

罗伊赶紧揪住他的衣服，薛长安顿了顿说："你要不要把陈小溪叫来陪你，你这样不安全！"

罗伊低下头说："她没有报名，这次考试要教师资格证的，师哥，我要是考不上怎么办？"

薛长安转身看着她，微微一笑："有我在怎么会考不上？"说罢便关上门，走进屋里。

罗伊把所有的灯都打开了，书桌前，薛长安认真地给罗伊讲着他拿着的"内部资料"，是他们考试的题，他把这些题以及相关可能考到的题都整理成卷子。

薛长安分析道："这次的招考更注重实战性，招聘上来的老师是要奔赴教育前线的，不是招聘来实习的。还有老师、诗人、音乐家都是半个圣人，相应地，老师的思想境界和人格品位，要远远高于常人，同时也能降维到常人，当老师的最高水平因材施教，有教无类，深入浅出，既能把书教薄也能把书教厚！"

"好难啊！"罗伊哀叹着。

"当老师确实难！"薛长安点头附和着。

"我是说考试！"罗伊皱眉说着。

"从现在开始你就要把自己当成老师，去应对考试。记住所有的题逃不出一个校园，一个教室，一个学生，还有家庭和社会！"

薛长安很晚才出了宾馆，罗伊抱着书酣睡着。

当她独自走进考场的时候，里面已经坐满人了，放眼望去有很多认识，不少都是陈小溪介绍给她认识的志愿者，他们彼此熟络地聊着天，胸有成竹的气势让罗伊不自觉地低下头。

当她走出考场时，只见前面的一个考生翻着书，然后疯了一样地把书撕了，扔到路边，她想去捡起来看看，却被一个高高大大的身影挡住。

"哎，考怎么样？我家那一百万你能挣上吗？"

"那我不知道，这笔试过了还有面试呢！"罗伊起身看着陈春一副玩世不恭的样子。

"听说昨晚你出去开房了，你厉害啊，考试之前还能干这事！"

罗伊被他这无聊的行为逗笑了："你说你一个堂堂暮春大公子，怎么和狗仔队一样！我是出去开房了，而且我现在还得回去继续开房，你要不要一起啊！"

突然舒婷拿着一袋子水，轻撞了一下罗伊："哎，考怎么样？昨晚怎么还出去开房了？"

罗伊顿时涨红了脸："没有，你也知道那群年轻人，精力旺盛，我明天考试可是陪不起他们，太吵了，我只能躲出去！哎，你怎么知道我出去住的？"

"我昨晚去找你了，宿舍的小姑娘们都说你收拾行李出去了，估计晚上不回来了！那不是去开房，能是什么？"

"哎，你也是，就不敢给我打个电话吗？万一……"

"万一什么，万一坏了你的好事，我们不得被你扒了皮啊！"陈春嬉笑着，罗伊拿起笔袋就朝他打了过去。

一个重心不稳差点摔倒，舒婷连忙扶住她："你怎么了！"

"头晕恶心，估计是被这个逆子给气的！"

"哎呀，还有心说笑呢！你就是太紧张了！"

陈春也赶紧说着："哎呀，这一百万可得赶紧伺候好了，快上车，我知道一个中医，给你扎两针就好了！"

罗伊直接被挂了两个吊瓶，陈春去交费，舒婷看着脸色苍白的她安慰着："没事，医生说，就是紧张，没休息好，贫血，有点中暑！"

罗伊有气无力地说着："不是中医吗，怎么挂吊瓶啊？"

舒婷冷笑一声："中西结合疗效好！"

疗效好不好，不知道，这里的环境可是真好，古色古香，还有香薰，一人一个单间，病床和卧榻中有个屏风，罗伊迷迷糊糊就睡着了。

舒婷和陈春在外边，一个护士小姑娘进来："陈先生，这是今天的中餐，您看看有什么需要忌口的吗？"

陈春表情严肃地说："里面那个，清淡点，我们俩的正常！对，再加一份正常餐！"

"好的，陈先生！一份病人专享用餐，三份正常中餐！"

舒婷目送这个即使戴了口罩依旧眉目传情的小姑娘，说着："罗伊要是知道你这么祸害她的钱，她得挠死你！"

陈春笑笑说："她都要挣一百万了，还在乎这点钱？"

"哼，死性不改！"

薛长安走进来看着他俩，长叹口气："昨晚还好好的，今天是不是太紧张了？"

"哎，昨晚，你们！"舒婷张大嘴巴大叫，被陈春一把揪住，比了一个嘘的动作。

陈春上去就给了薛长安一拳，压低声音："你这样就过分了啊！"

薛长安瞅他一眼："我可不姓周！昨晚给她送套题，我就走了！你想什么呢！"

陈春哼哼几声："算我小人了！"

罗伊起来时，薛长安和陈春已经离开，只有舒婷静静地看着她："醒了？"

"从来没有睡过这么好的觉！"

"确实睡得挺香，那就起来吃饭吧，陈春特意给你定制的病号饭！"

"他人呢？"

"和薛长安走了！"

"啊，薛长安也来了？"

"哼，你们老实交代，你们，昨晚！"

"我们昨晚，哼，我们昨晚啊……"罗伊正卖着关子，那个美艳的小护士端着饭进来，说着："罗女士，这是您的午餐，我已经帮你热过了！"

"谢谢！"罗伊的声音不自觉地变得温柔起来，舒婷听着想笑，只见小姑娘又把费用清单，深情款款地递给她："这是您的费用清单，请你过目，常大夫给您开的药已经帮您打包好了！需要送到您府上吗？"

罗伊顿时慌了神，强忍着说着："不需要，不需要，谢谢，谢谢！"

等那小护士离开，她看着清单，杀红了眼似的，咬牙说着："陈春，我杀了你！"然后趴在舒婷肩头哭喊着，"你们还是让我病死街头吧！"

舒婷则笑得前仰后合。

第26章　生存还是毁灭

陈春和舒婷挤在人群中，倒看着成绩榜，眼看就要到顶了也没有罗伊的名字，心想完了，只听陈春喊着："中了，哎，中了！第三！"

陈春和舒婷飞一样地赶到酒庄时，薛长安已经站在罗伊身旁了，陈春蔫酸地说着："薛大主任，你真神啊！"

罗伊正恶狠狠地看着他："陈春，我还正找你呢！"

"哎，是不是想通了，我家这一百万还可以追加的！"

"追加你大爷，你是不是托，我就是个中暑，你把我带到什么破医院，你打家劫舍啊你！"

"哎，你别没良心啊！那可是W市最好的中医馆，那儿的大夫都是北京请来的！"

"滚一边去，你财大气粗，我这平头小老百姓你还不如让我死在街头！"

薛长安笑着说："那个中医馆确实是最好的，但是未必适合你，两块钱的藿香正气水也许来得更快更好！"

舒婷看着薛长安说："你今天不上班？"

"上班，正好有拨客人要参观重点农业企业我就跟着来了，顺道告诉罗伊，她进入面试了！"

"我们也是来告诉她的，你倒抢了先，这么事事关心我们罗伊，怎么你也准备了一百万啊？"舒婷故意激一下薛长安。

谁知他不但没有不高兴反而很开心地说："一百万我是没有，不过名下有套房！"

罗伊顿时涨红了脸，陈春赶紧说："我也有，不知道我那房里的女主人是谁！"

舒婷哼哼着："你陈春的女主人多了去了，爱谁谁，我们管不了，现在的问题是面试，面试占总成绩60%，罗伊现在的笔试成绩是第三，很有可能被人逆风翻盘！"

舒婷的话惊醒了大家，罗伊低下了头，说："没事，得之我幸，失之我命！只是没有想到成绩出得这么快！我还没有准备呢！"

薛长安抿了一下嘴唇，说着："这次考试区里很重视，这是第一次面向社会招考，能不能选出优秀的教师队伍，事关全市未来发展，不能掉以轻心，所有的出卷老师都是请的外省的知名学者，提前三天隔离出题，连夜出成绩！有人全程监督，不出意外，最晚后天就进行面试，时间这么紧，就是要优中选优！刚才都是开玩笑的话，给罗伊缓解一下情绪。"

"最晚后天！这也太快了！"罗伊无奈地小声嘀咕，舒婷拍着头："就是，太快了！根本就不给人家准备的时间！"

"要的就是这个效果，不给你们准备的时间才能看出真实的水平，更重要的是不给那些找关系的人机会！"陈春认真分析着，点头说着，"这样的话，罗大小姐，你是不是得回去准备准备啊！"

罗伊咬咬嘴唇说："考不上就回家，考上了我倒真不知道怎么办了！"

舒婷按住她："你这种心态不对啊！是不是有病烧坏脑子了？"

罗伊看着舒婷说着："才没有呢！被陈春这个逆子气的！那一张账单，可是我一个月的工资！啊，我都想咬死他！"

罗伊故意把话题转向陈春，她不想大家跟着她一起忧心。

薛长安深思片刻说："来，这样，你把我们当成学生，给我们讲讲课！"

"对对，你现在把我们当学生，你当老师，不听话的学生往死里揍！"舒婷斜眼看着陈春。

陈春倒是很乖巧地说："薛大主任这个想法好啊，来来，老师好！"

罗伊一拍桌子，指着陈春喊着："坐下！"

说归说，闹归闹，谁的忧愁谁知道。罗伊在宿舍走廊里，不停地研究着教案、教法，从面部表情到仪态举止，反复琢磨着，把她印象里的老师都揪出来，细细地回想着。

舒婷在家里打开网站，搜寻着各种经典案例，给罗伊摘抄着，还不停地念叨："这个小傻子一定要考上啊！你那么喜欢薛长安，陈春说得也不一定对，你有了编制，你就有站在他身边的资本了啊！至少可以争一争啊！"

葡萄架下，两个男人喝着波尔多的干红，赏着一轮明月，陈春顺手摘了一串葡萄，殷勤地说："来，薛大主任，尝尝我家这得了金奖的葡萄！"

薛长安接过就吃，也不管洗没洗，陈春叹口气说："难得你能来我这园子！"

"陈春，你和我一样，都没什么朋友！"

"哎，这可不一样，你是曲高和寡，我是行为乖张！"

"错了，曲高和寡的人是你，我才是那个行为乖张的人！"

"咱们虽然彼此见不得，却也臭味相投！"

"你明着是追舒婷，却对罗伊格外上心，别和我说你是爱屋及乌！"

"薛大主任，我说你今晚怎么会来找我，敢情兴师问罪呢！"

"没有，想问问你的想法！"

"我的想法！万一这个倔驴脑袋死也不找我，我不得再择优录取啊！"

"你爸不要编吗，有了编才有一百万啊！"

"你看你又取笑我！"说罢，给薛长安点了烟。

两个人一阵吞云吐雾，陈春眨眨眼睛："你到底怎么想的，也是在等她有编制吗？那你是喜欢她还是喜欢编制啊！还是你志存高远，得借人肩膀往上翻一翻呢？"

"陈春，你才是那个看得透彻，想得明白的人！如果是你，你怎么办？"薛长安倚着桌子看着陈春。

陈春站起来，摸着架子上的一串葡萄："我是个不成器的家伙，爱江山更爱美人！薛长安，你心里没答案吗？"说罢就把那串葡萄拽了下来，一颗颗葡萄粒不断地掉在地上。

薛长安长吐一口气："陈春，如果我和你一样家庭健全，我才不管他天王老子呢，我就要她了，刀山火海我认了！去他大爷的前途无量，我就要活成我自己！"

说罢，薛长安湿了眼睛，陈春哼的一声，把眼泪憋了回去，说着："那个傻丫头也知道你高不可攀，你就不要再又想抓着又想放手了，干脆彻底断了念想！"

薛长安起身朝波尔多的方向看去："我想试一试！"

陈春长出一口气："长安，你妈妈不会同意的！我舅舅不会同意的！就算她有编制，所有的人也都觉得你应该拥有一个更好的明天！"

薛长安拍拍陈春的肩膀："春，你是亲眼看见这里从一片荒漠到现在这个样子，你也看着罗伊一路哭哭啼啼到现在能隐藏心事，没有什么是不可以的！她会做好一切的，从她给我过生日那一刻，我就认定她了！"

"那你为什么不和她说？"陈春有些不悦。

"说了她还能专心工作，还能想着考个编制吗？她是只要能停就不想往前走的人，但是你给她点压力，她便能飞起来！她也应该是更好的自己！"

"薛长安啊！你呀！小心得不偿失！"

"春啊，只要你不捣乱，她就会很稳定，我等着她朝我走来！"

陈春摇摇头："我不捣乱，但你也别太自信！"

罗伊选了半天衣服，舒婷也把自己最贵的黑色赫本连衣裙拿来给她，她想着"出奇用兵"，还是穿了波尔多的制服，把W市徽章戴上，高高盘起发髻。

考场上所有进入面试的人，基本都相互认识，很多曾经还在一起做饭、吃饭，彼此照应的朋友，现在成了竞争对手，世事的残酷远远超出你的预期。

她也只是和认识的人微笑示意，却听到别人说着："真是有心机啊，还戴个徽章！"

因为是封闭式考场，考完的就可以走了，成绩都是当场公布，抽到后边的考生只能在考场用统一的工作餐。罗伊还很幸运地抽到中间的号，但是一上午的等待也很煎熬。

直到走进考场，看到监考老师一张张严肃毫无笑意的脸，她心里抖成一团。

腿抖她就紧紧用脚趾抓地，可嘴抖只能换着法地微笑调整表情。

直到她设计的一个奖励环节，那些评委才绷不住也跟着笑起来。

最后是让她自我介绍和说说为什么当老师。

她疑惑地说："可以说姓名吗？"

"可以，已经考完了，放心地说吧！"

罗伊想着还是用最简洁精练的语言，说最多的事情。从自己考取志愿者来到W市开始，感觉这个城市积极向上，每个人都在努力为它奋斗着，她也想为这个人情味浓厚，积极奋进的城市做出贡献，她崇拜孔子，她相信因材施教，有教无类……

罗伊用讲解员的标准回答让老师们频频点头，说着："很好，请公布056号考生成绩……"

舒婷、陈春和旁边陪考的家长们挤着问出了考场的考生成绩，不停地拿笔记着成绩。薛长安特意提早下班，也赶来，站在树下看着考场的门。

直到罗伊出来，薛长安才走到舒婷他们这边，问着她的成绩，陈春一拍大腿："完了！我家这一百万你挣不上了！"

罗伊白眼看着陈春，薛长安笑着说："好几个组的考生同时出考场，未必是你报的那组的！我看这个成绩也还可以，你还有志愿者加分呢！绝对不会有问题！"

舒婷："是啊，薛大主任都这么说，你就放心吧，再说考不上就考不上呗，丁国庆还能少你这碗饭吃！哎呀，走吧，地主老财的傻儿子给你订了豪华大餐，走吧！"

罗伊看看众人说着："我请你们吧，谢谢你们了！"

薛长安点点头说着："还是我请你们吧！"

陈春扁扁嘴："得嘞，你们先请啊！"

舒婷狠拍他的肩膀："想得美，就你请！这里你最有钱，今天就薅你羊毛！"

四个人围坐在考场附近的一家新开烤肉店的雅间里，薛长安看着四周的环境说："W市也终于有这样的烤肉店了！"

舒婷笑着说："是啊，我还奇怪呢，这几年城市怎么发展得这么快，快到我都不认识自己的城市了，哎，罗伊，考上考不上，你都留在这里呗！将来啊，不比你们B市差！"

罗伊点着菜，点着头："嗯，是不错，考上考不上我都留在这里！"

薛长安错愕地与陈春对视了一下，陈春逗着罗伊："考上考不上，我家那一百万，你都能挣！"

罗伊撇嘴一笑，抬头盯着舒婷："听到没，有没有编制，他家那一百万你都能挣！"

舒婷皱眉拍着罗伊肩膀，罗伊疼得哎呀地叫着，薛长安手握拳放到嘴唇上方，拿着菜单深思着，看似在想选什么菜，实际灵魂早已游离。

陈春笑嘻嘻地对着舒婷说："舒大小姐，你看在我天天陪您伺候罗大小姐的分上，给个机会呗！"

罗伊也帮衬说着："这可不是钻牛角尖的事，咱们陈大公子啊，对你也是用心良苦啊！从波尔多苗圃一路追你啊！把我这个踏板都快踩塌了！"

薛长安把菜单递给陈春："陈春同志是表面上广泛撒网，其实是重点定向选拔啊！"

陈春笑笑说："哎呀，我可是弱水三千，只取一瓢，也不知道这个舒大小姐，会不会回心转意呢！"

舒婷冷笑着："你这嘴死的都能说活了，你得找个有编的！"

"那是我那个没文化的爸爸说的，我可不认同，再说了那个编制有啥好啊，干啥不得有希望，要结果啊，可那里面干得好的提不上去的比比皆是，鬼迷六眼的倒是混得不错！"陈春一顿解释，只见罗伊把菜单递给服务员，转身看着他："陈春，你这是说给谁听呢？"

陈春也不客气："就说给你呢！朝中没人莫做官嘛！这不是怕你考不上，往死里哭吗！"

罗伊哼哼笑着："我谢谢你啊！"

薛长安也看着陈春："我现在真想去你暮春学习学习先进的管理经验，吃不到的葡萄，未必酸啊！"

陈春挠挠头："我知道，我知道！"

舒婷笑着说："人家都是城里的人想出去，城外的人想进去，你俩挺好，里面的人不想出来，外边的人也不想进去！"

舒婷的电话突然响起，舒婷一看是顾问的号，接起电话嗯啊了几句就把电话给罗伊，罗伊一脸疑惑，才想起自己的电话调静音了。

挂了电话，她立刻大吃起来："下午有个很重要的接待，我吃完饭得赶紧去酒庄，陈春你送我！"

车上，罗伊很认真地问着陈春："周总！"

"哎，别叫周总，听你叫周总我浑身刺挠！"

"哼，陈春！"

"对，对，再骂我几句，更舒坦！"

"讨厌，问你两件事！"

"问，十件也行！"

"你真的想娶舒婷吗？"

"当然了，她不总说我苛刻、冷血吗？她说对了，我就想找个书香门第，抬一抬我家这个整体文化水平！"

"少扯，你是想做旅游，做旅游就得有文化支持，你也需要舒家给你周家添柴吧！"

"罗伊，我要是早遇到你，那也还选我们舒婷，你太狡猾了!"

"哼,第二件事,我想和薛长安表白……"

陈春一脚刹车,罗伊"哎"的一声,头差点碰破:"你干吗啊你!"

"罗伊,你这么聪明,有些事怎么看不开?"

"我还没说完呢!我想和他表白但是不能丢了面子!这种事,谁先主动谁先输!你,你,哎呀,好疼啊!"

陈春握了握方向盘:"你,你,哎呀,你,真让人头疼!"

"你头疼个屁,你要谋杀我啊!我是想说,要是考上了,你看在我帮你追舒婷的分上,也帮帮我,要是考不上……"

"要是考不上就打死薛长安,他说没问题的吗!"

"哼……"

晚上,宿舍夜班的孩子们刚走,罗伊拖着疲惫的身子和白班的孩子一起坐通勤车回来了,罗伊想着自己也比她们大不了几岁,怎么她们上一天班,晚上还能这么精力旺盛。

这个顾问也是,我都请了一天假还找我,万一我最后一个考试,你们可怎么办啊!

她躺在床上感觉就像做梦一样,卫生间"人满为患",她只能想着先躺一会儿,只听见有人喊着:"小溪姐,你回来了!"

她翻起身子迎了出去,只见陈小溪面容憔悴,拎着皮箱,缓缓走向她,和她微微一笑,收拾起床铺。

"小溪,听说你回老家了。"罗伊怯生生地问着陈小溪。

陈小溪不作声,只等孩子们都回到自己铺上才靠近刚洗漱完的罗伊,压低声音:"我回去商量结婚的事,但是我父母不同意,我是独生子女,不能留在这里。"说罢便低声抽噎起来,然后一抹鼻子问着罗伊,"你今天考试了?"

罗伊连忙答应:"嗯!"

"考怎么样？"

"还行吧，今天是面试，反正笔试第三，希望也不大啊！"

"你要留在这里吗？你不也是独生子女吗？"

"我，我不知道！"

说罢，罗伊也是满眼流泪："我是真的不知道，考上了就留下，考不上就走！"

"我没有教师资格证都不能考！我也不能留在这里了！"

"那，那你的……"

"我和高达也，也，也……"陈小溪哭得很伤心，孩子们都听得真真切切，却都自觉地不发出声。

半夜里，罗伊迷迷糊糊陆陆续续接到电话："丫头，恭喜你，第一名！"

"罗伊，你考第一啊！"

"罗伊，第一，第一啊！"

第二天，罗伊在一阵嘈杂中醒来，陈小溪已经离开了，只给她留了一张字条："我回家了，我的东西你帮我处理了吧！"

罗伊急着去拨陈小溪的号，却被薛长安的号抢了先："丫头，起来了吗？今天你得去趟局里，陈局长找你！我十分钟以后到你楼下！"

"啊，找我？有事吗？哎，对了，我昨晚梦到你给我打电话，说我考第一！"

"小丫头啊，那不是梦，你真考第一！赶紧收拾一下啊！"

罗伊来不及联系陈小溪，和孩子们说着今天自己有事，得先用一下卫生间。

等罗伊匆匆下楼的时候，薛长安已经站在车门口等她了。

"怎么考第一还不开心啊？"

"陈小溪走了，她和高达分开了，她说她是独生子女必须回到父母身旁！"

"她的选择没有错，只是你不知道，你们单位的刘部长动用了自己所有的社会关系，帮她在家乡的银行找了一份正式的工作！"

"你怎么知道的？"

"我还知道，你们波尔多整合旗下公司，很快你们住的宿舍就要外租了，集团的员工不管住宿，所有员工都去基地那边扩建的宿舍！罗伊，这个世间没有什么是一成不变的，人生也是有舍有得的，综合分析，陈小溪做得对！"

"哪里对啊！她抛弃了高达，高达还给她准备了新房，还有……"

"还有什么？丫头，她是独生子女，不能离家太远，现在回去，这里事谁都不知道，还有一份体面的工作，在这些利益面前，爱情只能是装饰品！"

罗伊内心犹如海啸一般，却只能勉强微笑，表示认同。原来说不在乎编制的人，是最在乎编制的，同样，说在乎人，其实也未必真的在乎。

见到陈局长时，全局的人，不对，应该是整个楼里所有认识她的人，平时打不打招呼的人都和她说着"恭喜"。

陈局长点着烟，和旁边的人说笑着，原来是要给她保媒，还说让她不要去学校，等六个月的试用期一过，就来局里。

她明白，女人是感性的，男人是理性的，女人有了男人的理性可以称王称帝，男人多了女人的感性却可以要美人不要江山。她曾经那么渴望站在薛长安身边，而现在，她迟疑了！

陈局长特意把她叫到角落里，语重心长地和她说着，这些都是W市大老板，不比丁国庆的企业小，薛长安他都得找个有家世背景的老婆才能更上一层楼，她找一个有钱的，那将来的前景不可限量……

她临走时，给陈局长深深鞠了一躬。陈局长笑着和她挥手："好好考虑考虑啊！"

薛长安，那么优秀的人，那么有思想的人，那么求真务实的人，自己怎么敢去想呢！在利益面前，爱情是什么！也许不单单是装饰品吧！

她刚出政府楼，丁总的司机就等在那里，她被司机直接接到酒庄丁总的办公室，这个办公室比集团的办公室阔气多了，可以说是奢华，里面的陈设都是她和李木子布置的。

丁国庆看着她："听说你考第一，不错啊！我波尔多还有这样的人才！"

罗伊苦笑："都是丁总您的栽培，没有您，就没有今天的我！"

丁国庆很满意她这样说："这个考试参与一下就行，可是不能去啊！我原来也在那里，在那里有什么意思，埋没人才！什么好地方啊，咱不去！就留在波尔多，他们给你开多少钱，我给你加倍！"

见罗伊神情漠然，丁国庆站起来走到她身边："孩子啊，听过来人给你说，有能力，有才华，有干劲的千万别去，这还是W市，风气还算好，你们B市，我那战友们，有几个人不骂的啊！你小，有些事，你不明白，那个地方不是那么好待的，我这里，我保证，这一两年给你个区域经理……"

难怪丁国庆和陈局长关系好，两人真有相似的地方啊！

罗伊脑子嗡嗡地响着。

第27章　希望这不是你的选择

人生不怕苦不怕累，就怕没有方向，她此时本应该是最开心的时候，却不知为何心如针扎。

她给家里打了电话，问自己要不要留在这里，家里竟也不知所措，奶奶要去找人给算卦，爸爸让她自己看着办，反正已经给她联系好一个警察，让她回来相亲，堂弟挺身而出："姐，那里有发展你就在那里，你得志存高远啊！家里，你放心，有我这个男子汉呢！"

她挂了电话，竟莫名地笑起来，笑着笑着就哭了，她知道，这是喜极而泣。

距离正式报到还有些时日，她给陈小溪收拾着物品，都是公考的书，她仿佛看到陈小溪每一个努力的日子。

"唉，是时候告别波尔多了！"

罗伊不敢去面对那么提拔抬爱她的丁总，想还是去顾问那里递交个辞呈，来的时候糊里糊涂，走的时候，好歹也正式一回，毕竟无论谁当办公室主任，分管办公室的还是顾问。

刚来的时候领导层还在城里办公，现在都搬到这个奢华的酒庄里了，还是自己没有福气。

顾问打了几个响亮的嚏喷，说："你来得正好，不然我还得去找你，考上是个好事情，但是先不要走，离报到还有些日子嘛！老三的意思是你去了学校也是个副科老师，不是什么重要的岗位，还可以来这里继续兼职的！"

舒婷开车在酒庄门口等着她，看着她悻悻地走出来就知道她没有辞职成功，边开车边说着："傻子，我猜都能猜到，在的时候不珍惜，离开了就各种挽留！"

"谢谢你啊，陪我走这一趟！其实波尔多对我也挺好的，你看丁总吃饭都带我，让我接待那么多那么大的领导！"

"哼！好吗？我刚才遇到小杨了，她和我说，现在集团公司的人都开始陆陆续续搬到这里了，你城里的那个狗窝呀，要被卖掉了！"

"不可能吧，顾问没说啊！"

"还等他说啊，你自己想一下啊，人都搬到这里办公了，留那个楼干什么，你啊，赶紧嫁人！"

"我也想嫁，嫁谁呢？"

"薛长安！"

"你不是说我们不合适吗！我可不能耽误人家！"

"那是怕你考不上编制，提前安慰一下嘛，现在有了可以搏一搏啊！"

"那他是喜欢我，还是喜欢编制啊！"

"这个不矛盾吧！打铁还须自身硬呢，你没有筹码，怎么参与游戏，不要这么想，就好像你是一朵花，喜欢蝴蝶，那也得你盛开啊！"

"我要的是蝴蝶也喜欢我，如果它只喜欢我盛开的样子，就不是真心，只是想要我的花蜜！"

"你没有花蜜，哪个蝴蝶疯了会要你？不要偏执！陈春那会儿和我说你和薛长安不会长久，我当时也是被他说得迷糊了，但是……"

"舒婷啊，蝴蝶要的不是我这朵路边的小野花，还有我就是他的累赘，他也需要有人像他对我那样，对他！"

"你怎么了，是不是陈春又和你胡说什么了，你有编制了啊，你可以为你的前程搏一搏的！"

"舒婷，谢谢你！今天中午我请你！"

"行，行，你请，你呀，在薛长安那里是又自卑又……又矛盾！"

舒婷和罗伊吃完饭，先把罗伊送回宿舍再送自己回家。

回到家中，舒婷爸爸正襟危坐在沙发上，舒婷妈妈朝她使了个眼色说："你爸爸生气了，你呀！"

舒婷妈妈是个大大咧咧的女人，什么事都不计较，无所谓，而她爸爸文人气十足，做事也是一板一眼："舒婷！你过来！"

"爸，有事吗？"

"你坐下！"

"哦！"

"你一天到晚都在想什么，让你进机关你是粪坑镶金边，让你在波尔多你是连招呼都不和我打就辞职！你要干吗！还有你是不是又和那个土财主的儿子在一起了？"

"爸，没有！我进不了你们的那个朱门，我受不了天天蹲在那里道长论短，还有，波尔多只是你觉得好，管理模式不如暮春呢！"

"暮春，暮春，那个土财主家的门不好进，有点尊严好不好！"

舒婷眼睛里含着泪水，她妈妈上去就拍了她爸一巴掌："孩子的事你少管，说两句提个醒就行了，还扯上什么尊严！你就清高，就你有尊严……"

"我这是为她好，那个周云峰，是夏虫不可以语冰啊……"

"你说来说去还不是嫌我没文化……"

舒婷哭着回了自己房间，听着父亲的奚落一点点被母亲的高嗓门压下去，竟苦笑了一下，她知道，自己爸爸一直觉得自己娶了没文化的老婆很亏，其实也就是自己这没文化的老婆能包容他的清高、他的狭隘与自私、他的胆小与无为。

罗伊回到宿舍，收拾起自己的行李，自己体面地离开远比被人请出去强，她看到墙角有张报纸写着"房屋出租"。

她按着房东说的位置，走进一个破旧的小区，拨通房东电话，按着指示寻找着，看着简陋杂乱的房屋，一问房租，她顿时觉得去酒庄那边住也不是不可以，反正现在也没有通知他们搬走，现在住也挺好。

周阿姨，不，现在是周主任，坐在办公桌前，看着一堆文字头疼得很，为了维持住自己现在的位置就必须拿出与波尔多同生死的精神，在三嫂那边不停地游说着："酒庄那边扩建的宿舍也盖得差不多了，城里的那些宿舍是不是也该收回了，毕竟现在万亩葡萄那里很费钱，波尔多也越来越不景气了，可得勒紧裤腰带了。"

于是一场轰轰烈烈的整改开始了，罗伊把最后一个箱子搬上出租车时，回头看了一眼这个灰色的小楼，扭头上了车，两行泪无声地流下。

罗伊终是站在丁总面前诚恳地道歉，感谢着他对自己的栽培和关心，不出意外丁国庆一顿说教，罗伊低头微笑地听着，仿佛又回到了那个被他骂的时候，会心一笑，淡淡说着："丁总一定要好好保重身体！"

丁国庆惊讶得双眼充满了疑惑，为什么自己苦心培养的人都要走，还是保持着一个领导者的风范："你考虑好了，波尔多随时欢迎你回来！"

罗伊把波尔多的徽章放在丁国庆宽大的办公桌上，和他握握手，笑着道别。

走出波尔多酒庄大楼，她走到酒庄后面的基地，好像看见陈宇和她说着："女王殿下，不要低头，不要哭！"

看到李梅和罗志兵朝她在招手："恭喜啊，都说了你没问题的！"

李师傅修剪着葡萄枝："哭鼻子，来来来，尝尝这个葡萄！"

丁二叔喊着她："罗伊，过来！"

一切都变了，一切也都没有变，她走了一遍生产车间、地下酒窖，站在路边等着回城的公交车。

丁国庆看着那枚徽章和电脑旁的《波尔多团报》，一把揪出扔到地上："这个陈大嘴，以后就是金子打的志愿者我也不要！"

陈春轻拍着罗伊的肩膀，罗伊哼的一声："我都怀疑你在丁国庆办公室里安了监听器！"

"那倒没有！什么时候报到？"

"快了，九月！"

"我送你回去吧！"

"你消息不灵通啊！我已经从那里搬出来了！现在我和波尔多一点关系也没有了！"

"知道你搬家了，搬哪儿了？怎么不和我们说，好歹也请我们吃顿糕啊！"

"又不是搬到什么好地方了，吃什么糕！陈春……"罗伊突然很严肃地喊了他一声。陈春赶忙回复着："哎哎，我在！"

"陈春，我想回家！"

"什么意思！"

"我觉得我，怎么说呢，我觉得我很失败！"

"就因为这么一点点小事，你就失败了，你都有编的人了，我家那一百万你就别嫌弃了！"

"陈春，谢谢你，拿着一百万的借口给我台阶下！"

陈春怔了怔："其实薛长安也没有那么高不可攀！他还是喜欢你的！"

"陈春，车来了！"罗伊看着缓缓向她驶来的公交车，还是那个熟悉的司机。

陈春拉着她："我送你！"

说罢，带着她回到自己的庄园。罗伊一进庄园想到她给薛长安自作主张"过生日"，抿嘴哭着："陈春，我觉得我还是配不上他！"

陈春挠挠头，气得把旁边的葡萄藤一把扯下："你呀！傻！你是太爱他了吗，爱到不敢靠近！我告诉你，我和薛长安并不是大相不和，反之我和他很谈得来，他和我说了，为了你，他愿意搏一搏！"

"什么意思？"罗伊抹着泪，低着头。

"什么意思！意思是，他为你愿意和家里人为敌，和所有抬举他的领导反目，他也要变成不成器的陈春！"

"和我在一起就那么不堪吗？"罗伊抽噎着。

"不是，他们和你一样，都觉得薛长安应该有更好的选择！唯独不想问他想要什么！"

罗伊不吱声，依旧低着头，陈春把她带到车上："你也有编制，也有了筹码，但你是独生子女，你能保证一直留在这里吗？你的家庭能撑起薛长安的未来吗？"

一路上，罗伊除了给他指指路，一直都沉默着。

罗伊推开破旧的木门，把陈春迎进自己的小平房里，一股霉味让陈春用手在鼻子上左右扇着："去我那里吧，这还不住出毛病来呢！"

"不去，这里挺好，离我分配的学校很近！"

陈春找了个地方坐下："罗伊，你知道，我为什么对你这么好吗？"

"你对我好吗？"

"那还不好啊？"

"嗯，就算好吧！"

"呵呵，你呀，我就喜欢你这样，我怎么逗你，你都反击，但你从来都不真生气，和你打打闹闹特别解压！"

"呵呵，我成你的玩具了！"

"那倒也不是！反正觉得认识你挺好！那会儿我听我爸说波尔多来了个哭鼻子，我就好奇到底是谁啊，能不顾面子这么哭啊！哎呀，没想到啊！要是先认识你……"

"要是先认识我，早就把你打扁了！"罗伊狠狠地瞅了他一眼。谁知陈春没有退缩的意思，继续说着："早认识你啊，我就绝不会让你接近薛长安！好好照顾自己，我走了！"

此后罗伊便有意无意地躲着薛长安，不给他打一个电话，接到薛长安电话，也找个理由急忙挂掉。

她来到学校报到，和一群年轻老师打成一片，上课有人帮她准备教案样板，让她照着抄，下课有人给她带好吃的，她觉得自己是幸运的，在这个城市总能遇到这样的好朋友，可她不敢和他们走太近，因为她总会想起李梅、陈宇、陈小溪。

放学了，她也和同事打着招呼，刚离开学校还没走多远，一个高高大大的身影挡在她面前，她低着头，不敢去看。

从左边走，他便挡在左边，从右边走，他便走在右边。

"为什么躲着我？"

"没有啊！"

"你要干什么？"薛长安第一次略带生气地问着她，她抬起头，忍着泪，顽皮地朝薛长安笑笑，一字一句地说着："我要干什么？呵，我要你好好的，要你不再受气，要你的付出都能得到回报，要没有人再偷你功劳，没有人把你挡在晋升门外，我只要你越来越好，有人疼，有人爱，身无疾，心无忧，所遇之人皆友善，所有沟壑变通衢！"

薛长安不等罗伊讲完就把她的头按进自己怀里，任由她的泪打湿自己的胸膛。

罗伊知道，他需要的不是她这种处处给他找麻烦的女人，而是需要像方雪莲一样的女人，有时放手才是真爱。

薛长安轻轻抹着她的泪："如果我要结婚了，你一定要记得来参加婚礼！"说罢便头也不回地转身离开。

最了解他的人原来是罗伊，她知道自己的需要，理解自己的选择。他没有父亲，自己的母亲也向来严厉，罗伊知道他需要的是一个有着家世背景，父母双全的家庭，也知道自己除了一堆麻烦事，什么也给不了他！

她总得自己学会成长，自己学会面对人生的起伏波澜，没有他，罗伊也可以自己找房子，自己去面对新的工作。他不再是她的唯一，不再是她生命中的导师。

第28章　愿你取得真经

　　父亲的电话不时打来，她只能趁着周末回家去相亲，对方穿着一身休闲装，自信悠闲地抽着烟，抖着腿，罗伊哼了一声。

　　"我爸说天宇汽贸公司是你家开的！"罗伊想尽快结束这场毫无意义的相亲，开门见山地就问人家的企业。

　　"哎，那只是一部分，还有一些企业！哎！你是志愿者？"那个男掉转方向，开始询问罗伊。

　　"嗯！"罗伊点头应承着。

　　"志愿者，是不是不要工资啊？"那个男的哼哈笑着。

　　一个恍神，她仿佛回到了苗圃，罗志兵当年就是这样问她的，她微微一笑说着："没有工资，有政府的生活补贴。"

　　"现在呢，听说你是事业编制啊！这可不行啊，还得是公务员啊！"

　　罗伊面带着几分不屑看着他："嗯，公务员好，下次让介绍人给你找个公务员！"

　　那个男的一笑："哎呀，别介意啊，我说话直！"

　　罗伊淡淡地说着："你也别介意，我说话直，公务员都喜欢找有文化的，有内涵的，您得努力了！"

　　说罢就要走，那个男的挡了上来："哎，哎，别生气啊，继续再聊会儿嘛。"

"聊什么，我现在的编制在W市，我将来也会留在W市，你继续找您的公务员，我先走了！"

"W市有什么好的，环境又差，地方又小，连B市的一个区大都没有！"

"W市地方是小，但是城市格局不小，人口少，但是人文环境好，那个城市温润如玉，那里人纯朴厚道，不会说别的城市任何的不是！"说罢便要走，那个男的喊了一声：

"哎，我家的企业，W市也有，不然你家给你介绍我干吗！"

罗伊回头看着他："你注意你的语序，是你家在W市也有企业！"

那个男的赔笑说着："是是是，我注意，可你这志愿者当的，白瞎两年时光！"

罗伊莫名地难受："志愿者，大处着眼，小处入手，奉献青春，贡献力量，人不是有钱就了不起，思想，思想才是无价的。"

那个男嘲笑着："是是是，你们了不起，你们厉害……"

罗伊走在B市宽广的大街上，笑着自己，是啊，在这里没有人会惯着自己的坏脾气，陈宇、周陈春、李梅、舒婷他们每一个人都在宠着自己，那么，薛长安呢？也许自己欠他的就永远欠下了。

火车缓缓驶入W市，罗伊看着昔日荒凉的沙地，已经成了一排排整齐的、绿茵茵的葡萄园，她好像又看到李梅、陈宇、李师傅他们向自己招手，左岩朝她比着加油的手势，薛长安站在那里，向她微笑。

回到出租屋里，给奶奶打了电话，报了平安就关机了，沉沉地睡去。

一个温暖的家里，她端着一盘菜走出厨房，而在厨房里薛长安正戴着围裙在炒菜，旁边爸爸妈妈们陪着孩子在玩耍，她笑得是那么开心。

咚咚的敲门声，把她从美梦中拉回现实，她捂着心口，半天回不过来神。

下去开了门，陈春像个耗子一样钻了进来。"哎，怎么就你一个人？"

"咋的，我还给你叫上一个连啊？"

"舒婷呢？"

"你的好闺密，死也不吃我这回头草，我不得出来觅觅食？"

"少扯，你这回头草也没诚意。天天拿着一百万空头支票，到处撒网，她能吃你？"

"哎呀，你知道你为什么能和那么矫情的舒婷成为好朋友吗？太像了！"

"切！说谁矫情呢！"

"哎。你俩真的很像啊！"

"你来就说这事?！"

"那倒不是，我打算向她求婚，你给我策划策划！"

"哎呀，我说陈春，你是来挖我心的吧！我现在啥情况你不知道？"

"你啊！傻子！那薛长安就是个伪君子，我就和你说过他不是好东西，你还骂我！"

"不许你这么说他，他有他的苦衷，再说，他也没有说过他喜欢我！都是我一厢情愿！"

"那你也没和他说过你喜欢他呀。你从始至终都没有和他说过啊！这么说，你俩都是干尽了情深意浓的事，还修不成正果！还假惺惺地装深情啊！"

"陈春，你这嘴啊，真是欠！你懂什么！有些话不能说，窗户纸不是谁都能捅破的，这样挺好，谁也没说，谁也不会丢尊严！"罗伊端水递给了陈春。

陈春没喝水，点了一支烟说着："行，我嘴欠，我和你说，薛长安曾经暗示你那么多次，我都听明白了，你傻啊，听不明白，还有你考上编制，你就牛了，你就躲着他，他是不是问过你，问过你想怎样，你就明说你喜欢他，你能死啊？"

罗伊眼泪泛起："陈春，我真是欠了你的，你够狠啊！你知道什么！他没有父亲，我没有妈，我什么也帮不上他，他那么有才华，那么优秀，他需要平台啊，我只能给他添麻烦，我……"

听到罗伊没有母亲，陈春怔住了："你，你母亲！不，不在了！"

罗伊的眼泪滴滴答答地落下，却听不到她的哭声，陈春红了眼睛："对不起啊！"

罗伊擦了擦眼泪说："对不起，对不起的人是我，我真的好爱薛长安，对不起，我不应该这样，我们不是一个世界的人，他的思想、他的境界是我永远都无法企及的，陈春，你也知道，我什么也不会，我只能给他添麻烦，而他要继承他父亲的遗志，他那么有责任感、使命感，我不可以站在他身边！"

陈春深吸一口烟说着："你们就是让这些世俗的想法套住了，还是爱得不够深沉，不然什么也阻挡不了你们！"

"错，是太爱了，爱得太深了才会这样！这是大爱，大爱就是无私的，是要成就别人的！希望你和舒婷有个好结果！我知道，你也不是真的在乎那个编制的人，你虽然是富家子弟，但是没有铜臭气，你看似玩世不恭，其实努力上进，看似浪荡公子，实则用情专一，你要好好珍惜舒婷。她也是嘴上的功夫，心里还是想着你的！"

陈春斜着眼看她，罗伊微微一笑："你家那一百万就是你爸打出的广告，以为我不知道，你想做农业旅游企业，这些年贷的款，投的资，怕是十个一百万也不止吧！"

"哎哎哎，这你可不能和你的好姐妹说啊，让她知道要和我背债，这回头草她肯定不吃了！"

罗伊继续叹气说着："陈春，薛长安说过，一个城市进步需要每个人的努力，我现在也和他一样了，我也会像他一样，为这个城市，为每一个人去努力，他有大爱，我想像他一样高大。我也知道你骂薛长安是安慰我，可他需要一个完整的家，而我给不了！"

陈春轻轻拍拍她说着："其实薛长安也想和你在一起！"

罗伊摇着头，抽噎着问着："陈春，你真的喜欢舒婷吗？"

陈春低下头，弹掉手里的烟头："你毁就毁在太聪明了！"

罗伊抹了抹泪："你是喜欢她，还是喜欢她的家庭背景？你都如此，薛长安呢！我真的什么也给不了他，就不要把他拉下水，我就这样，这样挺好，能和他站在一个圈子里就没有让他失望，在这个城市里，有他指给我的方向，我就循着这个方向努力，我……"

陈春越听心越疼："你呀！唉……"

站在校园里，听着琅琅的读书声，看着操场上蹦蹦跳跳的孩子，罗伊哭红的眉眼间都是喜悦："师哥，你说我能当好一个老师吗？你和我说过的话，我依然记得！"

在课堂上她神采飞扬，因为薛长安说过，这批老师的招考要给以后的人才选拔打个样，是要拿来就能用的，还有功成不必在我，还有他说过的每一句话，罗伊都在回味着。

只是下了班，只是每一个周末，她走在街上，都会忍不住想到薛长安，会忍不住想起自己的母亲，她总是不经意间眼泪就掉下来。做饭的时候，备课的时候，走在路上的时候，她知道自己不能这样，可是控制不住。

直到方雪莲来找她，在操场的角落里，两个人并肩坐在大柳树下。

"薛长安要结婚了，你知道吗？"

"知道啊，恭喜你们！"

"恭喜我干什么，我要去援疆了！"

"薛长安不是和你？哎呀，对不起啊，我觉得你们是天造地设的呢！"

"哈哈，你呀，鬼灵精！"

"我也知道，你对我好，是因为薛长安！"

"打住，我是我，他是他，你就和我妹妹一样，看到你就像看到她一样！"

"你还有个妹妹啊？"

"当然了，你俩的小酒窝都一样样的，呵呵，也许还真是因为他，哎，你是不是也喜欢薛长安啊！"

"我，没有啦，他就是我学长，我只是单纯地崇拜他！"

"你骗不了我的，你喜欢他，我也喜欢他！你和我没有什么不可以说的！"

"方书记，我……"

"什么方书记，我就是你的雪莲姐！罗伊，爱有很多种方式，你可以选择小爱，可以选择大爱，有时还得放弃小爱，成就大爱！你懂吗？"

"我懂，我会把我的小爱，**转化成教育事业的大爱**！"

"哈哈，真聪明，我一开始觉得薛长安那么喜欢你，你一定能得到他的玫瑰花，没想到，他居然，呵呵，这样也挺好，他可以登上更高的平台，只有登上那个平台，他才能施展他的理想抱负！你知道一个城市要想有发展必须有一个好的火车头、一只领头雁，要有思想，有眼光，有能力，还要有奉献的魄力，只要心中有了大爱，就必须放弃小爱，薛长安要继承他父亲的遗愿，就像你我，也许注定要当烛火的，而他也注定要为这个城市，羽化成仙的，呵呵，不要难过，往前看！"

罗伊点头答应着，看着方雪莲远去的背影，只见方雪莲低头走了几步，手在脸上抹了一下，她知道，她一定是哭了。

罗伊的世界仿佛打开了另一扇窗，开始了疯狂的教学模式，因为虽然是副科老师，但是也接了班主任的工作，带上了主课。

几天的时间就瘦了两圈，陈春和舒婷去学校见她时，都不敢认她了，于是约了周末一起吃饭，给她补补身子。

早上出门的时候舒婷给她发短信："有雷阵雨，带好雨伞！"她把伞放到门口，走的时候只拿了一瓶珍藏的波尔多干红，把伞留在了原地。

走出去好远才发现没有带伞，看着晴空万里，想着也不会那么倒霉便没有回去取伞，走到街角处，突然狂风四起，豆大的雨点，噼里啪啦地往下砸，她狼狈地淋着雨，突然心头一紧，感觉就要窒息了。

那么熟悉的身影，即使雨雾挡着视线，她依然能感受到他的气息，只是他的臂弯下，他的黑色雨伞下有一个纤弱的身影，她狼狈地转过头，回头却再也看不到那个宽厚的背影。

终是说了转身就能看到他的人先放手了，曾经说过只要有他在就没事的人还是替别人撑起了伞。

她就愣在原地，屋檐下的雨直直垂落在她肩上，舒婷带着伞来的时候，她蜷缩在角落里，脸上挂着的不知道是泪水还是雨水，舒婷搂着她的肩，上了陈春的车。

回到罗伊的出租屋里，简陋的陈设，阴冷的房间，还有那把忘在门口的雨伞，都在哭泣。

舒婷看不下去了："傻子，是薛长安给我打电话，让我带着伞去找你的！"

陈春无奈地点起了烟："都说我陈春不是人，花花公子，哼，真可笑！"

这些话无疑又给她一记响雷，让她疼得撕心裂肺，还是陈春出去打包了饭菜，舒婷盯着她吃一口哭一会儿，陈春都被她气笑了，却只能无奈地摇摇头。

陈春一天三个电话，也不知道是怕她难过还是真的求她，她只能把心里的薛长安放一放，全心策划着一场唯美的求婚仪式。

求婚的那天，暮春的院子里飘出了漫天的彩色气球，院子里挂满了千纸鹤和心愿卡。

陈春给舒婷戴上了求婚的戒指，罗伊抹着泪，看着他们，只见舒婷趴在陈春耳边说着什么，陈春一脸错愕，然后猛地亲向舒婷。

罗伊猜测，她肯定是说："贷款我们一起还，未来我们一起闯。"

拿起心愿卡，写着："愿你天黑有灯，下雨有伞，身无疾，心无忧！"

几个月后，舒婷挽着罗伊的手，陈春跟在后面，一起走进了薛长安的婚礼现场，与方小妹、蔡强一桌坐下，陈春告诉罗伊，方小妹定向分配就留在了镇里当第一书记，蔡强则考上了选调生，所有的志愿者都有了一个不错的前程，包括陈小溪，都是挣年薪的部门主管了。

大家坐在一起，回忆着往日，谈论着薛长安与他的新娘，罗伊明明是笑得最开心的一个，可是她感觉自己的心在滴血。看到蔡强端着杯子从领导们单独的雅间中走出，朝她招手，陈局长叫罗伊过来，向一桌子的领导介绍着："我们的大学生志愿者，就是这次招聘考第一的！"

贺镇长站起来，拍着罗伊肩膀笑着说："哭鼻子！哎，人家刚来的时候就在我们镇里天天哭啊，你看现在，优秀啊，优秀！"

陈局长介绍着主位的嘉宾，都是地位不同凡响的人物，当听到是他们联合给薛长安做的媒，罗伊感觉心再一次被绞碎了一样，原来，心真的会疼！

再回到座位，舒婷看她红着眼，想带她走，不知谁起哄让罗伊唱首歌，在众人的呼喊与掌声中她微笑着上台唱了一首《女儿情》，舒婷咬牙忍着不哭，陈春也涨红了眼，正在敬酒的薛长安猛地喝了一杯，眼泪就溢了出来，不知道是被酒呛的还是有什么刺痛了心。

罗伊最后轻声说着："愿你九九八十一难，终能取得真经！"

很多年后，罗伊在养猪厂里，逗着刚出生的小猪崽，弟弟和女朋友搅拌着猪饲料，弟弟拎着满满一桶饲料，走到她身边："姐，你咋还不去相亲，那个什么贸易公司的，还惦记你呢！"

罗伊呵呵笑着："不去了，一个人挺好！你和琪琪好好相处，你多干点，对人家好一点，体贴一点！"

弟弟歪着头："姐，我的事就放心吧！你的事才叫人发愁呢！你也真厉害，我就佩服你这点，啥事都敢干！你辞去那么好的工作，别人想要都要不到的编制，你说不要就不要，回来当了个幼儿园老师，你真厉害！"

罗伊嘴角微微抬起："好好养你的猪，我得去相亲了！"

罗伊开着一辆黑色的车，车里放着W市的广播，这是她请了师傅特意调的频道，里面放着新闻，W市某领导薛长安视察波尔多酒庄……

　　她会心地一笑，驶入了茫茫车流中。

　　这是罗伊青春岁月里一段不精彩不出奇，却处处温情的故事，终是在有意无意的告别中结束，她每每想起在W市的日子，内心都是喜悦，也总是在每一个不经意间，明明是B市的街上却仿佛遇到在W市的他们，于是她在日记本里写着：

　　我想说，感谢你，在这走走停停的人生中一路相伴，不嫌我哭闹，不怨我无知，你们亦如天上的星星，点点滴滴间照亮了我世界，那些哭过、笑过的日子，都是你们馈赠我的美好，再见了，亲爱的人啊，愿以后的日子，你我皆是幸运！

第29章　番外篇1

"到农村去、到基层去，到祖国最需要的地方去！""到西部去、到农村去，到祖国最需要的地方去！"

一群穿着统一白色文化衫的毕业生站在操场上，庄严地宣誓着，台上的领导目光笃定地看着他们，发表着动人心魄的动员讲话。

培训基地的宿舍，一间屋子，十一个床位，罗伊正对门口床位，听着各地方的口音，谈论着自己分配的地方，罗伊想到自己即将去到一个只在省天气预报里听过的城市，竟然有些暗暗欢喜。

"走，打水了。"

"过了这个点就没有热水了！"

"培训基地可是军事化管理的！"

"哦，到点关灯，吹号起床，大家快点去打水了！"

一群人七七八八地说着，罗伊是唯一一个被分到W市的女志愿者，看着人家成群结队，却也不免有些失落，拿起壶，跟在人家身后。

一个孩子气十足的声音喊道："哎，那个，罗伊！"

是谁这么没礼貌，罗伊毫不客气地回应："你谁啊？"

"我是刘城西，和你分到一个地方了！"

"W市？"

"对，W市！"

"哎？你怎么知道我是谁？"

"我不仅知道你的名字还知道你是B市的，我家也是B市的，城西的，你呢？"

"哼，管我？"

"怎么这么没好气啊，你是唯一一个分到W市的，花名册上，咱俩名字挨着呢？是不是缘分？哎，我说，去W市的就你一个女的，你想好了啊……"

刘城西不顾罗伊的白眼，坏坏地对罗伊说着："W市地处偏远，据说空气污染严重，你这白T恤根本穿不成，还有，你这么白，去了就变黑……"

罗伊哼一声扭头，拐弯要走了，心想：哪里来的乌鸦嘴，真讨厌！

"哎，有正事和你说，别走，我给你打水，我给你打……"

"哎，你……"

刘城西倒也利索打了水，却拎着不给罗伊：

"昨天培训你听没，要写培训心得。"

"自愿写！"

"还有，你不想去，可以申请留在自己的家乡！"

"不，我服从调剂。"

刘城西想着法地和罗伊搭茬，罗伊虽然表现得对他十分厌恶，心里却不反感他。

在培训基地的政委办公室里，一个中年男人正在皱眉看着一沓稿子。

"城西，你的心得呢？"

"我没写。"

"你！唉，你爸爸让你留在B市。"

"刘政委，首先感谢你的好意，但是我服从调剂，听从组织安排！"

"城西，你，你有这样的觉悟是好的，但是……"

"刘政委，我真服从调剂，自愿去W市，今天求你一件事，一定要把我分配到W市啊！"

"W市，条件太差了！"

"所以我才要去呀，不然怎么对得起昨天的宣誓呢，我这大好男儿必须顶天立地！"

"你！你好好等通知吧！你爸爸一定会让你实现你这大好男儿顶天立地的志愿的！"

"同志们，明天你们就要去偏远的地方，为祖国贡献力量……在这里我们要表彰……"

培训的总结表彰大会结束了，罗伊和刘城西并肩走着。

"大家都一样，他们怎么就是优秀学员？"罗伊小声嘀咕。

刘城西斜着眼笑着说："那天给你打水就和你说了让写心得！"

"有关系吗？"

"有，培训的一百四十七人里，只有三个人写了心得，你说，优秀应该评谁？"

"那，不是自愿写吗？"

"这就是觉悟！"

"这偏僻的地方哪里有信纸啊？"

"世上无难事啊！"

"哼！"

"哼什么哼，下午培训就结束了！一起走！"

"不！"

……

B市的火车站是城市的地标，里外都很阔气前卫，站里播放的都是流行的网络歌曲，这里就是罗伊和刘城西的家乡，虽也被划在西部，却对标二线城市，路很宽，景很美，城市很大。

刘城西和罗伊从省里培训完，刘城西厚着脸皮买了两个人的火车票（那时候买票不要身份证）。罗伊不知道怎么拒绝这个看着挺烦却很暖心的人，于是生硬地把车票钱给了刘城西。

"最后劝你，还是不服从调剂，留在B市！"

"不用你管！"

"留个手机号吧！"

"我只有座机！"

"我不信！"

"哼！"

"又哼，这是我电话，去了那里，联系我，要是通知下来了，你联系我！"

"好，我爸在那里等我，你赶紧走吧！"

"叔叔好！"

"哎，你干吗！"

"哈哈，再见，W市见！"

第30章　番外篇2

刘城西被分到了W市南区的乌木镇，这里大部分都是矿区，就一个字"脏"，每天桌子上一层黑尘土。

他看着这群干巴巴的，指甲缝都是黑的同事，心里骂着："都说了，来了就变黑，你看看这不是自讨苦吃吗？"

刘城西可比罗伊幸运多了，镇政府里好多西部计划的志愿者，高大健硕的东北男孩高大鹏、小巧玲珑的江南美女王芳、蒙古草原来的乌日娜、本地回族同胞满都海，因为地方小，志愿者走动比较频繁，刘城西又健谈，和税务局、教育局等部门的志愿者更是关系好得不要不要的。

每天除了写写材料，什么计生、就业培训、入户调查都得干，一天也是很忙，到了周六日就更忙了，和这些志愿者聚在一起自己做饭，一起打游戏，一起打扑克，一起学习方言和各民族语言！

别看天天在一起，有的人最后公考走了，有的人回了家乡，有的人碌碌无为，你看到了表面的虚度时光，看不到私下的刻苦努力，于是当年一起玩耍的人，最后都会走上不同的人生轨道！

因为满都海是本地人，有时会充当向导，带大家在这些厂矿里玩耍，看着这里，刘城西仿佛回到了二十世纪五六十年代，可是南方的孩子却很兴奋，于是他们联系到会开车且有车的本地富二代张振。

张振不是志愿者，是带编制的科员，因为年纪相仿和这些志愿者打得火热，为人仗义，就是有点小结巴！

刘城西问他哪里有好玩、刺激的地方，一起去野营！张振失笑："这里，野营，你、你，你是不是，想，想让煤把你，埋了！"

王芳哀求着："我看见东边有山，山里一定有泉水！"

张振摇头："有，有，有泉水也是黑的！"

最终张振没有禁得起他们的轮番游说，从自己家弄出一辆面包车，带着一行人在一个周末的清晨进山探险。

前半截路还是比较平顺的，越走大车越多，道路都是被大车压出的痕迹，车底盘也被蹭了好几次，道路逐渐呈现出大波浪陡坡。

开始很兴奋的一行人，尖叫着，高喊着，一会儿，王芳就喊停车，因为晕车，她感觉自己快要不行了，下车就哇哇吐，乌日娜一边给她拍背，一边递水，让她漱口！

刘城西他们也关切地询问着，王芳摆手，示意先坐一会儿，大家就地休息，可是年轻好动的男生们，还是朝着路边光秃秃的山上跑去，说是看看路，其实是不想闲坐着！

等了半晌不见回来，王芳也咬牙坚持和乌日娜走上山去。

上了山顶，简直就要惊呆了，前方弯弯曲曲的路，如连绵不断的抛物线一样，延伸向远方，脚下却是一望无际的像癞子头一样的植物，男生们在里面尽情地拍照，看见她们来了，招呼过来一起合影。

众人回到车里，商量继续前行，王芳坐到副驾的位置，大鹏被扔到了后排，和刘城西插科打诨，逗得一车的人哈哈大笑，可是道路的颠簸让他们在车里，一会儿头碰了车顶，一会儿滑落到座位下。

也不知道是晕车的人吐完了就会好，还是车里的氛围感染，王芳也不再晕车了！众人开始戏谑张振家里不是卖煤的，是滚汤圆的！张振也结巴着回应，一个走神错了一个口路，错一个路口，接下来就是步步错，直到反应过来时，已经开进了矿区。

火车道上停放着二十世纪五六十年代的火车，一行人还以为张振是特意带他们来这里的，张振刚想解释什么，他们已经爬上火车，照起相来。

张振心里慌得一阵一阵的，因为他不知道接下来该怎么回去了，想找个人问问，好像也没有什么人可以问。于是喊住刘城西说："西子，我们真迷路了！"

刘城西不信："振子可拉倒吧！能带我们来这个地方，你真是费心了！兄弟们记下了！"

张振："我，我，我真是迷，迷路！"

车子越开越不对，突然面前好像没有了路，却又视野开阔，一行人下车，只是感觉天暗沉，煤烟味呛鼻，几个人都有些慌了，因为他们确定张振迷路了！

一行人商量着找人询问，捂着口鼻，前行了几百米，眼前的一幕让他们毕生难忘。一个好几公里的大坑下都是挖机、重卡，而此时他们才注意到脚下，从地缝中能看到地下熊熊燃烧的地火。

几个人忙着拍照，他们太震惊了，远处有人朝他们追喊着跑来，吓得几个人连忙逃跑。

上了车，没开多远，几个人心有不甘，决定再去看看！不能直接去，绕着去，不管像素高不高都把手机的相机打开。把车停在一处不显眼处，几个人蹑手蹑脚地绕道走着，突然王芳拉住了乌日娜，小声说："等等！"

　　众人停下，王芳招呼大家蹲着看地上的石头，灰色的扁石头上有着清晰的植物纹路，王芳惊喜地说："这是化石！"

　　"啊!？"

　　刘城西、大鹏上手去抠，满都海按住他们说："这个东西我们这里多的是！"

　　张振："是啊，这个东西这里有好多，我看见过里面有海螺的呢！"

　　王芳皱眉："很多吗？这个植物绝对是化石，而且年代应该比石炭纪都早！"

　　刘城西笑着说："没看出来啊，你是学考古的！"

　　王芳一边用手刨土一边说："我是喜欢这些东西，大学特意去学了学！"看着这个化石这么大，她激动得有些手抖，而同行的这些人，让她有点失望！

　　刘城西严肃起来："王芳你还要干什么？"

　　"我要带走它！"

　　"它躺在这里没事，你要带走它可就是有期徒刑啊！"

　　刘城西吓唬着王芳，王芳说："哼，你看看那些大车，这些东西留在这里早晚是个死，不如让我带走！"

　　刘城西无奈摇头，众人帮她也没有挖出一半，突然有人喊："干什么的?！"

　　众人慌慌张张站起来，看向那个人，一个粗壮的大汉，穿着矿工的衣服，刘城西稳了稳心神："镇政府的！"

　　那个男的慌了："哎呀，小领导们来检查工作，怎么不提前说啊？"

　　这个男的看见他们这身装扮，还以为是记者来了，一听是镇政府的也便安下心来！

　　刘城西揪了揪满都海的衣服，满都海心领神会："王镇长让我们熟悉熟悉环境，近期要进行普查，我们先来认认路！"

这个男的一听王镇长更加毕恭毕敬："我带各位小领导参观参观！"

这个男的是这里灭火工程的负责人，叫大家都管他叫王三，从他的言语间他们第一次知道了灭火工程，也知道了这里不仅方圆几公里有这个化石，而是三四十公里都是！

临走时，那个男的帮他们抠出了那个沉沉的化石，可是王芳还是倍感心痛，她叹息说着："这就是植物庞贝城！"

刘城西哼道："不管你什么庞贝城，在煤的面前，它们的存在毫无意义！"

他们已经过了午饭时间，按着王三的指示他们好像走对了，可又好像没走对，还是一个又一个的煤矿小企业，下来问问路吧，又看见一个山涧。

几个人好奇心作祟，再次走进了山涧，王芳又尖叫开了："岩画！"

几个人又是一顿拍照，王芳和大家介绍着："这个地方的岩画真是新奇，一般岩画都是刻在立着的山面上，这个，你们看看，刻在斜躺和平放的石头上！"

看着岩画，几个人开始猜想，大鹏："这个老头一定是部落首领，都是他的画像！"

满都海附和着："古人也很官僚的！"

刘城西摸着石头，说："不仅官僚还很自恋！"

乌日娜瞅了他们一眼，说："你们就好好亵渎先人吧，一会儿就惩罚你们！"

张振吓得说："可，可，可不敢，可不敢！"

王芳放下拍照的手机："你们知道啥，这和远古时候的人类的崇拜有关，先是崇拜自然，什么火啊、风啊、太阳啊都是他们崇拜的，后来发现它们的规律后，也觉得没啥好怕的，开始崇拜生殖器！"

这个敏感的词一出，大家的脸有些微微泛红，王芳继续说着："不要羞涩嘛，你们看这个，不就是分娩时候的样子吗？"

众人走近一看还真是，王芳自信地继续说："最后就是对动物的崇拜！"

乌日娜点头说："是啊，我们蒙古族有的部落就崇拜狼、鹰！"

大鹏也点头说："嗯，狼图腾！"

刘城西又顽皮起来说："我可是无神论！"

"哼，谁还不是无神论了！"王芳轻蔑地看了他一眼，刘城西顽皮地笑笑。

天渐渐黑了，几个人饥肠辘辘，带的水和面包之类的补给也没有了，突然满都海的电话响了，是王镇长打来的！

一行人被王镇长派的司机接回去时，天已经黑了，而王镇长早已经在大门口等他们了，他们就像犯了错误的小孩子一样，跟着进了办公室！

王镇长一拍桌子，真想大骂这群不省心的家伙，还是压着火说："你们知道错了吗？"

"知道！"众人异口同声回答，王镇长都被气笑了！

"知道？知道！知道就都说说错哪了。满都海你先说！"

满都海嘴上说："我们不应该乱跑，走也不打招呼！"心里却想，我就是个从犯，是刘城西他们挑的头！

王芳点头小声喃喃："我们不该说是您派我们到矿上的！"

"什么，你们还……"王镇长一听冒用他的名号，更是气得火冒三丈！

"我们也不该，哎哟，哎哟，我肚子疼，啊，好疼啊。"大鹏正要检讨，突然肚子剧痛，一个壮如牛的小伙子，头上的汗如豆大。

吓得王镇长赶紧带他去医院，就让刘城西和满都海跟着，张振开车，镇医院一看这阵势，说："不好，估计不是胆结石就是肾结石。"赶紧让去市医院，王镇长一听，真的是要享年42了！

到了市医院，几个小伙子忙前忙后地挂号、交费，王镇长犹豫再三拨通了方雪莲的手机号！

"哦！哪位啊？"

"领导，您好，我是王学军，有个事我得和您汇报一下！不知道您方便吗？"

"哦，王镇长您好，叫我雪莲就好了，没事您讲！"

"您客气了，就是新分到我们镇的那个志愿者，有一个得了急性肾结石的，现在在人民医院抢救呢！"

"什么?！抢救？"

"是的，领导您看……"

"哦，王镇长，您先别急，我马上就到，您在急诊等我！"

方雪莲挂了电话，深呼吸了几下，出了门，到了医院，副院长和王镇长已经在门口等她！

副院长抱歉地说："孩子的情况不容乐观，我们建议转院去一百公里以外的省级医院！"

方书记淡定地说："马上转院！志愿者是上级派给我们的大学生，他们都是离家的孩子，在这里我们就是他们的亲人，要不惜一切代价，保证他们的生命安全，王镇长您一定要派人24小时看护啊，费用您不用担心！"

王镇长赶紧回复："费用镇里出，只要志愿者们平平安安的！院长，辛苦您了，帮忙联系转院吧！"

王镇长比方雪莲大几岁，却对方雪莲恭恭敬敬，方雪莲比王镇长小几岁却有礼有节。

因为刘城西和罗伊是"三支一扶"的，隶属人事厅管，高大鹏、陈小希他们则是"西部计划"的，着实是归团委管的！

王镇长叫来副镇长，让他带着刘城西和满都海跟着去省级医院，要随时汇报情况，又去医院门口买了方便面等吃的给他们带上，临走时又给了他们一千块钱！

输着液的大鹏疼得骂道："明明是你们亵渎神灵，干吗惩罚我？"

刘城西他们忍不住哈哈大笑，副镇长也是个年轻人，问了缘由，也跟着哈哈大笑！

刘成西的日子可比罗伊舒坦多了，大鹏出院后结束了志愿服务，回了老家，据说回去就考上了教师编，剩下他们几个志愿者每天也是忙忙碌碌，却不知道究竟忙了什么，镇长怕他们在这里太无聊就把人口普查的任务交给他们！

于是几个人天天入户登记，王芳也多了机会再去她的植物庞贝城看看！时光就在不知不觉中流逝，乌日娜悄悄透露出她很喜欢刘城西，而刘城西心里隐隐想着那个高傲的罗伊！